# Trenta giorni per Salvarti il culo

*Raquel Antúnez*

Proprietà letteraria riservata
Copyright ©2022 Ghostly Whisper Ltd.
Titolo originale: Treinta días para salvarte el culo
Traduzione a cura di: Barbara Morgan
Revisione: Elena Cassidy
(Ghostly Whisper Books)
Progetto grafico: Sakura Cover

ISBN: 978-1-915077-44-8

Website: http://www.ghostlywhisper.com
Facebook: https://www.facebook.com/ghostlywhisperltd
Instagram: https://www.instagram.com/ghostlywhisperltd
Twitter: https://twitter.com/GW_BooksEtc

Beauty and the Chicks Whisper

Alla mia amica Patri, la ragazza dei commenti, degli audio
con i consigli della nonna che ti fanno ridere a crepapelle,
con gli adesivi più orrendi che abbia mai visto, la migliore
compagna per le birrette da terrazza e gli hamburger giganti,
quella che c'è sempre, qualunque cosa accada.

A Lorena, quando abbiamo conversato un po' a quella
Fiera del Libro e hai preso *Baci al gusto di caffè*, non avrei
mai pensato che le migliaia di conversazioni che ci aspettavano,
prima attraverso i social e poi attraverso WhatsApp,
ci avrebbero rese così grandi amiche, quasi come sorelle,
so che a te non mancano, ma puoi adottarmi
come una in più se necessario.

Al 2021, per avermi insegnato a suon di botte che non
importa quanto siano incasinate le cose, non mi arrenderò mai.

# PROLOGO

## Alessander

Perché, signore? Perché quel dispositivo infernale continua a suonare? Perché? Giurerei di aver disattivato l'allarme e rimosso l'applicazione della sveglia, quell'aggeggio orribile mi uccide l'ispirazione, il buon umore e la voglia di vivere.

Eppure è così; suona e ricomincia di continuo. Dove diavolo ho lasciato il cellulare ieri sera? Non ricordo nemmeno come sono arrivato a letto, ero piuttosto distrutto.

Mi sollevo e mi sale la bile, cosa che riesco a controllare. Merda, una cosa alla volta, è lunedì. Cazzo, cazzo, cazzo.

Dopo alcuni minuti trascorsi a dare l'ordine al mio cervello, finalmente riesco ad aprire gli occhi. La luce che entra nella camera da letto ha contribuito, fino ad ora, a fottermi le retine... Che cazzo di vita!

Voglio morire!

Lo vedo... Eccolo, proprio sul mio comodino, non ero neanche così rincoglionito. Dai, solo una spinta. Suona, continua a suonare... Ma questi affari non erano programmati per spegnersi da soli a un certo punto? Ok, forse non è la sveglia, mi stanno chiamando al telefono.

Lo afferro, finalmente. Non riesco a vedere lo schermo, se cerco di mettere a fuoco mi sento soffocare, quindi faccio scorrere il dito per rispondere.

«Sì?»

«Sì? Come sì, Alessander? Vai a farti fottere, ti sto chiamando da mezz'ora. Dove diavolo sei? Ti sto aspettando in ufficio.» Qualcuno mi ringhia dall'altro capo.

«Eh? Come? Cosa? Chi...? Mmh...» Dio, illuminami! Qualcosa di coerente per rispondere finché non metto in ordine le idee. «Ecco... uff, non vedo la coda lì.»

«Io sì, tra le tue gambe... Non prendermi per il culo, non sono stupida. Svegliati subito.»

«Sono sveglio, cazzo, altrimenti non ti parlerei» rispondo frustrato, le urla di questa donna mi stanno trapanando il cervello.

«Vediamo... te lo spiego lentamente, ragazzo, perché ne ho fin sopra i capelli. Hai quindici minuti per alzare il culo dal letto, mettere la prima cosa che trovi nell'armadio e raggiungere la casa editrice con la bozza che avevi promesso di consegnarci oggi.»

«La bozza...» mormoro, mi suona vagamente familiare.

«Sì, la bozza, la bozza... mi sembri un cretino.»

«Ehi, ma che hai? Le tue cose?» Sbuffo incazzato. Errore, grosso errore, lo so. «Non l'ho stampata» rispondo velocemente cercando di partire per la tangente e non farla incazzare ancora di più.

«Ho una gran voglia di prenderti il collo tra le mani e stringere finché non ti finisce l'ossigeno.» Beh sì, deve avere le sue cose perché di solito non è così violenta. «Va bene, porta una pendrive e, se non ce l'hai, porta il tuo portatile e, se non ha la batteria, porta il cavo di ricarica, ma ti voglio qui tra quindici cazzo di minuti o mi licenzieranno.»

«Mayte, calmati, tesoro...» E ora come glielo dico...? Mi farà a pezzi.

«Oh no... noooo!» Percepisco il panico nella sua voce. «Ti prego, dimmi che non è vero.»

«Cosa intendi, esattamente?» Faccio il finto tonto.

«Usi aggettivi affettuosi solo quando hai combinato un gran casino. Cos'è successo questa volta, Alessander?»

«È che ho passato un periodo di grande stress, mi sento molto oppresso da... ecco... da... Hmm... beh, da molti problemi che ora sono irrilevanti.» Okay, ragazzo, lascia perdere. «Non ho scritto niente.»

«Cosa significa, non hai scritto niente?»

La sento iperventilare, già immagino i titoli di domani:

*"Editrice uccide un famoso autore per non aver rispettato la scadenza."*

Alla mia veglia diranno: "Povera anima pura, riposi in pace. Così bello, così giovane, così sexy…" Ok, forse no, ma è il mio cazzo di funerale e me lo immagino come mi pare.

«Niente. Zero.» Due secondi dopo non ha ancora risposto e temo che abbia avuto un infarto quindi provo a dire qualcosa in mia difesa. «Hai sentito parlare della sindrome della pagina bianca?»

«Dunque... aspetta un secondo, Alessander.» Mi accorgo che sta coprendo il ricevitore e, nonostante questo, la sento scagliare talmente tante imprecazioni una dopo l'altra che ho il tempo di alzarmi e trascinarmi in cucina per fare un caffè. «Hai idea di quanti rinvii ti abbiamo concesso?» Mi chiede dopo un po'.

«Un paio» rispondo dopo aver bevuto un sorso di caffè.

«Cinque! Cinque! Dovevi consegnare il libro finito entro gennaio dello scorso anno, siamo a luglio, abbiamo dovuto rimandare l'uscita per cinque volte.»

«Sì... però le muse sono così.»

«Le muse non ti pagheranno i conti e te lo dico chiaramente, se non ci consegni una bozza di cento pagine in un mese, i responsabili ti chiederanno di rimborsare i soldi che ti hanno pagato, ti sbatteranno fuori dalla casa editrice, faranno un comunicato stampa e diranno che sei diventato un drogato, un alcolizzato o non so che altro e non ti pubblicheranno mai più» dichiara.

Mi fa accapponare la pelle, giuro.

«Tranquilla, Mayte. Ce la farò.»

«Un mese! Cento pagine. Oppure preparati a riconsegnare l'assegno e a dire addio all'accordo editoriale.»

«Ok, stai calma. Un mese. Posso riuscirci.»

«Ti conviene!» urla.

So che è davvero incazzata, dovrei offrirle da bere, una cena o qualcosa del genere, ma non credo che questo sia il momento adatto.

«Buona giornata, tesoro» la saluto.

«Vaffanculo, Alessander, sono le quattro del pomeriggio, non rompermi le palle e mettiti al lavoro.»

Già le quattro? Cazzo! Faccio un bel respiro. Mi sembra che avrei dovuto fare qualcosa questo pomeriggio, ma non mi viene in mente, non sarà così importante. Bah, me lo ricorderò.

Mentre riattacco, mi arriva un messaggio su WhatsApp.

MAYTE
*Cento pagine, trenta giorni.*

Sarà anche divertente. Non rispondo perché sto cercando di placare il fastidio al petto dovuto all'ansia. In ambito artistico non si può lavorare con questa pressione.

Finisco il caffè ma ho ancora le vertigini, sarà meglio che mi sdrai sul divano per una mezz'oretta per riprendermi e poi mi metterò al lavoro.

# CAPITOLO 1

## UN MESE, CENTO PAGINE

### Alessander

Quando riapro gli occhi è sera tardi, ho la bocca impastata e il telefono squilla di nuovo. Merda, sarà di nuovo Mayte per chiedermi quante parole ho scritto oggi? Se continua a riprendermi con quella maledetta applicazione che mi ricorda che devo scrivere e che sono con le pezze al culo per la data di consegna, vado a casa sua e le faccio ingoiare il cellulare.

«Sì?» rispondo conciso, di nuovo, senza perdere tempo a fissare lo schermo.

«Ale? Dove sei, tesoro?»

«Eh... ecco... per strada?»

«Per strada? Per strada per dove?» Ok, mi conosce bene.

«Beh, tesoro, per strada verso dove abbiamo appuntamento.»

«Alessander, accidenti, spero che il silenzio sia dovuto al fatto che stai parcheggiando in una zona solitaria, perché oggi è il mio compleanno e sto aspettando da mezz'ora al ristorante che abbiamo prenotato sette mesi fa per stasera, e già mi stanno guardando in modo strano.»

«Sarò lì tra cinque minuti, te lo prometto, amore mio.» Sono un uomo morto.

Interrompo la chiamata senza darle la possibilità di rimproverarmi, penso di saltare la doccia ma non è possibile, ieri sera non so cosa ho bevuto, cosa ho vomitato o cosa ho mescolato, ma sento l'odore del mio prossimo futuro: odore di cadavere.

Doccia a mega velocità, due minuti. Senza nemmeno pettinarmi, mi lego i capelli con un elastico. Jeans, camicia mezza spiegazzata (Mel non è passata nelle ultime due settimane, penso che si sia licenziata, e io non sono molto bravo a stirare) e le prime scarpe nere che trovo in giro, un caffè americano... esco di corsa da casa.

Il cellulare suona di nuovo, è di nuovo Barbara. Quando rammento che la mia macchina non ha benzina e che ho dimenticato di portarla a pulire, penso alla moto, la moto che Barbara odia con tutta se stessa e per cui ha smesso di parlarmi per due settimane intere quando l'ho comprata. No, non è un'opzione, meglio chiamare un taxi. In altri due minuti mi viene a prendere alla porta di casa e impiega più di mezz'ora per arrivare al ristorante che abbiamo prenotato.

Barbara è sulla porta, con la borsa e il viso bagnato di lacrime.

«Ti sei dimenticato» dice.

«No, tesoro. Non mi sono dimenticato.» Mi avvicino e la bacio sulle labbra. «È che stamattina ho ricevuto una strigliata dalla mia editrice e stavo lavorando sodo, mi sono confuso con l'orario.»

«E hai fatto progressi?» chiede, tirando su col naso. Che schifo. È meglio che le dia un bacio sulla guancia.

«Sì, sì... a vele spiegate.» Sorrido.

«Non possiamo entrare adesso» dice, indicando la porta alle sue spalle.

Dopo qualche coccola, la convinco ad andare a casa mia, dove mi concentro nel darle due orgasmi di sesso orale e un terzo con una scopata. Non suona molto bene, lo so, ma faccio di tutto per farle dimenticare che non le ho preso un regalo, spero che crolli, si addormenti e io possa pensare rapidamente a qualcosa per dimostrarle che non ho dimenticato il suo compleanno.

Ma la stronza non dorme, si alza e va nella mia doccia, sta aspettando la sua sorpresa di compleanno, perché si è lamentata tutto il fottuto anno riguardo all'età; che ormai è alla soglia dei quarant'anni, che non ha fatto alcun progresso nella vita, quando faremo il prossimo passo, bla bla bla... Quindi le ho ripetuto per tutto l'anno che avremmo fatto qualcosa di speciale oggi, per questo avevamo prenotato quel ristorante, uno dei più eleganti di Palma, sette mesi fa e faticato per ottenere un tavolo. E io me lo sono perso. Mi dispiace, sono umano.

Mi vesto lentamente e chiamo il ristorante cinese a due isolati da casa mia per portarci la cena, immagino che Barbara avrà fame e, ora che ci penso, mi brontola lo stomaco da un po', non ho mangiato niente da... non ricordo quando.

Esce dal bagno con i capelli raccolti in una crocchia arruffata e con indosso solo una delle mie magliette. Il mio cazzo si risveglia quando la vedo senza tutti gli strati di trucco che usa di solito e con un aspetto così naturale, tuttavia non è il momento, non sembra di buon umore.

«Ho ordinato una cena al cinese.»

«Bene, ho fame.»

Va in cucina e prende dal portabottiglie una delle mie bottiglie di vino più costose. Me la porge per aprirla, sa come colpirmi dove fa male. Questa bottiglia mi è stata regalata qualche mese fa e costa più di mille euro, ma non ho voglia di litigare, quindi mi limito a sorridere, stapparla e versare nei bicchieri. Va bene, un po' di alcool mi sarà utile per affrontare la tempesta che sta arrivando.

Mi accorgo che è più seria che mai, sorseggia, rannicchiata sulla sedia, con i piedi sollevati e le ginocchia premute sul petto. Il mio cazzo sussulta di nuovo, non indossa le mutande e vedo le sue labbra gonfie - quelle inferiori, ovviamente - dopo l'attività dell'ultima ora, motivo per cui non ha comunque messo le mutande. Suonano il campanello.

«Non muoverti!» urlo, facendola sobbalzare per lo spavento. «Apro io.» Era brutto dirle che non volevo smettere di vedere la sua fica gonfia.

Improvvisamente la fame mi è passata e voglio solo farmela senza ritegno, ma mi trattengo. Le servo la cena, ogni tanto la guardo e le sorrido (e sì, è ancora nella stessa posizione).

«Piccola, hai molta fame?» le chiedo, perché il mio cazzo sta ballando la *Macarena* e l'ossigeno non mi arriva al cervello.

«Sì» risponde concisa e abbassa le gambe dalla sedia, come se potesse leggermi nel pensiero.

Nel cervello sento il segnale acustico che usano nei programmi televisivi per annunciare che hai commesso un errore. Bene...

Sposto i piatti sul tavolo e sorrido di nuovo. Mi guarda in modo strano, deglutisco a fatica e afferro il mio bicchiere.

«Facciamo un brindisi?» Lei alza il suo. «Per te, per i tuoi meravigliosi trentanove anni, possa realizzarsi tutto ciò che desideri.»

Fa tintinnare il suo bicchiere contro il mio e beve un sorso. Mangiamo in silenzio, sento la tensione. Farei meglio a dire qualcosa prima che me lo chieda lei e peggiori la situazione.

«Tesoro, quanto al tuo regalo...» Dio, se le dico che non le ho comprato niente, mi taglierà le palle. Alza un sopracciglio. «Pensavo...» Balbetto. Dì qualcosa, maledizione, dì qualcosa «...che è un buon momento per fare quel viaggio a New York che hai desiderato per anni. Sorpresa!»

Lascio cadere la forchetta e batto le mani. È ancora seria, si mette il cibo in bocca e mastica lentamente.

«Ale...» dice, non mi piace il modo in cui sorride «ti ho raccontato del viaggio a New York quando avevo vent'anni, ora viaggio per lavoro ogni tre mesi e sono stufa di tutti quei biglietti aerei. Non ne ho voglia, e pensavo lo sapessi, da tutte le mie lamentele in proposito.»

«Ehm, se è per questo... Barbara, tesoro, tu ti lamenti molto di tutto.» Merda, parole sbagliate, oggi sono ingegnoso. Sgrana gli occhi, quasi le escono dalle orbite. «Voglio dire...» rettifico «che New York è New York, e non pensavo fossi stanca di andarci, ma di viaggiare molto per lavoro... Beh, non importa, se non hai voglia di andare restituisco i biglietti.»

Alza un sopracciglio con un sorriso malizioso.

«Hai i biglietti?» Me lo chiede, sa che non li ho, lo sa, me lo legge in faccia, non so come diavolo faccia, ma sa che me lo sto inventando. Comunque, cerco di cavarmela.

«Certo che li ho, sono mesi che sto programmando questo viaggio. Avevo programmato di visitare l'Empire State Building, fare una passeggiata tra i negozi della Fifth Avenue, Central Park, Broadway... insomma, le solite cose.»

«Già.»

Lascia cadere la forchetta e afferra il bicchiere con entrambe le mani, beve un altro sorso, svuotandone il contenuto. Lo riempie di nuovo. Ha appena ingoiato almeno trecento dollari in meno di cinque minuti. Vedo l'ombra delle corna e la coda muoversi da una parte all'altra, questa donna è il diavolo.

«Comunque, se non ti va non succede niente» ripeto.

«E quando partiamo?»

«No, tesoro, se non hai voglia di andare domani chiamo l'agenzia viaggi e annullo tutto. Li cambiamo con un'altra destinazione più vicina se preferisci... non so, dimmi, cosa vorresti fare?»

«Vuoi sapere cosa voglio fare?» Quel sorriso diabolico mi fa impazzire.

«Certo» annuisco.

Dio, spero che mi chieda di nuovo di divorarle la fica perché non riesco a togliermela dalla testa, così gonfia e bagnata, che mi pulsa in bocca mentre bevo i suoi liquidi. Il mio cazzo salta di felicità.

«Voglio sposarmi.»

«Come?» Santo cielo, tutto il sangue è defluito dal mio cazzo e le orecchie non mi funzionano più.

«Mi hai chiesto cosa voglio. Voglio sposarmi, che viviamo insieme, che tu smetta di passare la vita da una festa all'altra, che mettiamo su famiglia, due o tre figli, che ci trasferiamo in una casa familiare in una zona tranquilla...»

Iperventilo. Mi sono drogato e non ricordo? Non riesco a parlare, sono senza parole.

«È quello che voglio, Ale.»

«Tesoro... lo sai che sono d'accordo su tutto, ma dopo.»

«Quando?» chiede.

Sono sopraffatto, mi sento pungere in tutto il corpo.

«Beh, non lo so, tra due o tre anni.»

«Me l'hai detto sei anni fa.»

«Sì, ma eravamo molto giovani e non so... non credo che siamo pronti.»

«Molto giovane... Ale, tra due mesi avrai quarantadue anni. Non sei molto giovane ora e non eri molto giovane sei anni fa.» Che schifo, non sono giovane. Continua. «Dove sei stato la notte scorsa?»

«Ho avuto una riunione di lavoro, alla fine si è trascinata, siamo andati a cena, abbiamo bevuto qualcosa… La solita cosa, sai quanto è importante la vita sociale in questo ambiente.»

Mi fa girare la testa. Con tutto questo saltare da un argomento all'altro non mi sto concentrando e comincio a incazzarmi.

«Sì... vorrei leggere quello che hai scritto oggi.»

«No. Assolutamente no. Sai che non lascio mai leggere nulla di quello che scrivo finché non lo finisco.»

«Dov'è il mio regalo di compleanno?»

Una goccia di sudore mi scorre lungo la fronte.

«Te l'ho già detto» insisto pazientemente.

«Dove sono i biglietti? La prenotazione dell'hotel?»

«Sai che non mi piace sprecare carta» mi difendo, ma sto sudando.

«Ah, e puoi restituirli?»

«Sì, senza problemi.»

«Bene. Allora non lo voglio. Il mio regalo di compleanno sarà leggere quello che hai scritto oggi.»

«Non voglio arrabbiarmi con te, tesoro, ma guarda che sei strana» ribatto.

«Ale?»

Barbara si alza, si avvicina al cestino per buttare via i resti del suo piatto, poi lo mette nel lavandino prima di voltarsi.

«Cosa?»

«Non hai scritto un cazzo oggi. Ieri sera sei uscito, ti sei sballato, ti sei ubriacato, ti sei fatto un po' di merda, perché che male ti può fare un po' di divertimento? Sei tornato a casa e hai trascorso tutta la cazzo di giornata a grattarti le palle, ti sei dimenticato del mio compleanno, non oggi, ma in generale, non ci hai pensato per settimane o mesi. Non ci sono viaggi, non ci sono hotel. Con te non c'è vita. È troppo presto per sposarci? Condividere una casa? Una famiglia? Tu non vuoi... ed è proprio quello che invece io voglio. Credo, mio caro, che sia giunto il momento che ognuno vada per la propria strada.»

«Ma che diavolo stai dicendo? Smetti di autocommiserarti, non ti si addice, Barbara. Stiamo insieme da vent'anni, che ti prende adesso?»

«Mi prende che in vent'anni solo io sono maturata.»

«Questa è una bugia. Certo che penso a te, mi sono ricordato del tuo compleanno. Ti ho già detto cosa mi è successo» mi difendo e per la verità sto cominciando a incazzarmi con le sue sciocchezze.

«Voglio che mi mostri i biglietti dell'aereo, la prenotazione dell'hotel. Ora! Dimostrami che ho torto. Voglio che mi mostri il computer, apri il processore e mostrami l'ultimo documento su cui stavi lavorando.»

«Sei proprio una testarda» mormoro, mostrandomi sdegnato. «Scrivere non è solo battere sulla testiera del computer e dovresti saperlo, perché stiamo insieme da vent'anni e ti ho raccontato molto su come lavoro. Devo fare ricerche, trovare informazioni online, cercare eventi, date...»

«Ti credo» dice. Va verso il mio portatile, lo apre e lo accende.

«Cosa stai facendo? Ti ho appena detto che ho fatto ricerche tutto il giorno, non ho scritto nulla.»

«Sì, amore... Dammi un minuto.»

La vedo armeggiare sul mio pc, è così tesa che è meglio che io stia fermo e zitto, non è un buon momento per irritarla. Mi metto dietro di lei, apre tutti e tre i miei browser e cerca la cronologia di navigazione. La verità è che non uso il computer da molto tempo se non per vedere qualche sito porno con cui trastullarmi prima di andare a dormire. E questo è ciò che trova.

«Vedo che hai fatto una ricerca approfondita.»

È l'ultima cosa che mi dice con calma prima di iniziare a urlare come una pazza per altre cose che è meglio risparmiare. Si veste e se ne va chiedendomi di non chiamarla mai più.

Però, che cazzo! Che diavolo succede oggi? Vado a dormire, domani sarà un altro giorno.

Al risveglio guardo il cellulare sperando di avere delle scuse da parte di Barbara, invece trovo un messaggio di Mayte:

MAYTE
*Ventinove giorni. Cento pagine.*

"Porca puttana" replico dentro di me, ma non le rispondo. Fanculo!

# CAPITOLO 2

## GHOSTWRITER?

### Valentina

Ho letto per la quinta volta l'annuncio che ho davanti su questo sito in cui sono capitata per caso.

*Cercasi ghostwriter per un progetto urgente, trentamila parole in circa un mese. Il genere da sviluppare dovrà essere legato al mistero, all'intrigo, alla suspense... Verrà spiegato in modo più dettagliato in fase di colloquio. Si richiede una persona veloce e una dedizione al cento per cento al progetto. Buona remunerazione.*

L'ho letto di nuovo. Ma queste cose accadono davvero? Che strano! Annoto sulla mia agenda il numero di telefono e il sito web dove ho trovato l'annuncio, potrei pensarci.

«Sei ancora lì, mamma?»

Becca appare in cucina, con i capelli bagnati e vestita per uscire perché ha appuntamento con Yadira. Oh cavolo, che ore sono? Guardo l'orologio sul portatile di fronte a me. Le sette del mattino.

«Buongiorno, tesoro» rispondo.

Mia figlia legge sullo schermo del computer e alza le sopracciglia.

«Mamma, so che sei alla disperata ricerca di un lavoro, ma non è questo il modo. Devi riposare, mangiare... farti la doccia di tanto in tanto» mi rimprovera, arricciando il naso quando mi bacia.

Rido. Forse puzzo, non ricordo a che ora del giorno mi sono seduta davanti al portatile in cerca di lavoro. All'inizio ho cercato qualcosa legato all'insegnamento, che è ciò a cui ho dedicato tutta la mia vita professionale, poi mi sono ritrovata a leggere tutti gli annunci su tutti i siti web che ho trovato, in cerca di un cambiamento. Un cambiamento di cui ho urgente bisogno.

L'ultimo mese della mia vita è stato disastroso, nulla che mi rendesse felice. Ho lavorato tutta la vita come insegnante di lingua e letteratura spagnola in un piccolo istituto parificato dove gli insegnanti erano come una famiglia, o almeno questo è ciò che pensavo, fino a quando ho scoperto che Javier, mio marito e padre di Becca, aveva una relazione con la direttrice del centro. Non che fossimo amiche inseparabili o che ci parlassimo quotidianamente, ma mi ha fatto molto male. Inoltre, non so esattamente come sia iniziata. Avrei preferito non saperlo mai, perché ero felice, lo ero davvero, però dopo non sono più riuscita a continuare; né con mio marito né con il mio vecchio lavoro. Non potevo. Ho rotto con tutto e ho avuto il sostegno di mia figlia che ha diciassette anni, ventuno meno di me. Si è ritrovata nel mezzo del dramma, non potevo nasconderglielo, anche se lo avrei preferito. Ho sempre detto che l'onestà è sopravvalutata. Ci sono cose che è meglio non sapere per poter continuare ad essere felice e immagino che scoprire una cosa del genere su suo padre non sia stato facile.

È successo alla fine di giugno, il mio portatile stava facendo l'aggiornamento proprio nel momento in cui avevo bisogno di stampare alcuni documenti dalla mia posta elettronica. Dovevo andare al lavoro entro mezz'ora e non avevo tempo di aspettare, quindi ho urlato a Javier, che era sotto la doccia, che avrei usato il suo computer, lui ha risposto con un breve "ok". Becca mi stava raccontando qualche aneddoto divertente di ciò che le era accaduto insieme alle sue amiche, non ricordo nemmeno cosa. So solo che ho aperto il browser e ho guardato mia figlia che rideva mentre mi raccontava, finché non mi sono resa conto che era rimasta ammutolita a fissare lo schermo. La verità è che, se non fosse stato per l'espressione del suo viso, non me ne sarei mai accorta.

Javier aveva lasciato connesso il web di WhatsApp e accedendo al browser si è aperta anche la pagina, naturalmente avrei visualizzato un'altra scheda senza prestare attenzione e sarei andata alla mia e-mail. Ma il viso di Becca era completamente sconvolto e pallido, così mi sono ritrovata nella colonna di sinistra, dove l'ultimo messaggio con una certa "Rosalía scuola", a cui non ho dovuto pensare troppo per sapere chi fosse, riportava: "il tuo cazzo nella mia bocca provocandomi conati a ogni spinta."

Ho guardato Becca senza sapere esattamente cosa fare, è stata lei a spingermi via e a cliccare sopra, mostrando per intero l'ultima conversazione tra i due.

Un dramma! Così, un mese dopo, sono senza lavoro e senza marito.

«Mamma! Mamma! Mi ascolti?» protesta Becca.

«Scusa tesoro, ero sopra pensiero.»

«Stavo per offrirti un caffè, ma è meglio che tu vada a dormire.»

E ha ragione, sono un disastro, lo so. Sorrido e annuisco. Rileggo l'annuncio, Becca mi guarda stringendo gli occhi e decido di non dirle niente, non voglio che mi faccia pressioni. La mia passione è sempre stata la scrittura, ho dozzine di racconti salvati nel computer che solo pochi hanno letto. Mi è sempre piaciuto seguire corsi di narrativa, però non ho mai osato scrivere un romanzo.

«Non so per cosa ti stai agitando, ma non ti devi preoccupare così.» Indica lo schermo del computer, mi conosce e sa cosa sto pensando. «Buttati, qualunque cosa sia.»

«Sto pensando di farmi un tatuaggio su tutto il braccio e non escludo un piercing al naso.»

Ridiamo entrambe.

«Beh, non sarebbe male...»

«Certamente.» Sorrido.

Spengo il computer e dopo aver fatto la doccia mi metto a letto, mi brontola lo stomaco, non ricordo quando è stata l'ultima volta che ho mangiato, ma ho ancora più sonno, così mi abbandono a Morfeo.

Mi sveglio quattro ore dopo con un forte mal di testa e la prima idea che mi viene in mente è che muoio dalla voglia di uscire di casa, che voglio fare colazione fuori. Forse in un altro momento avrei chiamato la mia amica Lea o qualcun altro, magari qualcuno della scuola, però non mi va, non ho voglia di sopportare quegli sguardi, quelle frasi tipiche: "Come stai? Tranquilla, lo supererai".

Ovviamente lo supererò. Javier e io siamo stati insieme praticamente tutta la vita, sono senza di lui da un mese e respiro ancora. Fa male, ma passerà. Non voglio che mi guardino con compassione o mi assicurino che ci saranno se ho bisogno, quando tutto ciò che vogliono è che io racconti i dettagli più eclatanti della mia disperazione e ciò che è successo dopo.

No. Non ne ho bisogno. Ho bisogno di incontrare persone nuove. Un nuovo lavoro. Un nuovo hobby... non so, qualcosa di diverso.

Mi cambio e decido di andare in caffetteria, dove ordino di tutto. Penso che mangerò più cibo in mezz'ora di quanto abbia fatto nell'ultimo mese della mia vita.

Apro l'agenda.

«Cos'ho da perdere?»

"Nulla."

"E perché non chiami?"

"E se non sono in grado di farlo?"

"Chi ti dice che ti daranno il lavoro?"

"Allora perché dovrei chiamare?"

"Chiama, maledizione!"

Il punto è che sto borbottando, in un angolo della caffetteria, guardando la mia agenda. Penso che nessuno abbia chiamato il manicomio perché indosso le cuffie, penseranno che stia parlando al telefono, ma è solo l'applicazione della radio che ascolto di solito. Non ci faccio caso, sono nel mio mondo, non voglio che nessuno mi disturbi.

Cerco di pensare a che tipo di azienda o di persona cercherebbe un ghostwriter. Forse una scrittrice appena diventata mamma, magari di gemelli, che assorbono così tante delle sue energie da non riuscire a sedersi alla tastiera e che deve consegnare un manoscritto per non perdere il contratto editoriale.

Mi piacciono i bambini. Mi piacciono le donne impegnate che non trascurano i loro obiettivi, che combattono con le unghie e con i denti.

Bene! Questo lavoro attira particolarmente la mia attenzione. Un mese. Un mese non è niente. L'annuncio dice che sarà ben pagato, forse mille euro o poco più. Non che la mia situazione economica sia disastrosa, sono sempre stata molto parsimoniosa e non mi manca nulla, non di materiale, quello che mi manca è una routine, un lavoro, una vita sociale, qualcosa che mi faccia dimenticare tutte le schifezze che ho ingoiato ultimamente.

Alla fine, decido che non ho nulla da perdere a provare. Digito il numero e inizia a suonare.

«Pronto?» Qualcuno ruggisce dall'altro lato.

«Ehm... buongiorno. Sono Valentina, chiamo per l'annuncio.»

«Oh, merda santa! Valentina? Veramente?» Chiedono dall'altra parte.

«No, solo Valentina» rispondo, comincio a pensare che sia uno scherzo.

«Beh, Valentina, quanti romanzi hai scritto?»

«Zero.»

«Zero?» Sospetto che questa conversazione sarà molto lunga e mi rifiuto di ripetere la risposta. «Ok, zero.»

«Sono un'insegnante di lingua e letteratura da molti anni, ho una vasta formazione in narrativa e ho scritto alcune storie, ma sono personali e non sono state distribuite da nessun editore o piattaforma.»

«Bene, Valentina. Scriviti questo indirizzo.» Annoto velocemente i dati che mi comunica dall'altro lato. «Ci vediamo domani di prima mattina, porta una delle tue storie stampate.»

«Una storia?» Non so se sono pronta a far distruggere uno dei miei scritti da un estraneo, però posso capirlo, non mi darà il lavoro solo perché sono io. «Ok, domani alle otto sarò a questo indirizzo. Grazie. A domani.»

«Alle otto! Sei matta! Ci vediamo alle dodici.»

Saluto, ero sicura che avesse detto di prima mattina. Ma sono contenta perché sembra che sia riuscita a ottenere un colloquio di lavoro. Sorrido felice.

# CAPITOLO 3

## LA SINDROME DELLA PAGINA BIANCA

### Alessander

Sento un rumore che rimbomba nella mia testa.

Dio! Potrebbe essere Mayte? Apro gli occhi e guardo lo schermo del telefono. No, non è il mio cellulare.

Il suono rimbomba in tutta la casa. È il campanello. Chi diavolo è?

«Merda!» Controllo l'ora, le dodici. Cazzo, mi sono addormentato.

Salto in piedi e mi guardo allo specchio. Faccio schifo, ne sono cosciente, e puzzo come il demonio, lo so. E la mia casa non sembra messa molto meglio.

Vado alla porta.

«Un minuto, apro subito.»

«Va bene.» Sento rispondere dall'altra parte.

Raccolgo tutta la merda disseminata nel soggiorno, apro la prima porta che vedo e butto tutto dentro, mi precipito in camera da letto, mi metto jeans puliti e una maglietta e torno in corridoio. Apro la porta e mi cade la mascella. Non so cosa mi aspettassi, ma non questo.

Una donna minuta con i capelli rossi raccolti in una pudica coda di cavallo, occhi chiari e una faccia seria coperta di lentiggini aspetta davanti alla mia porta. Stringe tra le braccia una cartelletta.

«Valentina?» La donna annuisce e io tendo la mano. «Sono Ale, entra pure.»

Mi osserva sospettosa, mi percorre, immagino che guardi i miei vestiti spiegazzati e si sia accorta che sono scalzo, perché i suoi occhi si spalancano quando arriva in basso. Guarda casa mia e, ad essere ragionevole, il fatto di aver raccolto in dieci secondi circa cinquanta cianfrusaglie non la rende pulita, ordinata e accogliente.

Alla fine entra e le chiedo di sedersi sul divano, noto la sua espressione disgustata prima di sedersi sul bordo. Mi sistemo accanto a lei sul divano.

«Sono disperato.» La donna stringe ancora più forte la sua cartelletta. «Diciamo solo che la mia vita è piuttosto disordinata ultimamente e ho bisogno di un piccolo aiuto.»

«Di cosa stiamo parlando esattamente?»

Le sue guance si tingono di rosso e vedo i suoi occhi spalancarsi, di nuovo, in modo esagerato. Ci sono dei boxer stropicciati che sbucano da sotto il divano. Gli do un calcio furtivo per nasconderli completamente e riportare la sua attenzione su di me.

«Ecco di cosa stiamo parlando. Devo consegnare cento pagine in un mese! E sono nel bel mezzo di una crisi.»

«Una crisi...»

Gli occhi di Valentina vanno alle bottiglie di vino vuote sul tavolo del soggiorno e a tutto il resto che si trova lì sopra, meglio non descrivere il suo sguardo.

Fanculo Santa Valentina, mi sta già rompendo le palle ed è appena arrivata.

«Sì, una crisi, una crisi esistenziale. Sai cos'è la sindrome della pagina bianca?» Valentina annuisce. «Ecco, io soffro di questa malattia.»

«Una volta ho sentito un professore dire che la sindrome della pagina bianca non esiste, che è semplicemente una mancanza di pianificazione, di perseveranza. Si tratta solo di sedersi davanti al computer, di organizzare...»

«Va bene, va bene... Hai portato la storia?»

Valentina annuisce, si schiarisce la gola. Tendo la mano in modo che capisca che voglio che me la dia. Se sono qui a parlare con questa tipa e quello che scrive fa schifo sto perdendo tempo.

Apre la cartelletta. Le tremano le mani. Crede che io sia un serial killer? Non mi stupirei, con l'aspetto che ha casa mia. E anche il mio aspetto fa abbastanza schifo. È vero.

Respiro lentamente, pazientemente, mentre la osservo rovistare. Non si decide, mi sta innervosendo.

«Su dammela, per favore.» Le strappo la cartellina dalle mani, sembra che stia per protestare e invece mi guarda a bocca aperta senza dire una parola.

Comincio a leggere il primo racconto. Mi annoio, sbuffo, lo metto da parte e ne prendo un altro. Leggo, alla seconda riga mi sembra una sciocchezza. Passo a un altro. Noioso, noioso, noioso. Non va bene, questa donna non va bene. Passo al successivo e poi a quello dopo, salto i paragrafi fino ad arrivare all'ultima storia. Comincio a leggere. È diverso, totalmente diverso, sembra scritto da qualcun altro. È cruento, macabro, è la migliore descrizione di un omicidio che abbia mai letto.

«Questo! Questo è quello che sto cercando!»

Il suo viso si trasforma, finalmente sembra che quel velo di preoccupazione che indossa da quando è entrata dalla porta di casa mia si stia dissolvendo, finché vede quello che sto cercando di mostrarle e resta a bocca aperta.

«Accidenti, non doveva esserci. Sicuro? Sei sicuro che sia quello che cerchi? L'ho scritto in un momento di... rabbia.»

«Sono bravo a fare incazzare le persone, chiedilo alla mia ex» rido, invece Valentina non ride affatto.

Antipatica, scortese e ostile. Comunque, non ho tempo né voglia di fare altre interviste, è l'unica che ha risposto all'annuncio, abita nelle vicinanze, perché è arrivata a casa mia puntuale, non credo che abbia percorso migliaia di chilometri così presto.

«Vediamo... fammi pensare. Ho circa trentamila parole da consegnare entro un mese. Ventinove giorni, in realtà. No, aspetta, quella è stata l'ultima volta che ho parlato con la mia editrice.»

Prendo il cellulare e cerco su WhatsApp, avevo silenziato le sue notifiche perché i suoi messaggi mi innervosiscono. Ne ho altri cinque:

MAYTE
*Ventotto giorni. Cento pagine.*
*Ventisette giorni. Cento pagine.*
*Ventisei giorni. Cento pagine.*
*Venticinque giorni. Cento pagine.*
*Ventiquattro giorni. Cento pagine.*

Ma che grandissima str... è un amore quando vuole. Comincio a sudare, ventiquattro giorni, non ce la farò, è impossibile, mi faranno restituire tutti i soldi, resterò al verde, senza lavoro, dovrò vendere tutto quello che ho per sopravvivere, trovare un altro lavoro...

«Stai bene?» mi chiede Valentina.

Allunga la mano perché le restituisca la cartelletta. Praticamente gliela lancio e lei la prende al volo. Mi guarda con espressione ostile e comincia a sistemarla.

«Bene. C'è un piccolo problema, quello che pensavo fosse un mese, invece sono ventiquattro giorni. Di quei ventiquattro giorni, fammi controllare...» Apro il cellulare e vado all'app del calendario. «Ok, ci sono tre fine settimana. Quindi devi togliere sei giorni, per cui restano... Accidenti! Mancano diciotto giorni! Devi scrivere circa duemila parole al giorno, che poi io devo supervisionare. E prima devi leggere questi.» Mi alzo, prendo due dei miei ultimi romanzi e glieli lancio. «È importante che tu sappia catturare lo stile. E, se puoi, anche questi.» Le butto i due precedenti e i due precedenti ancora. Dopotutto è una serie poliziesca, ho bisogno che abbia una certa continuità.

«Accidenti… Dunque, hai bisogno che io legga sei romanzi di circa cinquecento pagine l'uno e che ne scriva cento in diciotto giorni?»

«Hai compreso perfettamente.»

«Mi dispiace…» Valentina posa sul tavolo del soggiorno tutti i libri che le ho appena lanciato, spostando le bottiglie di vino, i bicchieri vuoti, le bottigliette e così via. Sembra costarle una gran fatica, poveretta. «Mi dispiace...»

«Alessander. Ale.»

«Mi dispiace, Ale... ma io non posso.»

Si alza e di soppiatto si asciuga le mani sui vestiti.

«Sì che puoi! Sì che puoi farlo!» Quello che io non posso fare è lasciarla andare. «Ti pago bene! Ottocento euro.» Alza le sopracciglia e si volta verso la porta. «Mille!» Continua a camminare, non resta impressionata. «Porca miseria! Millecinquecento.» Apre la porta che dà sul pianerottolo. «Tremila, ti pago tremila euro.»

Si volta con gli occhi spalancati.

«Mi pagherai tremila euro per scrivere cento pagine di un romanzo?»

«Sì!»

«Non ti credo.»

«Ti darò la metà in anticipo, lo giuro, lo prometto. Non te ne andare. Non ho tempo per cercare qualcun altro.»

«Perché credi che io sia in grado di scrivere cento pagine di un romanzo, dopo averne letti altri sei, quando da quello che vedo tu non sei capace di farlo?»

«Non ho tempo ora per spiegarti quanto sia disastrosa la mia vita.»

«Va bene. Ok, accetto. Ho bisogno che tu mi dia una settimana per leggermi questi libri. Ci vediamo lunedì prossimo.»

«Una settimana? È impossibile che tu riesca a scrivere cento pagine in così pochi giorni.»

«Lavorerò anche nei fine settimana. Ti aggiornerò sui miei progressi ogni due o tre giorni. Tu hai qualche idea?»

«Niente... zero...» commento distrattamente, pensando a quello che mi ha appena detto. «Come? Mi aggiornerai ogni due o tre giorni? Niente da fare, io ho bisogno di vedere insieme a te quello che stai scrivendo, di dirti se sei sulla buona strada, se non ha nulla a che fare con il mio stile, se devi riscrivere.»

«Va bene, ti manderò un'e-mail ogni giorno.»

«No! Devi venire a casa mia ogni pomeriggio e farlo qui, c'è abbastanza tempo per poter discutere ciò che è necessario.»

«Qui?»

# CAPITOLO 4

## PRIMO GIORNO DI VENTIQUATTRO ALL'INFERNO

### Valentina

Si dispera. Alessander si dispera quando gli dico che non sono disposta a stare da sola ogni pomeriggio per un mese con un uomo che ho appena incontrato in un posto così... Non ho finito la frase, stavo per dire disgustoso, ripugnante, sporco, puzzolente... Comprensibile, vero? Però mi è parso poco ricettivo. Quindi non ho proseguito e lui ha iniziato a frignare come un bambino.

Sbuffo.

Sbuffo.

E sbuffo di nuovo.

Mi alzo dal divano, non gli do retta, cerca di spiegarmi qualcosa e io non comprendo una tale disperazione. Prendo uno per uno i sei libri che mi ha dato, sono pieni di polvere, potrei chiedergli un sacchetto, anche se immagino che non ne abbia o non sappia nemmeno dove cercarne uno.

«Va bene, va bene... Smettila di frignare. Prendo i libri e ci vediamo il prossimo lunedì qui a casa tua per raccontarti le mie idee e i miei dubbi, tratteggiare i personaggi, delineare tutto e potermi mettere al lavoro.»

«Sì, sì. Grazie, grazie. Aspetta... aspetta un secondo.»

Lo vedo aprire e chiudere dei cassetti, ho paura che da un momento all'altro possa volare un pipistrello o qualcosa del genere.

Tira fuori un libretto degli assegni, ne compila uno e me lo porge. Millecinquecento euro, pagati all'istante.

Lo prendo felice, lo piego e lo metto nella borsa.

«Come posso fidarmi che mi pagherai l'altra metà?» chiedo.

«Come farò io. Mi devo fidare che tu non uscirai da quella porta con i miei millecinquecento euro e sei romanzi e sparirai per sempre.»

«Ben detto. È un esercizio di fiducia.»

«La mia vita è nelle tue mani.»

«Ci vediamo lunedì prossimo, Alessander.»

«A lunedì, Valentina.»

«Alle otto del mattino.» Vedo che spalanca contemporaneamente gli occhi e la bocca. «Alle otto.»

Sbuffa.

«Va bene, alle otto.»

«E potresti pulire un po', perché sono allergica alla polvere.» Gli esce il fumo dalle orecchie, mi trattengo per non ridere. «E anche allo sporco» borbotto, ma a voce tanto bassa che dubito mi abbia sentito.

Finalmente esco da quell'appartamento sudicio. Non ho proprio voglia di tornare a casa quindi mi incammino verso una delle mie caffetterie preferite e occupo uno dei tavolini in fondo. A quest'ora non c'è troppa gente. Ordino un panino e un caffè, con l'intenzione di mettermi a leggere per un bel po'.

Osservo la copertina:

Alessander Boneta

*La Serie dei Crimini Irrisolti - Sepolti*

Il primo capitolo della serie best-seller che ha venduto milioni di copie in poche settimane.

"Un capolavoro. Agghiacciante. Delirante. Intimo."

"Un thriller sensazionale."

"Crea dipendenza. Illogicamente logico."

"Una sfida per i sensi."

Mi chiedo se tutto ciò che è scritto in quarta di copertina l'ha davvero detto qualcuno o se l'editore se l'è inventato per dare risalto a quella che è stata senza dubbio una combinazione fortuita.

Apro la prima pagina e inizio a leggere. Le ore passano veloci, tanto che me ne accorgo solo quando il mio stomaco inizia a brontolare per la fame. Sono a mio agio e tranquilla qui, non ho ancora voglia di tornare a casa. Guardo il cellulare e vedo un messaggio su WhatsApp di mia figlia che mi chiede com'è andato il colloquio. Ero talmente concentrata che non mi sono nemmeno accorta del suono.

Clicco velocemente per dirle che mi hanno dato il lavoro e che non mangerò a casa, poi le racconterò tutto in modo più dettagliato. Sorrido quando vedo le trecento emoticon di applausi che mi invia.

Chiedo al cameriere di portarmi un piatto di patatine e un hamburger. Continuo a leggere mentre mastico, perché devo ammettere che mi ha presa, quest'uomo ha un'abilità incredibile nel tenerti sulle spine.

Mi sono segnata le pagine importanti con dei post it e ho preso alcune annotazioni su un quadernetto: nomi dei protagonisti, caratteristiche principali, parole chiave, struttura dei capitoli, dimensione approssimata della pagina... dozzine di cose che mi sembrano importanti.

Intanto scrivo anche idee che mi vengono in mente e che posso utilizzare nella nuova storia. Ovviamente finché non leggo tutti i libri non avrò un'idea precisa, ma il "brainstorming" mi sembra importante.

Alle sei di sera ho letto più di quattrocento pagine, ho preso circa sette caffè, quattro panini, un hamburger con patatine e tre birre. Penso che siano passati secoli da quando mi sono divertita così tanto, però è ora di tornare a casa. Mi segno la pagina dove sono arrivata e apro i risvolti del libro per vedere la foto di Alessander.

«Accidenti!» sospiro. «Quando è pulito e ben vestito è pure bello.»

Mi permetto di sbavare un po' sulla sua immagine, nella fotografia ha i capelli raccolti ma ben pettinati, non come quando mi ha aperto la porta di casa sua. Ha una barba curata e gli si formano delle rughe ai lati degli occhi. Solo ora mi rendo conto che sono verdi, mi sforzo per deglutire.

Oh, accidenti! Non sembra nemmeno lo stesso uomo. Sorrido rammentando la sua faccia di questa mattina. Sarà bello, sexy, avrà un corpo fantastico e idee brillanti come scrittore, ma è uno sciattone.

Gioco con il cellulare e sorrido quando mi viene un'idea. Compongo il suo numero e aspetto.

«Che c'è? Maledizione, Valentina! Per favore, dimmi che non mi abbandonerai. Ho bisogno di te. Ho veramente bisogno di te.»

È impazzito, non avevo mai sentito nessuno "farsela addosso" in questo modo, finché non ho udito il suo tono di voce soffocato.

«Ma che bello, nessuno mi ha mai parlato così in vita mia.» Faccio una battuta. «Come hai intenzione di affrontare il problema della pulizia?»

Tossisce. Soffoca. Sono sicura che ha bevuto più birre di me nel pomeriggio.

«Ehm, beh, la mia cameriera non mi risponde al cellulare, credo si sia licenziata.»

«Ovvio» sussurro.

«Come?»

«Hai programmi per cena?»

«Ehi, rossa, la verità è che saresti proprio una bella scopata...» Mi sfugge una risata, non me l'aspettavo. Una bella scopata? Sul serio? «Ma secondo te è una buona idea? È un po' che non scopo...» Ma guarda questo pazzo! Una bella scopata dice! Non so se ucciderlo, riagganciare il telefono, ridere o che altro. Un po' che non scopa? Quanto sarà? Perché io invece... Ale interrompe i miei pensieri, rispondendo alla domanda che mi sono posta. «Almeno sette giorni. La mia ragazza e io ci siamo appena lasciati perché... non lo so, chi le capisce le donne, eravamo in momenti diversi nella relazione, mettere la testa a posto e blablabla...»

«Immagino. Ehi Ale, non offenderti, ok? Non ho alcun interesse sessuale per te.»

Ecco, meglio mettere le cose in chiaro fin dall'inizio, prima che pensi che i pompini sono compresi nei tremila euro.

«Ah, ok. Perché vuoi sapere se ho programmi per cena?»

«Pulisci la casa e spazza il pavimento, sai come si fa? Con quel bastone allungato che ha le setole dure all'estremità.»

«Ahah... non ti pago per raccontarmi barzellette.»

«Non sto scherzando. Pulisci un po' e sarò lì alle nove con un paio di pizze e la birra. A quel punto avrò finito di leggere il primo volume della serie e ho bisogno di discutere alcune cose.»

«Ma di già? Cazzo! Con tutti i mesi che mi ci sono voluti per scriverlo, non puoi averlo letto in un giorno!» sbotta, quasi offeso.

«Ragazzo, ma non eravamo d'accordo? Abbiamo fretta oppure no?»

«Sì, scusa, certo che abbiamo fretta... Ci vediamo alle nove.»

# CAPITOLO 5

## CONCENTRATI, ALE!

### Alessander

Valentina comincia a non piacermi, molto male. Mi opprime, è la tipica saputella che non prende fiato finché non finisce un lavoro. La creatività non funziona così. La creatività non comprende orari o ordine... Sono in preda al panico, ma non sono ancora sicuro se è perché non so cosa pensa questa donna del romanzo o perché temo che scriva di merda. Oppure, ancora peggio, se fosse troppo brava la mia editrice potrebbe notare il cambiamento. Dovrei farle firmare un accordo di riservatezza. Fanculo! Perché non mi è venuto in mente prima? Immagino che all'improvviso esca il fottuto best-seller dell'anno, che venda milioni di copie, che Valentina contatti la stampa per creare uno scandalo e che i paparazzi si appostino alla mia porta giorno e notte per rompermi le palle.

Ho freddo. Sudo.

Oh, cazzo, cosa ho fatto? Corro a prendere il cellulare.

«Julien! Cazzo Julien, ho bisogno di te, non ho mai avuto più bisogno di te in vita mia!» esclamo appena risponde.

«Che hai combinato questa volta, amico? Se ti beccano di nuovo con troppa merda addosso, non potrò fare niente. Ale, dannazione!»

«No! Non ho fatto nessuna stronzata! Sono pulito da tanto tempo.»

«Sì, certo, da venerdì...»

«Bene, quello che volevo...» Cambio argomento. «Ho bisogno che tu mi scriva un documento, tra un po' ti passerò tutti i dati via e-mail, un accordo di riservatezza e cessione dei diritti. Ti spiego più in dettaglio.»

«Oh, cielo...»

«Vieni verso le otto questa sera, ok? Lo guardiamo insieme, lo stampo e ti spiego.»

«Sono libero adesso, vuoi che venga a casa tua?»

«No!» urlo. «Non posso, cazzo, devo pulire.»

«Pulire? Non hai in giro coca o roba del genere, vero?»

«Dai, Julien, da bravo, tu non sai nemmeno cosa sia la coca, a parte la bevanda da cui sei dipendente. È davvero una merda, amico, ti fa a pezzi internamente.» Dalla sua risata deduco che sappia che sono nel panico. «Smettila di fare lo spiritoso. Ci vediamo alle otto.»

Riaggancio. Respiro tranquillo, mando un messaggio su WhatsApp a Santa Valentina perché mi fornisca tutti i suoi dati e le dico che è per la documentazione. Me li manda senza fare domande e io scrivo l'e-mail a Julien, in modo che possa preparare tutto. Faccio un respiro profondo e quando giro la sedia della scrivania guardo il mio soggiorno.

«Beh, Ale, non c'è bisogno di pulire tutta la casa, se fai in modo che il soggiorno sia decente sei a posto. E il bagno degli ospiti, per ogni evenienza, che fa schifo. Anche se non sarebbe male cambiare le lenzuola nel caso che…»

Parlo tra me finché non mi accorgo che sono le sei e mezza passate e che sono rimasto assorto nei miei pensieri per troppo tempo, mi sono agitato, così ho dovuto risolvere in fretta. Quella rossa mi porterà un sacco di guai, lo so.

Mi diverto a cercare prodotti per la pulizia, vediamo, non può essere così difficile, penso di averlo fatto qualche volta, devo pensare... Non ricordo bene, in realtà. Ma è meglio che mi sbrighi, quella donna è capace di arrivare, voltarsi e andarsene.

Faccio un rapido ripasso della stanza, passo uno straccio, in realtà è una vecchia camicia perché non sono riuscito a trovarne. Ok, forse non è così vecchia e il fatto che sia di Gucci dovrebbe dissuadermi ma la metterò in lavatrice e tornerà come nuova. Nota mentale: imparare a usare la lavatrice. Metto un po' d'ordine in tutto questo casino. Ho accumulato tre sacchi della spazzatura giganti in cucina, spero che non voglia entrarci perché le verrà un colpo.

Suona il campanello e io sobbalzo. No, cazzo! Guardo l'orologio. Le otto. Cazzo, non mi sono ancora fatto la doccia.

«Julien...» mormoro. Apro la porta e ora grido. «Julien, dannazione amico, ho bisogno di te!»

Mi getto tra le sue braccia per stringerlo e, visto che mi salverà la vita, gli do anche un bacio sulla guancia.

«Accidenti, mi fai paura, non so se voltarmi e andarmene.»

«Ho bisogno di te!» Ripeto, nel caso non gli fosse chiaro. Lo faccio entrare e chiudo a chiave. «Lascia la tua valigetta e le tue cose sul divano e, ti prego, ho bisogno che tu mi faccia il favore più grande della tua vita.»

«Non ti aiuterò a scrivere nemmeno due righe, amico, lo sai che non ne sono capace. Non insistere.»

«L'ho chiesto anche a te?» Mi fermo di colpo e mi gratto la testa, perché proprio non ricordo, dovevo essere su di giri. «Non distrarmi! Non è questo. Per favore, per favore, per favore...»

«Sputa il rospo.»

«Dovresti pulire il pavimento del soggiorno e darmi il tempo per fare una doccia prima che arrivi Santa Valentina, altrimenti sarò un uomo morto.»

«Che cosa?» Julien sgrana gli occhi, gli mostro ciò che ho in mano, la camicia di Gucci imbevuta in uno di quegli spray detergenti. «Calma Ale, calma...» Mi trascina sul divano e mi fa sedere. «Fai un respiro profondo. Cosa sta succedendo? Sei impazzito o cosa? Ti senti bene?» Annuisco. «Concentrati. Vuoi spiegarmi perché diavolo hai in mano un insetticida al profumo di pino e una camicia piena di quella merda? Oh, cazzo! È la camicia che ti ha regalato Barbara per San Valentino? E perché è diventata nera?»

Arrivati a questo punto mi rendo conto di essere un po' coglione e invece di prendere una camicia scura, da cui poi sarebbe stato più semplice togliere le macchie, ne ho presa una bianca. Sì, sì, c'è poco da ridere, ho già detto quanto sto male? E si potrebbe anche restare sorpresi che non abbia battuto ciglio per aver pulito per due ore i mobili con un insetticida, ma alla fine due al prezzo di uno, ora profumano di pino e non saremo disturbati da nessun insetto. È quasi come se fossero puliti, giusto?

«Principalmente?» Il mio amico annuisce. «Perché sono un coglione.»

«Ah, ok. Sì, certo, certo.»

Guardo l'ora. Accidenti, le otto e un quarto.

«Ok, te lo spiego con più calma dopo. Puoi occuparti del resto?» Julien alza gli occhi al cielo e annuisce. «Includilo nella fattura, sai che ti pagherò.»

«Vuoi che includa nella fattura, la mia fattura con il mio logo da avvocato rispettabile, i servizi di pulizia?»

Bah, minuzie.

Vado a spogliarmi mentre mi avvio e butto i miei vestiti dove capita, finché non rammento che fra poco arriverà Valentina e torno sui miei passi con il culo (e non solo il culo) al vento per raccogliere i vestiti. Il mio amico si fa una risata quando mi vede con l'attrezzo all'aria.

# CAPITOLO 6

## FIRMA QUI PER FAVORE

### Valentina

Sono le nove passate e arrivo un po' in ritardo a casa di Ale, sono passata a comprare un paio di pizze e di birre e mi sono fermata un attimo in farmacia a prendere un gel idroalcolico, perché non sono abituata a stare in mezzo a così tanti batteri.

Suono il campanello e pochi secondi dopo mi apre la porta un uomo che giuro somiglia incredibilmente a quello sul risvolto del libro che ho letto tutto il giorno e non ha assolutamente niente a che vedere con quello di stamattina. Forse l'ho giudicato male e stava solo passando una brutta giornata. Mi rimprovero sempre per questo genere di cose, perché giudico le persone senza conoscerle, però va bene, ormai il danno è fatto.

Ora... come gli spiego che stavo boccheggiando come un pesce quando l'ho visto così e che non sono riuscita a pronunciare una parola finché non mi ha detto per la terza volta:

«Allora, entri?»

«Sì, sì, entro.»

Anche il salone sembra un altro, come il suo proprietario. Ha un buon profumo e a prima vista sembra pulito e ordinato. Ciò che però mi sorprende è incontrare un'altra persona dentro casa. Accidenti... sarà il tuo partner? Lo percorro con lo sguardo, è abbronzato, capelli castani con una pettinatura arruffata che gli dona tantissimo, ha gli occhi azzurri e indossa una camicia nera a maniche lunghe arrotolata fino ai gomiti, pantaloni grigi e scarpe nere. Non è vestito da casa. Resto di nuovo a bocca aperta perché, se lo scrittore mi ha fatto deglutire a fatica, quest'uomo non è da meno.

«Ciao, sono Julien Virto, l'avvocato di Ale.»

«Avvocato?» balbetto e mi volto verso lo scrittore. Sussulto quando mi rendo conto che mi sta accanto. Cavolo, quanto è alto.

«Avvocato e amico» chiarisce Ale. «Per favore, siediti.»

«Se mi dici dov'è la cucina, appoggio queste...» suggerisco.

«No!» gridano entrambi, contemporaneamente.

Spalanco gli occhi, mi sto spaventando.

«Siediti sul divano con Julien, vado io a portare tutto.»

Annuisco come un automa, mi sta facendo paura. Sono finita in casa di uno psicopatico assassino o qualcosa del genere?

Julien si siede su un divano e io sull'altro, in modo che sia accanto a me, ma che io possa vedere il suo viso. Sono un po' tesa, a dire il vero.

«Beh, è una bellissima serata, vero?» dice all'improvviso.

«Sì, sembra di sì.»

Si sente un rumore dalla cucina e mi giro spaventata.

«Tranquilla!» esclama Julien, facendomi sobbalzare. «Non è niente, torna subito.»

Sento Alessander imprecare e rido.

«Eccomi, eccomi... Beh, cosa ne pensi se procediamo con la firma del contratto prima di mangiare?»

«Va bene.» Mi sorprende, in realtà. È un lavoro molto ben pagato, di sicuro, ma sembra che non sia del tutto legale, o forse sì, non so niente di leggi.

Per la mezz'ora successiva Julien continua a parlare, non ho capito molto, qualcosa sulla riservatezza e la cessione dei diritti. Entrambe le cose mi erano già abbastanza chiare quando ho accettato questo lavoro. Non vedo l'ora di stare da sola con Ale, perché voglio condividere con lui tutte le idee che mi sono emerse leggendo, parlare di alcuni aspetti che credo sarebbe più facile comprendere se me li spiegasse lui.

Julien e Ale mi propongono di portare a casa il contratto per leggerlo attentamente prima di firmarlo. Ma non serve, l'ho letto e condivido tutti i punti, non mi interessa che il mio nome appaia da nessuna parte del libro che cominceremo a scrivere insieme, sono soddisfatta di fare qualcosa di nuovo e anche di guadagnare.

Firmo pensando che Julien se ne andrà e invece va in cucina, un posto che a quanto pare mi è vietato. Mi chiedo cosa ci sia là dentro, ma dalla faccia che fanno quasi preferisco non scoprirlo.

Lo vedo apparire con una bottiglia di vino e tre bicchieri, ma considerando che dobbiamo lavorare, che è tardi, sono stata fuori casa tutto il giorno e sono esausta anche se euforica allo stesso tempo per l'emozione, dovrei bere acqua.

Julien si butta sul divano con il suo bicchiere bevendo lunghi sorsi e, quando mi accorgo che resterà qui come una mascotte e si ritira in un angolo a riposare, mi preparo a parlare con Ale di tutto quello di cui ho bisogno.

Tiro fuori dalla borsa il quaderno pieno di appunti, colori, sottolineature, ho segnalato con dei post it le pagine su cui ho scritto cose che devo chiarire con lui.

«Cos'è quello?» mi chiede, vuotando d'un sorso il bicchiere, e io faccio schioccare la lingua.

«Il mio piano di lavoro.»

«Ah, ok, ok.»

Quando apro il quaderno e comincio a leggergli tutti i dubbi che ho bisogno di risolvere, gli esce una parolaccia e al suo amico, ancora appostato a pochi metri da noi, sfugge una risata.

Metto la penna sul tavolo. Ora scopriremo che l'unica che prenderà le cose sul serio sarò io, perché sono io quella che deve scrivere cento pagine in non so quanti giorni, pochi comunque, e non posso fare miracoli.

Prendo il bicchiere dalla mano di Ale e mi alzo per andare in cucina.

«Nooo!» urlano entrambi e io li ignoro.

Cerco di non avere un attacco d'ansia appena entro nella stanza e vedo il disordine che regna, apro gli armadi finché non trovo i bicchieri, li esamino con attenzione. Sembrano puliti, spero che lo siano perché non voglio prendermi la salmonella, un'infezione o qualsiasi altra cosa. Apro il frigo, vedo una bottiglia d'acqua e cerco di non guardare altro. Bene. Stupendo. Acqua fresca.

La porto in soggiorno dove vedo Julien con la testa quasi affondata nel bicchiere, e Ale con le mani sul tavolo del soggiorno, come un bambino in attesa dei rimproveri dei genitori. Però non mi tocca, nel senso più letterale del termine, quindi per il momento decido di tacere.

«Meglio passare all'acqua, ho bisogno che tu sia fresco perché abbiamo molto lavoro da fare in questi trenta giorni.»

«Ventiquattro.» Ale tira fuori il cellulare per controllare. «Sì, ventiquattro.» Proprio in quel momento lo vedo corrugare la fronte. «Ah no, guarda, ventitré» borbotta a denti stretti, mostrandomi lo schermo del telefono, dove è appena arrivato un messaggio.

«Ventitré giorni, cento pagine» leggo.

Faccio un respiro profondo, l'espressione di Ale mi fa perfino pena, è sprofondato nella disperazione più assoluta, non si fida di me, si vede. Certo, non mi conosce, è normale che non si fidi, ma se dovessimo basarci sulla prima impressione, qui dovrei essere io quella ad avere paura.

Verso due bicchieri d'acqua, prendo il mio e bevo un sorso. Ale fa lo stesso.

«Penso di aver bisogno di qualcosa di più forte» dice, cercando di alzarsi in piedi.

«Niente da fare! Stabilisco io le regole! Non potrai bere e... niente di quello che prendi di solito per ventitré giorni. Intesi?»

Bisognerebbe vedere la sua faccia in preda al panico. Immagino che sia anche peggio di quando la sua editrice, quella Mayte che gli ha appena scritto, gli ha detto la prima volta che se non avesse consegnato la bozza promessa entro trenta giorni avrebbero rescisso il contratto. Ha il fiato corto.

«Chi ti ha detto che puoi stabilire le regole?»

«Se preferisci, ti restituisco i soldi e ti arrangi da solo.»

«Fanculo Santa Valentina...» mormora, illudendosi che io non lo abbia sentito.

# CAPITOLO 7

## CON LE PALLE PIENE

### Alessander

Questa donna mi sta sfruttando troppo, devo stare attento a non farmi fottere. Non dovrebbe essere lei a prendersi tremila euro per scrivermi cento pagine? Allora perché diavolo devo sopportare che mi rompa così tanto le palle? Se ne approfitta, si sta divertendo, lo so, o almeno così sembra.

Beh, in realtà, lei non lo sa, ma Julien... Julien ha riso di più in queste ore che è stato a casa mia che nel corso dell'ultimo anno, è rimasto solo per rompere i coglioni, pure lui, oggi ne ho le palle piene.

Verso le quattro del mattino, quando già pensavo che avrei dovuto denunciarla alla Guardia Civile per buttarla fuori da casa mia, Valentina mi dice che chiamerà un taxi, però Julien si offre di accompagnarla. Meglio così, mi libero dei due rompipalle in una volta sola.

Sbuffo mentre se ne sta andando.

«Ci vediamo domani verso…» Guarda l'orologio per fare un calcolo e io quasi tremo. «Verso le nove e mezza, ho bisogno di dormire un po'.»

«Fanculo! Ma dannazione, chi diavolo ho ucciso per farmi alzare così presto?»

«Nove e mezza. Prepara il caffè. Anche se, ripensandoci, è meglio che me lo porto da casa, considerata la situazione in cui vivi. Non so come tu possa avere la cucina in quello stato.»

Niente, non riesco a impormi neanche per il cazzo e dev'essere alta al massimo un metro e sessanta. Ma mi sembra di avere a che fare con qualcuno della mia stessa taglia, un metro e novanta per centodue chili di muscoli. Meglio non dirlo.

«Mel non si fa vedere da due settimane» mi difendo, vediamo se adesso la colpa sarà ancora mia.

«Mel è scappata a Cancún perché non ti sopportava» mormora prima di raccogliere le sue cose.

Julien ride e io passo dal non dire niente a esprime in modo chiaro quanto non la sopporto. Chiudo la porta.

«Spiritosa del cazzo, portati il caffè e ficcatelo nel culo!» urlo dopo pochi secondi.

«Stiamo ancora aspettando l'ascensore, Ale, ti sentiamo» esclama il mio amico Julien dopo una risata.

Lascio perdere, vado a dormire, non ne posso più. Prima passo in cucina e in un sorso finisco il quarto di bottiglia di vino che il mio amico si è degnato di lasciarmi. Figlio di puttana, ha preso una di quelle costose. Non fa attenzione a nulla.

Evito di trastullarmi oggi, non sono dell'umore giusto e ho bisogno di dormire, mi sento sballato, è estenuante essere produttivi, davvero.

Non so perché sono così incazzato con Santa Valentina, ma all'improvviso mi viene in mente una scena, una di quelle violente, cazzute e sanguinose, e digito nel word processor che ho installato sul cellulare, sempre pronto in questi casi. Anche se mi sono appena accorto che non lo aprivo da più di un anno, Santa Valentina mi ha ispirato un omicidio...

Quando finisco di scrivere l'idea, anche se in maniera un po' sciatta, gliela mando.

ALESSANDER
*Dai un'occhiata a questo, penso che sia una buona idea lavorare su un omicidio con queste caratteristiche, mi è venuto in mente proprio ora. Buona notte.*

Una decina di minuti dopo, mentre mi sto rigirando nel letto, sento il bip del cellulare che mi avvisa che mi ha risposto:

SANTA VALENTINA
*Ahah. Mi spaventa farti arrabbiare.*

Che spiritosa, non le rispondo, passo.

Punto la sveglia alle nove e un quarto. Devo fare un paio di cose prima che arrivi Valentina, come andare in bagno, non è carino con lei qui.

Quando suona la sveglia mi sveglio di cattivo umore, ho dormito poco e male. Vado in bagno e quando esco dalla doccia suona il campanello. Mi asciugo e mi infilo i boxer e una maglietta il più velocemente possibile prima di andare ad aprire. Se mi presento con l'asciugamano è capace di denunciarmi per molestie, con il brutto carattere che si ritrova quella rossa.

Non insiste, non ci conosciamo quasi per nulla ma sa già abbastanza da capire che ho bisogno del mio tempo.

«Scusa, mi hai beccato sotto la doccia. Entra, finisco di vestirmi e arrivo.»

Me ne vado di corsa e non la guardo nemmeno, perché mi pare di vedere la sua faccia imbronciata, mi basta la mia al mattino.

Arrivo in soggiorno dopo aver indossato i jeans e una felpa. Non so se è per i capelli bagnati e sciolti o per la mancanza di sonno ma sento freddo. Vedo che Valentina ha messo alcuni bicchieri di plastica sul tavolo, un thermos in cui suppongo ci sia il caffè, una bottiglia di latte, che non è mio, e lo zucchero. Alzo le sopracciglia sorpreso.

«Non guardarmi in quel modo. Prendi questo.» Mi porge un biglietto, c'è segnato solo un nome e un numero di telefono. Sarà uno psichiatra? Il suo avvocato? La guardo con le sopracciglia alzate, non parlo molto senza caffeina in corpo. Se mi spiega chi diavolo è senza doverlo chiedere, è meglio. «È una ragazza che si dedica professionalmente alle pulizie domestiche.»

«Grazie. La chiamerò.»

«Non ringraziarmi, non mi è simpatica in realtà, ma so che è brava nel lavoro. Accontentati, non mi prenderò il disturbo di raccomandarti qualcuno che mi piace.»

«Come rompere le palle è una materia che hai studiato nella tua carriera?»

Valentina mi guarda, però non risponde. Serve entrambi i caffè e me ne porge uno. Beviamo in silenzio per qualche secondo e poi tira fuori il suo quaderno.

«Mi piacerebbe dare un buon profilo ai personaggi principali che appaiono in questa storia. Potresti mostrarmi le schede tecniche che hai creato all'epoca?»

«Schede tecniche...» ripeto, sono ancora intontito per la mancanza di sonno e di sesso, poi quel décolleté che indossa Valentina mi ha improvvisamente surriscaldato. Mi tolgo la felpa per acclimatarmi e pensare lucidamente.

«Sì, le schede tecniche, sono quelle cose dove scrivi le caratteristiche dei tuoi personaggi, come età, aspetto fisico, carattere, data di nascita.»

«Vuoi una birra?» Valentina sgrana gli occhi e io mi alzo in fretta prima che mi fermi. «Che c'è? Conta come cereale. Ho bisogno di fare colazione.»

«Ok, non hai le schede» mormora e la vedo aprire un'altra pagina del quaderno.

Quando torno dalla cucina con la birra, che ho già aperto e di cui ho già bevuto un lungo sorso nel caso me la porti via, la vedo inserire un post it e iniziare a scrivere una sfilza di domande.

«È proprio necessario?» protesto.

«Sono i tuoi personaggi, non i miei. Se lo scrivi tu non è necessario, ma visto che sono nella tua testa e io non ho il piacere di conoscerli a fondo, non hai altra scelta che aiutarmi.»

Un paio d'ore dopo, il terzo caffè inizia a fare effetto e il malumore è passato a entrambi. Ci siamo anche fatti una risata. Valentina è diligente e mi fa incazzare, perché devo mettere insieme cento pagine dal nulla, mi angoscia. Abbiamo parlato dell'idea che mi è venuta ieri sera e, grazie al cielo, non ha tirato in ballo il fatto che mi ha rotto le palle per farmela venire in mente.

Siamo davanti al portatile, Valentina ha digitato ciò che le ho detto e ha ampliato un po' qua e un po' là. Così va bene, davvero. Sono piacevolmente sorpreso. Il mio cellulare squilla. Sono talmente concentrato che non ci bado nemmeno. Suppongo che sia Mayte e non vedo l'ora di dirle che ho scritto tre pagine. Bene, anche se non ne sarà ancora molto felice. Tre pagine su cento? Sono un uomo morto, vado nel panico ancora una volta.

Valentina mi obbliga a rispondere perché è abbastanza fastidioso che continui a suonare. Una rapida occhiata allo schermo e deglutisco prima di far scorrere il dito e portare il telefono all'orecchio.

«Ciao» rispondo con cautela, in questo momento non so come comportarmi.

Valentina mi lancia uno sguardo stranito quando sente il mio tono di voce. Quando distolgo lo sguardo da lei e mi alzo per andare sul divano, lei continua a digitare.

«Ale, come stai?» È Barbara dall'altro lato e all'improvviso mi sento come se qualcuno mi stesse stritolando lo stomaco con tutte le sue forze. «Non sapevo se fossi sveglio.»

Sembra gentile, non suona come un rimprovero o altro. Guardo l'ora, è quasi la una.

«Sono sveglio sì, lavoro dalle nove e mezza.» Sento silenzio. Non mi crede, il che, anche se mi fa incazzare (tanto, una in più) è comprensibile. «Barbara, mi manchi.»

Improvvisamente sento il bisogno di dirglielo, perché insomma, siamo stati insieme tutta la vita, non mi erano ancora spuntati tutti i peli sulle palle e già mi sbaciucchiavo con lei dietro gli angoli. Ed è rimasta qui, tutti questi anni con me, a sostenermi...

«Ale, per favore risparmiami tutto questo, ok?» esclama, bloccando i miei pensieri, la sua voce suona ancora morbida, calma, gentile, forse è per questo che fa ancora più male. «Vorrei solo sapere quando riesci a trovare un po' di tempo per andare in banca, dobbiamo separare il conto di risparmio e dividere i soldi, dobbiamo sistemare subito questa cosa, non voglio far passare altro tempo.»

Mi sento come se mi avessero gettato addosso una brocca di acqua fredda perché per un attimo ho pensato che la rabbia le fosse passata e che potessimo parlare, non so, magari con una di quelle scopate di riconciliazione con cui abbiamo festeggiato così tante volte. Invece no, a quanto pare è davvero finita. Non ci capisco niente.

«Davvero, Barbara?»

«Non costringermi a ripeterti di nuovo tutte le mie ragioni» mi interrompe.

«Ok, ok. Non rompermi le palle con la stessa storia» dico incazzato. «Ho bisogno di qualche giorno, sono pieno di lavoro, ho un paio di settimane per consegnare la bozza del romanzo e sto lavorando, anche se non mi credi.»

Do una rapida occhiata a Valentina, perché da un po' non sento più la tastiera. Lei mi guarda incuriosita, stupita anche. Distoglie rapidamente lo sguardo, però so di averla deconcentrata e che finché non riattaccherò probabilmente non riuscirà a lavorare. Apre il quaderno e scarabocchia qualcosa, chissà cosa.

«Chiamerò Julien» dice alla fine Barbara, evidentemente pensando al modo più veloce ed efficace di concludere tutte le scartoffie. Sospira. «Quasi lo preferisco, Ale, è meglio, così non dovremo più vederci. Ciao.»

E riaggancia.

Mi ha... riattaccato in faccia.

Sono incredulo, guardo il cellulare e mi incazzo. Mi incazzo come una bestia. Mi viene voglia di prendere a calci qualcosa ma a tutti i miei problemi dovrei aggiungere anche quello di terrorizzare Santa Valentina che scapperà di corsa e mi lascerà senza soldi e senza romanzo. Allora spengo e lascio perdere. Faccio un respiro profondo e torno da Valentina, che si è accorta che sono di cattivo umore e non distoglie lo sguardo dalla tastiera. Finge di essere concentrata con le dita sulla tastiera, ma non sta scrivendo.

Dopo qualche secondo, quando finalmente il silenzio è completo, ricomincia a digitare e io rimango bloccato nel mio mutismo. Leggo tutto, ok, questa scena è semplice, non ci darà molto da fare. Ha saputo catturare facilmente il carattere dei protagonisti. La interrompo un paio di volte, per suggerire come sviluppare un dialogo o per fare riferimento ad alcuni dei casi su cui ho lavorato negli altri romanzi e poco altro. Il resto le riesce perfettamente.

Pochi minuti più tardi, dopo aver messo un punto, si stacca dalla tastiera e si rivolge a me.

«Guai in Paradiso?» mi chiede, suppongo per rompere il ghiaccio, perché sono ancora nel mio mondo cercando di capire perché all'improvviso una donna che mi è sempre stata attaccata come la colla ora sembra che se ne freghi di me, che non abbia bisogno di me, che non mi ami. Fa male. Molto male.

«La mia ex si è svegliata con la voglia di rompermi le palle» brontolo, senza dilungarmi troppo.

«Tutti ti rompono le palle.» Dalla sua espressione capisco che è un tentativo di scherzare, quindi l'assecondo, perché non mi va di fare il drammatico e raccontarle la mia vita disastrosa, a prescindere dall'accordo di riservatezza che ha firmato.

«Le ho appetitose, a quanto pare.»

È uno scherzo ma lo dico sul serio perché sono incazzato, però la risata di Valentina mi fa sorridere un po'.

«Vuoi dirmi cosa non va con questa Barbara o ti leggo quello che ho scritto?»

Rimango in silenzio a osservarla, ammiro le sue ciglia rosse, il suo sguardo color miele che mi scruta con curiosità, le sue guance rosate coperte di lentiggini, le sue labbra che si aprono in un mezzo sorriso. Valuto le opzioni.

«Faremmo meglio a mettere da parte la psicologia da quattro soldi per un'altra volta e metterci al lavoro» dico seriamente.

Valentina mi guarda in modo strano, quasi ansimando, non voglio sapere cosa sta pensando. È meglio tornare a ciò che ci interessa.

Qualche ora dopo propongo di uscire a mangiare qualcosa al cinese vicino a casa, potrei ordinare a domicilio, ma così ci chiariamo un po' le idee. Per strada chiamo la ragazza che mi ha consigliato per le pulizie, che promette di passare nel pomeriggio. Per fortuna io e Julien abbiamo riordinato un po' la casa ieri sera. Sì, con l'insetticida, meglio non ricordarlo, ma almeno non scapperà.

«Barbara era la tua ragazza?» Mi chiede a metà pranzo, sono ancora tranquillo, perché mi sento strano. Sono certo che mi mancano enormi quantità di alcool nel corpo e questo per me non è normale.

Annuisco. «Sì, abbiamo litigato la scorsa settimana e ci siamo lasciati.»

«Beh, forse non era adatta a te ed è solo una in più sulla tua lista.»

«Sì, giusto, la mia lunga lista» ironizzo.

Valentina si rende conto del tono con cui lo dico, ma la verità è che non voglio raccontarle che stavo con Barbara da quando avevo ventidue anni, che per me lei è stata la prima e l'ultima donna e che non voglio stare con nessun'altra. Ok, fanculo, ne ho bisogno, ne ho le palle piene, ecco quanto mi hanno fatto incazzare questa settimana. Certo, ma anche così io non considero di poter stare con qualcuna che non sia lei, insomma... Rischio di diventare melodrammatico, perché sono un uomo adulto, alto quasi due metri e con più di cento chili, quindi non starò qui a piangere come se avessi tre anni.

Dopo aver ordinato dei caffè torniamo a casa mia. Mentre ci sediamo davanti al computer, mi chiama Pedro.

«Accidenti, amico, dove diavolo sei? Non ti vedo da una settimana.»

«Sono stato impegnato.»

«Stasera facciamo una festa privata. Molto alcool. Molto di tutto. Musica... Già lo sai. Vieni?»

Valentina, che è seduta accanto a me e apparentemente ha ascoltato la mia conversazione privata, fa cenno di no e io sbuffo. Ho bisogno di un drink o due. Ho bisogno di ubriacarmi. Devo uscire perché sto soffocando.

«Certo. Ci vediamo dopo.»

Lei fa di nuovo cenno di no ma si gira verso la tastiera, scuotendo lentamente la testa da un lato all'altro, poi inizia a digitare senza sosta. La sto facendo incazzare, ma sto leggendo e mi piace, mi piace quello che scrive quindi riattacco il telefono e resto zitto. Un paio d'ore più tardi non mi ha ancora rivolto la parola, ma comincia a raccogliere le sue cose.

«Sono stanca, vado a casa.»

«Va bene, è tardi, abbiamo lavorato tanto.»

«Sì, farò una doccia e leggerò un altro dei libri della serie, nel caso mi siano sfuggite cose importanti. Domani alle nove sono qui. Quindi per il tuo bene spero che tu non faccia tardi, perché ho bisogno che tu sia lucido, non posso fare da sola in così poco tempo.»

«Va bene, rientrerò presto.»

«Se arrivo e tu sei ubriaco, me ne vado e ti arrangi.»

«Sai una cosa, Santa Valentina?» Mi fissa. Per un attimo penso di mandarla al diavolo, ma prima vorrei toglierle il bastone dal culo. Un'idea fugace mi passa per la mente e non penso nemmeno prima di aprire bocca. «Dovresti venire con me. Da quanto tempo non ti diverti?»

Non mi guarda, continua a raccogliere le sue cose e qualche secondo dopo borbotta: «Troppo.»

Forse pensa che non l'abbia sentita, invece sì.

«Se vieni, ti schiarisci un po' le idee, bevi qualcosa, ti rilassi, balli, potresti anche scopare se vuoi, chissà. Con il divertimento, tutto funziona meglio.»

«Sì, lo vedo come funziona, visto che hai dovuto assumermi perché non sei in grado di scrivere il tuo libro.» Colpito e affondato. «Scusa» mormora qualche secondo dopo. «Non sono affari miei, divertiti, io vado a casa.»

Ha vacillato? Io, in ogni caso, mi butto. Mi sarebbe utile se venisse, per non andare fuori fase, ecco la verità, perché quando io e Pedro siamo insieme tutto esplode, l'alcool, le risate, la droga, la musica... Ci divertiamo, certo, anche se poi finisco sempre steso. E ho bisogno di divertirmi, ma ho anche bisogno di fare le cose per bene e consegnare la bozza all'editore prima di finire nella merda.

«Dai, vieni per un po'. Ti prometto che ti divertirai. Così ti assicuri che tornerò a casa presto.»

Alzo le sopracciglia divertito e sorrido davvero per la prima volta da quando Barbara mi ha chiamato.

Valentina torna a fare quell'espressione strana che non riesco a capire e rimane come con la bocca aperta, non capisco cosa le succede. Alla fine annuisce.

«Ok, va bene vengo. Accetto l'invito.»

# CAPITOLO 8

## MEGLIO TARDI CHE MAI

### Valentina

Apro l'armadio, guardo cosa c'è dentro e mi ci siedo davanti, sbuffando. L'ultima volta che sono uscita la sera è stata per un matrimonio e non credo che l'abito che avevo indossato per l'occasione sia appropriato. Non so nemmeno perché ho detto di sì. Se a me una cosa non va, non va.

Improvvisamente ricordo la sua espressione seria. Mamma mia, è tutto il giorno che mi manca l'aria, perché così, pulito, pettinato e vestito da persona normale, me lo vorrei mangiare. Il suo sorriso è sorprendente, ma quando si fa serio toglie il fiato. Per fortuna non si è reso conto che di tanto in tanto sono rimasta con la bava alla bocca. Che vergogna!

Mi copro il viso con le mani ed emetto un mezzo grido soffocato.

«Cosa stai facendo?»

Sobbalzo per la sorpresa.

«Che spavento! Non ti ho sentita arrivare.»

Mia figlia mi guarda stringendo gli occhi.

«Dai, vieni qui.»

Becca, che ho visto appena negli ultimi due giorni, mi prende per mano e mi trascina in cucina, prende un paio di bicchieri, aggiunge del ghiaccio e serve due bibite. Per un attimo ho pensato che ci saremmo fatte una bevuta, come in quei film americani, ma in questo momento in casa abbiamo solo il vino bianco che uso per cucinare.

«Vuoi dirmi cosa c'è che non va?»

Beve un sorso e io faccio lo stesso. Fa caldo. Beh, non so se fa davvero caldo o ce l'ho solo io, all'improvviso ho molta sete.

«È solo che... stasera esco.» Mi copro la faccia, perché mi vergogno perfino. Io. Uscire. Neanche avessi vent'anni.

«Hai un appuntamento?» mi chiede sorniona.

«No, certo che no, farò da babysitter all'uomo per cui ho appena iniziato a lavorare, in modo che non faccia tardi.»

«Mamma, so che hai bisogno di un cambiamento, ma sei sicura che sia questo il lavoro che vuoi fare? Sembra molto strano» mi rimprovera.

Mia figlia è molto prudente, questo lo ha preso da me, perché suo padre... meglio non parlarne.

«Sono un sacco di soldi e mi piace.»

«Ti piace lui o il lavoro?»

«Mi piace.» Alzo le spalle e ridiamo entrambe.

Spiego a mia figlia quello che mi ha detto Ale, che è uno spazio privato, un party per le alte sfere che chiamano Luxury. I biglietti costano una fortuna. Non sono mai stata in un posto così. Non so come dovrei vestirmi o comportarmi.

Becca e io andiamo nella mia camera e lei apre l'armadio, passa da un abito all'altro e infine sbuffa.

«Se esci con questo, sembrerà che tu stia tenendo una conferenza invece che essere a una festa.»

«Grazie. Mi sento già molto meglio.» Sogghigno. Becca scoppia a ridere.

«Dai, vieni.»

Andiamo nella sua stanza e mi rifiuto ancora prima che apra le ante del suo armadio.

«No, no, no.»

«Taci e ascoltami.»

«No. Io e te non portiamo la stessa taglia. Guarda il mio culo, guarda i miei fianchi, la mia pancia... ho una pancia orribile.»

Mia figlia alza gli occhi al cielo e mi ignora. Prende alcuni vestiti dall'armadio e mi costringe a provarli. Dopo tre o quattro, lancia un urlo quando finisco di chiudere la cerniera dell'ultimo.

«Aaaah! Sì! Sapevo che questo ti sarebbe stato da infarto!»

Mi avvicino allo specchio e deglutisco a fatica.

«Quando ti ho permesso di comprare una cosa del genere?»

Becca ride, ma per me non è affatto divertente. La scollatura è esagerata, il mio reggiseno fuoriesce, la schiena è scoperta. Non va bene. Mi acciglio e Becca, che sembra sapere esattamente cosa sto pensando, arriva alle mie spalle e con un solo movimento mi slaccia il reggiseno.

«Toglilo.»

«Non posso andare in giro senza reggiseno.»

«Questo vestito sostiene il seno, non è necessario indossarlo.»

«No... non posso, sembra che sia nuda, muoio di vergogna.»

Becca lo tira per toglierlo del tutto, mi sistema bene la parte in alto. Mi guardo. Il vestito è bellissimo, non dico di no, ma per una ragazza di vent'anni, con tutto al suo posto e senza complessi.

«Sei bellissima, ti sta benissimo. Si adatta alle tue curve, non mostri assolutamente nulla, l'importante è coperto. La gonna arriva quasi alle ginocchia.»

«Bene, perché se dovessi sollevare la parte superiore, mancherebbe il tessuto.»

«È ideale per una festa. Con le scarpe rosse col tacco alto ti starà d'incanto. Vai a truccarti, ora ti sistemo un po' i capelli con il ferro e ti dipingo le unghie di rosso. Sarai stupenda.»

«Sicura? Non so...»

«Fai come ti dico.» Annuisco. Non ho molte opzioni. Accettare il vestito, che non sembra affatto male, o andare a fare shopping, cosa che non ho voglia di fare. Mia figlia si schiarisce la gola. «A proposito, mamma.» Oh, mi fa paura. «Stasera resto da Yadira, ok? Lo dico nel caso volessi portare qui qualcuno.»

«Ma che dici? No, guarda, ora chiamo Ale, trovo una scusa e resto a casa. Chi vuoi che mi porti se non so nemmeno come si rimorchia.»

Mia figlia scoppia a ridere.

«Sto scherzando, sto scherzando. Ma sto da lei, faremo una maratona di film. Esci, mamma, sei già uscita dalla tua zona comfort, ascolta il tuo corpo e vai avanti.»

L'ascolto e resto assorta nelle sue parole. Quanto è difficile! Anche quando tutta la tua vita è crollata, quando non trovi il motivo per alzarti ogni mattina, quando il tuo primo pensiero della giornata è per qualcuno che non ti pensa più da tanto tempo e tu cambi, ti forzi per cambiare e lasciarti tutto alle spalle. Anche quando tutto accade e immagini che niente sarà più come prima, si cerca di trattenere quel poco che resta della vita passata. Ma sì, mia figlia ha ragione, mi sono praticamente buttata nel vuoto. Qualche mese fa ero la solita insegnante, con il solito abbigliamento, la stessa routine da anni e ora... Ora non so chi sono, non so dove sto andando né che senso ha tutto questo. So solo che Ale mi fa arrabbiare e allo stesso tempo mi fa sorridere e mi piace questa sensazione. Mi piace sentire come le mie dita volano sulla tastiera del computer e, anche se so che la storia non è mia, che è presa in prestito, mi emoziona, è qualcosa di nuovo, qualcosa di audace, qualcosa che non avrei mai pensato di fare e che... invece sto facendo.

Osservo la mia piccola, avrà diciassette anni ma sarà sempre la mia piccola. È stata la mia ancora di salvezza. Ho una conversazione in sospeso con lei, perché nonostante Javier abbia sbagliato, non abbia fatto le cose per bene, pensando più a soddisfare se stesso che a ciò che avevamo, lui è suo padre e le vuole molto bene. Lo so. So che sta soffrendo senza di lei, anche se lei ha bisogno di tempo, lo sappiamo entrambi. Ho bisogno di parlarle, quello che succede tra me e suo padre deve restare tra noi. Non voglio che lo odi, anche se vorrei prenderlo a calci nelle palle, come direbbe Ale.

Comunque... Non vado più alle feste da... non sono mai andata alle feste in realtà, perché Javier e io ci siamo messi insieme quando eravamo molto giovani e facevamo altro. Javier. Javier mi torna di nuovo in mente, come ogni mattina di ogni fottuto giorno dal momento in cui mi ha spezzato il cuore. Scuoto la testa, decisa a non lasciarmi andare, e abbraccio Becca.

È così alta. Lei e io non ci somigliamo molto fisicamente, lei ha i capelli lunghi e ricci, gli occhi scuri e un corpo meraviglioso. Alla sua età io sembravo una santarellina. Più o meno come adesso, ma con meno fianchi, meno culo e meno tette cadenti.

«Grazie, tesoro.»

Poco dopo, tra confidenze e risate, mi fa la manicure. Eccomi qui, a trentotto anni, pronta a fare festa per la prima volta in vita mia. Meglio tardi che mai, giusto?

# CAPITOLO 9

## ISPIRAZIONE

### Alessander

«E perché diavolo l'hai invitata se non volevi che venisse alla festa con te?»

«Non lo so, amico, mi guardava mezza incazzata perché non si fida di me.»

«Normale» mormora quello che dovrebbe essere mio amico.

«Non si fida di me perché...» cerco di spiegare prima che salti alle conclusioni.

«Normale» ripete, interrompendomi.

«Ehi, coglione, si può sapere da che parte stai?»

«Dalla parte della verità, amico mio, dalla parte della verità.» Julien scoppia a ridere.

«Ho bisogno che tu venga, per favore.»

Scelgo di ignorare la battuta del mio amico, vado in panico al pensiero che Valentina mi farà incazzare stasera e ho bisogno di schiarirmi la mente. Perché sto pensando a Barbara e non riesco a togliermela da questa maledetta testa? Quando stavamo insieme non pensavo tanto a lei, questo è certo. E, senza rifletterci troppo, la spiegazione arriva subito. Perché sono un fottuto stronzo, ecco perché.

«Uffa, che noia. Sai che le tue faccende non mi interessano per niente» protesta.

«Me lo devi.»

«Ti devo cosa, scusa? Chi ha pulito il pavimento del tuo soggiorno in modo che tu non perdessi la tua unica possibilità di non essere licenziato?

«Accidenti, quanto sei pesante. Ho bisogno di te.»

«Va bene, vengo con voi, solo per vedere la tua faccia quando ti controllerà tutta la sera e non ti farà bere più di due drink.»

Il mio amico si fa una risata e io non mi diverto molto, però meglio che me ne stia zitto nel caso se ne pentisse.

«Ti vengo a prendere tra un'ora. Ciao.»

Chiudo la chiamata prima che protesti.

Rimango un po' davanti all'armadio, senza sapere cosa mettermi, pensando a tutto quello che ho combinato, a Barbara, a Mayte, al romanzo, a Valentina. Sorrido ricordando il modo in cui mi ha guardato. La faccio impazzire, mi odia, di sicuro mi odia, ma ehi, si prenderà tremila bigliettoni per sopportarmi, non capisco nemmeno perché abbia detto di sì, che sarebbe venuta alla festa, voglio dire. Non capisco molto neanche l'altra questione, suppongo che tremila euro siano un incentivo sufficiente.

Mi vesto in fretta perché all'improvviso, immaginando Santa Valentina nel mezzo del caos in cui penso di metterla stasera, mi è venuta in mente una scena che sarebbe fantastica per il libro. Accendo il portatile, apro il documento e cambio il colore al nuovo testo che aggiungerò, da rivedere con lei domani.

Scrivo, scrivo, le mie dita volano da sole, era tanto tempo che non provavo questa sensazione, tanto tempo che non riuscivo a scrivere niente e meno che mai così, come se stessi rigurgitando, come se ogni lettera che premo sulla tastiera mi rubasse un po' l'anima.

Una chiamata sul mio cellulare mi distrae.

«Allora, vieni o no? Mi sto addormentando.»

Guardo l'ora. Fanculo! Sono le undici passate, ho perso la cognizione del tempo, sarei dovuto passare a prendere Valentina quindici minuti fa.

«Cazzo! Fanculo! Julien, sto scrivendo amico, mi è venuta in mente una scena e poi un'altra e, insomma, devo darle forma. Per favore, per favore, per favore...»

«Ci risiamo.» So che ha alzato gli occhi al cielo anche senza vederlo.

«Passa a prendere Valentina e vai al Luxury. Non appena finisco questa scena vi raggiungo.»

«Non so chi me lo faccia fare. Cazzo, amico, va bene. Passo io a prenderla.»

Mormoro un "grazie" e chiudo la chiamata. Mando un breve audio a Valentina dicendole che farò un po' tardi e che Julien andrà a prenderla.

Una nuova idea si accende nella mia testa, riaggancio, metto il telefono sul tavolo e scrivo come non facevo da anni.

# CAPITOLO 10

## BUCA

### Valentina

Quando ascolto l'audio di Ale sussulto, accidenti, quella voce...
Non mi ero resa conto di quanto fosse profonda, di tutte quelle
sfumature, di quella gravità... Mi si secca la bocca quando
immagino il suo viso serio, con quella barba, quei capelli sciolti
che cadono sui suoi pettorali... Scuoto la testa. Ok, non sono
molto contenta che Julien venga a prendermi al posto suo, ma
dopotutto farà un po' del mio lavoro, sembra che
improvvisamente si stia impegnando dopo mesi, quindi lo
perdono.

Julien arriva circa dieci minuti dopo.

«Ciao.»

Salgo in macchina, imbarazzata, quanto è bello, accidenti.
Indossa pantaloni e camicia neri, mi chiedo perché, anche se è
fottutamente sexy non mi aspettavo che si vestisse così per
andare in un posto come Luxury. Da quel poco che mi ha
spiegato Ale è piuttosto elegante.

«Che eleganza! Come stai? Hai fame?»

Arrossisco per il complimento perché gli è venuto naturale,
non sembra forzato, e mi sento ancora un po' insicura in questo
vestito di mia figlia a cui mancano centimetri di tessuto
ovunque.

Mi concentro su ciò che mi ha detto e mi brontola lo
stomaco. È tardi, ma non ho cenato, perché ho sprecato tutto il
tempo a piangermi addosso, a pensare e a chiacchierare con
mia figlia e non sono riuscita a mangiare niente, anche se ora
muoio di fame.

«Sì, in effetti» affermo, sorpresa perché pensavo che
saremmo andati direttamente al Luxury. Comunque, forse ha

pensato di fare qualcosa in attesa che Ale si unisca a noi, mi sembra una buona idea.

«Mangiamo qualcosa?»

Mi siedo. Guida in silenzio. In sottofondo c'è un programma di musica anni Ottanta. Mi sistemo sul sedile e mi lascio trascinare, per una volta non prenderò le redini, lascerò che la corrente mi guidi.

È quello che mi dico, ma naturalmente non mi aspettavo che Julien si fermasse davanti alla porta di un locale dall'aria squallida, sempre che questo possa essere definito locale. Perché è una stanzetta con un minibar.

Mi chiede di restare in macchina. Meglio, ho paura di essere derubata lì dentro. Cinque minuti dopo torna con un paio di sacchetti e si mette alla guida, ancora non mi dice dove stiamo andando, quanto tempo impiegherà o altro, sembra immerso nei suoi pensieri.

Parcheggia una decina di minuti dopo in una piccola area vicino al viale marittimo che si affaccia sulla spiaggia di Can Pere Antoni, per un attimo penso che abbia intenzione di scendere sulla sabbia, il che mi fa sgranare gli occhi, non sono vestita in modo appropriato.

Alla fine invece sembra ripensarci e si dirige verso alcune panchine di pietra a sinistra del parcheggio. Le onde si infrangono sulla riva e la vista, il profumo, il suono... tutto è spettacolare.

Si siede e batte la mano sulla panchina per farmi sedere accanto a lui. Sto sclerando. Con il mio miniabito per la festa, i miei tacchi, il mio trucco e la pettinatura più elaborata di quanto lo sia mai stata negli ultimi vent'anni della mia vita, finisco a mangiare un kebab preso nel bar più sporco della città, a mezzanotte, seduta su una panchina del viale marittimo.

Ok, è strano.

«Tutto questo è strano» sbotto.

«Lo so» sospira. «Dai, siediti. È buonissimo, credimi.»

Lo guardo con riluttanza, ma quando lo stomaco mi brontola di nuovo lo ascolto e mi siedo accanto a lui. Dopo aver aperto l'involucro di alluminio, do il primo morso e chiudo gli occhi. Non so se è per la fame, ma mi sembra il migliore che io abbia mai mangiato in vita mia. Julien ride quando vede la mia faccia, apre una lattina di coca cola e me la porge, io ne bevo un sorso.

«Credo di aver fatto lo tua stessa faccia la prima volta che ho provato il cibo di quel ristorante.»

«Può essere considerato un ristorante?» chiedo con la bocca piena e sorrido. «Però sì, accidenti è delizioso.»

Ridacchia. E io resto a fissare i suoi occhi, mi sembrano strani, forse tristi, però non sono abbastanza in confidenza con lui per chiedergli se gli è successo qualcosa o per quale motivo è qui con me a quest'ora, quando potrebbe farsi qualsiasi sventola. Magari non ne ha voglia.

«Ale non verrà» sbotta dopo cinque minuti, quando entrambi mastichiamo in silenzio godendoci il panorama.

Sorpresa, metto da parte la lattina e tiro fuori il cellulare dalla borsa, ma non ho chiamate né messaggi. Alzo le sopracciglia senza capire.

«Non restarci male, non è nulla di personale, era tanto che non gli capitava un'ispirazione così, ha dimenticato l'ora, il giorno e tutto il resto e si è messo a scrivere senza sosta.»

«Bene... sono contenta.»

In realtà un po' mi deprime, perché avevo deciso che avrei passato la mia prima serata di baldoria. Ma nonostante tutto, se sono sopravvissuta trentotto anni senza niente di tutto questo, posso continuare così.

«Sembri delusa.»

«Sai che Barbara l'ha chiamato questo pomeriggio?» Cambio argomento perché non ho voglia di spiegargli nulla della mia vita.

Julien alza le sopracciglia, come ho fatto io pochi minuti fa.

«Wow, non sapevo che ti avesse parlato di Barbara. Sì, è davvero incasinato, anche se vuole nasconderlo.»

«Oh, gli passerà.» Sembra sorpreso quando lo interrompo e apre la bocca, come per dire qualcosa, ma ci ripensa e io continuo. «Gli uomini sono così, capricciosi, vogliono sempre il giocattolo che non possono avere.» Forse è il mio risentimento a parlare un po', solo un po'. «La aggiungerà alla sua lunga lista di conquiste e passerà alla prossima.»

È quello che credo davvero, gli uomini non provano sentimenti e non soffrono, questo mi è stato chiaramente dimostrato da Javier. Ho sempre pensato che, anche se non era molto espansivo, nel profondo mi amasse. Invece no, ciò che desiderava era il conforto di una vita familiare, non me. Forse è ingiusto, ma sono giunta alla stessa conclusione riguardo a tutti gli altri uomini sulla faccia della terra, soprattutto quel mascalzone del mio nuovo capo.

Julien mi guarda incredulo e ride. Non capisco perché, il mio ragionamento è sensato. Ale è un tipo che sembra pensare più con le parti basse che con il cervello, quando troverà un'altra che soddisfa le sue aspettative, se la porterà a letto e si dimenticherà di Barbara.

Improvvisamente, immaginare Ale nudo, sudato, che scopa senza pietà mi fa arrossire, soprattutto perché la mia mente corre (devo avere la sindrome premestruale, perché sono un po' più eccitata del solito negli ultimi giorni) e mi sono immaginata sotto o meglio... sopra. Tossisco, mi strozzo con la bibita e Julien mi guarda per qualche secondo in silenzio senza fare nulla, non mi dà nemmeno un colpetto, per vedere se eviterò di morire soffocata.

«Non ne hai idea» borbotta alla fine, ma io lo ignoro, sono nel mezzo della mia fantasia.

Meno male che è notte e non riesce a distinguere il colore delle mie guance. Do un bel morso al kebab così non devo parlare e mastico lentamente.

Pelle.

Labbra.

I suoi capelli che mi sfiorano il viso a ogni spinta. La sua lingua che passa sul mio collo.

I suoi occhi fissi nei miei. Fanculo. Fanculo. Fanculo.

Il mio lato ragionevole sa che Ale è l'ultimo con cui dovrei andare a letto, potrebbe anche infettarmi con una malattia a trasmissione sessuale, oppure con le pulci che circolano in quella casa sudicia.

La devo smettere.

Sto delirando.

Mi alzo e vado verso il cestino a pochi metri di distanza, butto ciò che è rimasto del kebab e della lattina, che poco prima ho svuotato d'un fiato.

«Puoi portarmi a casa, per favore? Domani devo alzarmi presto, se Ale non esce non ha senso che io sia qui, sono venuta solo a fargli da babysitter» ripeto ancora una volta, solo per vedere se io stessa ci credo.

Julien annuisce. Per un attimo penso che durante il viaggio stia per dirmi qualcosa, invece no, mi guarda un paio di volte di traverso e resta in silenzio.

Gli avrà dato fastidio che io abbia parlato così del suo amico? Insomma, non ho niente contro Ale, solo contro il genere maschile in generale.

Per fortuna Becca non è in casa quando arrivo, perché, dio mio, se mi sono vergognata a uscire, mi vergogno ancora di più di essere tornata un'ora dopo.

Al mattino, molto prima che suoni la sveglia, mi alzo. Ho l'emozione nello stomaco di continuare il lavoro che stiamo facendo, in fondo è qualcosa di nuovo, in cui sono più brava di quanto credessi e che stiamo portando avanti come una squadra (dimentichiamo che il cinquanta per cento della squadra è composta da un pezzo di due metri che si gusterebbe meglio del pane caldo col burro).

Entro nella doccia e rispondo a un messaggio di Becca, che mi chiede se sono tornata a casa sana e salva e come è andata.

Le mando un audio mentre finisco di vestirmi e senza entrare nei dettagli le dico che è andato tutto bene e che sono tornata a casa presto, che non è una bugia.

Mi sorprende non avere un solo messaggio di Alessander per scusarsi o darmi una spiegazione per avermi dato buca ieri sera, ma non mi importa. È stato lui a insistere, io non volevo nemmeno uscire.

Poi penso che se è rimasto fino a tardi a scrivere oggi sarà di pessimo umore e mi viene in mente di fermarmi alla mia pasticceria preferita a prendere dei dolcetti al cioccolato, il cioccolato è infallibile contro il brutto carattere, di sicuro.

Arrivo quindici minuti prima dell'orario stabilito, suono il campanello e, come sempre, impiega un'eternità ad arrivare alla porta. Sorrido quando lo sento imprecare mentre apre, imprecare di brutto.

«Ho portato il ciocco…»

E basta, non riesco più a parlare, perché Ale, quel pazzo, mi apre fradicio, i capelli gli cascano sul petto nudo. Sono tutti veri quei muscoli o se li è fatti tatuare? Come unico capo di abbigliamento, indossa un asciugamano intorno alla vita.

«Arrivo subito» dice quando non ha ancora finito di aprire. Quando vede la mia espressione, non so se pensa che mi sia arrabbiata o cosa, aggrotta ancora di più le sopracciglia e continua a parlare. «Non mi dire niente, è colpa tua, sei arrivata troppo presto. Accidenti, Lidia mi ucciderà» bofonchia, guardando la scia d'acqua che ha lasciato nel soggiorno.

Faccio fatica a elaborare ciò di cui sta parlando e persino il suo tono sgradevole, perché sono troppo impegnata a deglutire per riprendere la parola.

«…lato.»

«Eh?» Solleva di nuovo la testa verso di me senza capire un cazzo, ovviamente.

«Cioccolato» ripeto, questa volta tutto insieme, e lo guardo in faccia per la prima volta.

Ale alza un sopracciglio e sorride, sorride già al mattino, prima del caffè.

È un buon segno, vero?

# CAPITOLO 11

## TI PERDONO

### Alessander

Ognuno ha la sua kryptonite e chi dice il contrario sta mentendo. La mia è cioccolato. Posso dichiararmi un consumatore di qualche tipo di droga, legale o meno, ma niente, proprio niente, mi rende dipendente come il cioccolato.

E sorrido.

Accidenti se sorrido.

Primo, perché quell'espressione imbambolata di Santa Valentina è forse dovuta al fatto che non è poi così santa come vuole farmi credere e il mio fisico spettacolare ha dato i suoi frutti. Per fortuna non ho mollato lo sport in quest'ultimo disastroso anno della mia vita.

Secondo, perché in realtà morivo dalla voglia che lei arrivasse per leggere insieme quello che ho scritto ieri sera e continuare a lavorare.

Terzo, perché non so se richiama di più la mia attenzione il sacchetto che solleva a conferma delle sue parole. C'è il cioccolato nel sacchetto, buono. O se è quel labbro che per un piccolo istante, un millisecondo o due, si è morsa.

Mi giro velocemente e vado in camera mia.

"Non voglio problemi."

"Non voglio problemi."

"Non voglio problemi" mi dico.

Altri problemi, intendo.

Con questo mantra cerco di tenere a bada l'erezione che ha fatto la sua comparsa. O di nasconderla, anche questo andrebbe bene, non credo che lei se ne sia accorta, visto che era assorta in altro.

Quando torno in soggiorno mi accorgo che ha passato lo spazzolone sulla scia d'acqua che ho lasciato Le sono grato, ma non capisco come abbia fatto a trovarlo così in fretta. Io ho perso circa tre quarti d'ora a cercarlo quando ho fatto il mio piccolo (e inutile) tentativo di rendere la mia casa decente perché Santa Valentina non scappasse.

La vedo masticare un pezzo di dolce davanti al computer, che ha già acceso, e sembra stia già recuperando tutto ciò che ho aggiunto da quando è andata via. Non ho nemmeno avuto bisogno di dirle che il nuovo testo è di un altro colore.

Beh, normale, perché ha gli occhi e quindi niente, sono uno stronzo. Approfitto del fatto che è concentrata per osservare un po' il suo abbigliamento. Oggi fa caldo, niente di eccezionale considerando che siamo già all'inizio di agosto, e si è vestita con una semplice canotta, una gonna di jeans e le converse. Penso sia la prima volta che la vedo così informale e che non somiglia alla signorina Rottenmeier.

Visto che è assorta nella lettura e non ha mosso un ciglio, la lascio sola e vado in cucina a fare il caffè. La mia casa è tirata a lucido, la caffettiera è al suo posto, facile da trovare, e non devo aprire tutti i mobili per cercare un contenitore dove servirlo, perché tutte le tazzine sono pulite e in ordine.

Mi è costato un sacco di soldi e una buona dose di suppliche a Lidia, la ragazza che mi ha consigliato Valentina. Quando è entrata in casa mia l'ho pregata perché mi lavasse e stirasse i vestiti prima di andarsene. Al prezzo ragionevole di trenta euro l'ora, in via eccezionale, per l'urgenza e la disponibilità immediata, visto che aveva altri programmi e pensava di lasciarmi nella merda per un'altra settimana.

Ci sarà da ridere quando l'editore finirà per licenziarmi e io avrò speso tutti i miei risparmi in un mese. In realtà mi è parsa una grande professionista e mi è piaciuta, perché ha avuto pietà di me e quando ha visto la mia dispensa vuota si è offerta di andare al supermercato a comprarmi l'indispensabile, tra cui caffè e birra. Questa donna è perfetta per me, le chiederò di sposarmi.

Non so se Valentina sia sorpresa o meno quando mi siedo accanto a lei e le porgo una tazza di caffè. Per essere riuscito a prepararlo, intendo. Non dice niente. Lo prende e continua a leggere mentre io mastico lentamente il dolce al cioccolato.

«Mi piace. Possiamo sistemare un paio di cose, ho aggiunto alcuni commenti, ora lo guardiamo, finisci di mangiare.» Annuisco. «Vado a prendere un altro caffè, posso? Sono stanca.»

«Ascolta, io...»

«Va tutto bene» mi interrompe.

Avevo persino dimenticato di averla piantata in asso ieri. Dovrei farmi perdonare, non so come, ci penserò.

Rimango assorto nel cioccolato pensando a nulla in particolare quando si siede di nuovo accanto a me.

«Ti perdono» dice e io annuisco. Si guarda intorno come se si fosse appena resa conto che qualcosa è cambiato. «Vedo che Lidia è già stata qui.» Annuisco e sorrido. «Non sembri più un maiale.»

Il mio sorriso si spegne mentre lei ridacchia e mi dà un colpetto sulla gamba.

«Ehi, devo andare in banca per alcuni affari da sistemare. Ti dispiace restare in casa da sola?»

Mi guarda perplessa, il suo sorriso è svanito.

«Certo, nessun problema. Va tutto bene?»

«Sì» sospiro.

Devo liberarmi della questione con Barbara adesso perché non posso andare avanti così. Julien mi ha chiamato stamattina e mi ha detto che nonostante lui sia il mio avvocato devo andare personalmente a risolvere il problema, a meno che non voglia firmare una delega per autorizzarlo a gestire i miei conti.

Abbasso la testa e mi strofino il viso con le mani prima di infilarmi le dita tra i capelli, ancora umidi per la doccia, e arruffarli. La situazione mi innervosisce, non per la questione dei soldi che non mi preoccupa affatto, la metà è sua, ma per il fatto che questo passo rende più reale la separazione.

Sono immerso nei miei pensieri quando la sento sospirare e mi fa sorridere di nuovo. Non le sono indifferente, anche se a me le tipe troppo sante non piacciono, ha delle gambe da urlo, belle, sembrano morbide e una maglietta così leggera che mostra la scollatura e attira l'attenzione. E cazzo, cazzo, si è morsa di nuovo il labbro. Sembra una cosa piuttosto inconsapevole che si sforza di non fare, perché si porta la mano alla bocca quando se ne accorge e si schiarisce la gola.

Ridacchio e lei mi lancia uno sguardo condiscendente prima di tornare sul computer.

«Lavorerò sulle idee che hai scritto e amplierò le scene, i dialoghi e così via. Cosa te ne pare?»

«Sì, perfetto. Poi lo revisioniamo.» Un'idea mi passa per la testa, forse è una pessima idea, però visto che oggi sono così incasinato voglio fare qualcosa che mi diverta. «Aspetta…»

Mi avvicino a lei, molto, moltissimo, tanto che le ciocche dei miei capelli le sfiorano la spalla, la sua pelle freme e trattengo a stento un sorriso. Faccio scivolare le dita sul touchpad del portatile, dove lei ha le sue, che allontana velocemente ma, prima che lo faccia, sento la corrente. Deglutisco con forza perché, ecco, volevo infastidirla un po', ma se ho questa reazione a sfiorarle un dito… Cazzo, meglio non pensarci.

«Cosa te ne pare di questa scena? Non sono molto sicuro.»

«Mi piace, si sente la tensione sessuale…» Stacco gli occhi dallo schermo e mi volto verso lei, che è a pochi centimetri da me. «La… la tensione sessuale dei protagonisti.»

«In questo romanzo vorrei vedere finalmente un riavvicinamento tra i due, che ne pensi?»

«Sì, sì… Ecco, non ho ancora letto tutti i precedenti, però hai giocato molto bene con il rapporto tra loro, con la tensione, il tira e molla. È evidente che si attraggono e ci sono già gli altri romanzi, potrebbe essere il momento per un avvicinamento, mi sembra.»

«Ok, perfetto. Continua su questa linea, poi ci possiamo lavorare, siamo solo all'inizio.»

Sospiro. Mancano pochi giorni. Non ho voluto guardare i messaggi di Mayte per non farmi prendere dal panico. Eccoli lì, archiviati e silenziati, che si accumulano uno dopo l'altro per rompermi le palle, perché a quanto pare è il nuovo sport olimpico: rompere le palle di Alessander Boneta. Mi sento di nuovo sopraffatto, perché ricordare la data di consegna mi fa tornare in mente tutte le cazzate che ho fatto.

«Faremo in tempo» mi dice posandomi una mano sul braccio, sorride e mi fa sorridere. Questa donna mi lascia spiazzato.

«Io vado» dico alla fine. Poi mormoro: «Vediamo come diavolo riuscirò a sistemare tutta la merda in cui mi sono cacciato.»

Valentina non apre bocca, anche se immagino mi abbia sentito. Ma quando penso a Barbara, a come abbiamo buttato via tanti anni insieme, mi incazzo. Beh, non con lei, perché in realtà è solo colpa mia ed è per questo che mi incazzo ancora di più. Non so se è troppo tardi per recuperare, perché ho la sensazione che dopo tutto quello che è successo non tornerà mai più alle stesse condizioni di prima, anche se devo provarci, perché con Barbara sto bene.

Forse posso pregarla di darmi un'ultima possibilità, ci penserò sopra. È davvero quello che voglio? Sposarmi? Avere bambini?

Trasferirmi? La risposta è no. Barbara e io non vivevamo nemmeno insieme e io stavo bene così. Nel caso ipotetico che la supplichi di non lasciarmi e decida di restare con me, non vorrei comunque fare quel passo. La verità è questa.

«Ci vediamo dopo» sussurra, forse pensa che stessi aspettando il suo saluto, ma sto solo cercando di tirare fuori le palle che all'improvviso mi sono salite in gola perché sono terrorizzato.

# CAPITOLO 12

## CHE VERGOGNA!

### Valentina

Ho lavorato molto tranquillamente tutta la mattina, fa molto caldo e ho approfittato dell'aria condizionata. Mi sono sentita a mio agio. Ho dovuto chiamare Becca, per vedere se può portarmi il quaderno che ho dimenticato sul comodino.

Quando sono tornata a casa ieri sera, ho letto fino a tardi e preso appunti. Non solo per lavoro o perché è necessario, ma perché i romanzi di Alessander tengono incollati alle pagine. Sono anni che un libro non mi aveva catturato così tanto. Da un certo punto di vista temo che ora non otterremo lo stesso, perché è la prima volta che scrivo un romanzo. Comunque mi sto sforzando di rendere lo stile il più fedele possibile.

Becca mi ha detto che verrà un po' più tardi, verso mezzogiorno, quindi le ho chiesto se poteva andare al supermercato e portarmi gli ingredienti per fare un nasello al forno con le patate. Non posso passare un mese a mangiare pizza, hamburger e cibo cinese. Inoltre, cucinare mi rilassa e mi ci vorrà giusto il tempo per fare una pausa e riprendere il lavoro con più energia.

Mi preparo un caffè extra lungo e ne approfitto per curiosare. La verità è che un appartamento pulito e ordinato ci guadagna molto, proprio come Ale. È carino (l'appartamento, intendo... di Ale quasi non me ne sono accorta, quasi), è spazioso, il soggiorno è enorme, la cucina è completamente attrezzata, anche se non mi sembra sia mai stata usata molto.

Non oso aprire i suoi cassetti o i suoi armadi, non mi sembra giusto, ma vado in camera sua, ha il suo odore. Chiudo gli occhi e respiro il profumo.

Oddio, ho la bocca secca, non ricordo di aver avuto un tale appetito sessuale da quando avevo, non so, ventiquattro o venticinque anni. Dovrò comprare uno di quegli attrezzi che vanno tanto di moda. Credo di essere l'unica nel mio ambiente a non avere un giocattolo sessuale, non perché io sia contraria o non mi piaccia, ma perché per alcuni anni sono stata spenta in quel senso, la mia libido è morta, ho sempre pensato che fosse qualcosa di normale con l'età, ma quando parlo dell'argomento con altre donne nel mio ambiente, non mi sembra che siamo della stessa idea. Forse è per questo che Javier... Forse è stata colpa mia, ho trascurato la nostra relazione da questo punto di vista. Non è stato per niente in particolare, abbiamo solo rimandato e col tempo mi è sembrato che avesse smesso di essere importante, che nessuno di noi due ne avesse voglia, che preferissimo stare insieme a guardare un film, a chiacchierare o anche a passeggiare. Ho sempre creduto che anche per lui quella passione della nostra giovinezza, quel fuoco, quella voglia di farlo su qualsiasi superficie verticale o orizzontale, avesse cessato di essere rilevante. Ma è evidente che il sesso era importante, solo che invece di parlare con me per cercare di risolvere un problema di cui non mi ero nemmeno accorta, ha deciso di cercarlo fuori casa.

Bevo un sorso di caffè e mi avvicino al letto, un letto enorme di due metri, e capisco da che parte dorme di solito perché il suo comodino è pieno di cose ordinate, grazie a Lidia suppongo.

Mi porto il cuscino al naso e annuso, roteo gli occhi. Accidenti, che caldo, mi viene il batticuore solo con l'odore. All'improvviso suona il campanello, mi prendo uno spavento e faccio cadere la tazza sul pavimento. Impallidisco quando vedo che non solo si è rotta, ma tutto il caffè si è rovesciato, macchiando il pavimento, il comodino e le lenzuola.

«Merda.»

Corro ad aprire, immagino che sia Becca. Dalla telecamera del citofono vedo che è lei e apro il portone per farla salire. Di solito c'è il portiere che si occupa di far entrare le persone, ma dev'essere uscito a mangiare.

Lascio la porta aperta e vado di corsa a prendere degli stracci e un po' di detersivo per sistemare il casino che ho appena combinato.

Raccolgo i cocci e quando vado in cucina a buttarli via entra Becca.

«Cosa succede? Sembra che tu abbia visto un fantasma» mi chiede.

«Merda, merda, merda» sbuffo e mia figlia sgrana gli occhi sorpresa. «Sono un'idiota, ecco cosa succede.»

Quando le indico la cucina, dove può posare i sacchetti, chiude la porta e io corro in camera da letto con un panno. Noto che c'è una porta nella stanza, immagino sia un bagno, quindi entro per sciacquare il panno e fare più in fretta. Dopo aver aperto, rimango incredula e mi blocco. Una vasca idromassaggio Jacuzzi, c'è una Jacuzzi lì dentro. Figlio di buona donna! Deglutisco forte.

«Fanculo!»

«Stai dicendo un sacco di parolacce oggi.» Mia figlia appare sulla soglia.

«Merda» borbotto di nuovo.

Quando si rende conto di ciò che è successo, o almeno lo immagina, inizia a ridere.

«Posso sapere cosa stavi facendo qui? Non dovresti scrivere il romanzo di quell'uomo là fuori, dove c'è il computer?»

«Stavo bevendo il caffè e ho iniziato a curiosare. Quando hai suonato il campanello mi sono spaventata e ho lasciato cadere la tazza.»

«Hai iniziato a curiosare nella sua camera da letto? Oh, mamma, dovrai trovare un diversivo.»

«Zitta, matta! Un diversivo un corno!»

Becca sta ancora ridendo e mi sento le guance in fiamme. Vediamo, il pavimento e il comodino sono puliti, ma non posso fare nulla per le lenzuola. Non sono bagnate, ma il colore chiaro rende le macchie ben visibili, per non parlare dell'odore che si è impregnato nell'ambiente. Dovrò dire ad Ale ciò che è successo.

«Dai, usciamo. Ci manca solo che arrivi ora e ci trovi qui entrambe.»

Mia figlia continua a ridere e invece di andarsene, che è quello che pensavo facesse perché immagino avrà delle cose da fare, si mette accanto a me e inizia a sbucciare le patate.

Quando tolgo dal forno la teglia del pesce, sento le chiavi nella serratura. Mia figlia, che sta bevendo un bicchiere d'acqua seduta su una sedia, si alza quando Ale entra in cucina.

«Eh?» farfuglia lui.

«Cazzo» sussurra mia figlia. Le lancio un'occhiata di rimprovero. Non importa che stia per compiere diciotto anni, non mi piace che dica parolacce. Anche se è giustificata, perché in effetti quando Ale è serio, ben vestito, lavato e profumato, toglie il fiato.

«Sono entrato nella casa sbagliata?» Chiede, non so se è arrabbiato, ma lo sembra.

«Ho preparato qualcosa da mangiare, non mi andava di prendere ancora pizza, hamburger o cinese.»

Ale non distoglie lo sguardo da mia figlia e sto per avvicinarmi e dargli un ceffone. Vorrà solo sapere chi è la ragazza bruna che è rimasta a bocca aperta, ha preso dalla madre, non fisicamente, ma in tutto il resto è spiccicata a me.

«È mia figlia.»

«Come?» Mi guarda con gli occhi sgranati.

«Sono Becca.» Mia figlia, che è più svelta di me in qualsiasi questione, si avvicina e dà due baci ad Ale, appoggiandogli i palmi sui pettorali. Nonostante la sua altezza, si è dovuta alzare in punta di piedi e lui si è un po' abbassato. «Oh, mio dio, hai un buon profumo.»

«Ma quanti anni hai? Sessanta?» Mi chiede, staccando le mani di mia figlia dal petto, perché è rimasta bloccata lì. Non potrei vergognarmi di più.

«Trentotto.»

Ale sembra impallidire.

«Stai bene? Vuoi una birra?» gli chiede Becca, lui annuisce. Come se fosse a casa sua, lei apre il frigorifero, ne tira fuori una, la apre e gliela porge. «Fa molto caldo là fuori, è meglio essere ben idratati.»

«Grazie.»

Ne beve un lungo sorso.

«Becca, stavi andando, vero? Non hai incontrato Yadira per pranzo?» Le dico, perché mi dà i nervi che si trovi così a suo agio davanti ad Alessander. Forse è anche un po' di invidia, non lo nego, perché il più delle volte io riesco solo a essere stronza con lui.

«Sì, ora vado. Passate un buon pomeriggio.»

«Ciao» borbotta Ale, che sembra tra le nuvole. Non gli piacerà mia figlia? Ha diciassette anni. Mi sto incazzando.

«Hai fame?» Gli chiedo, per fare in modo che rivolga di nuovo la sua attenzione su di me.

Ale annuisce.

«Vado a farmi una doccia veloce, fa un caldo d'inferno là fuori, poi mangiamo.»

Annuisco. Ale passa accanto a Becca, che ancora non si decide ad andarsene perché sa cosa succederà adesso. Resto accanto a lei in attesa, con le guance in fiamme, il battito cardiaco accelerato.

«Valentina! Perché la mia camera da letto odora di caffè?» grida.

«Che vergogna» sospiro, coprendomi il viso con le mani.

Mia figlia scoppia a ridere e quando la spingo per farla andare via, mi bacia sulla guancia e se ne va. Mi avvicino alla stanza per scusarmi.

«Mi dispiace» dico a testa bassa, come un bambino che ha rotto un vaso dopo aver dato un calcio a una palla.

«Fanculo! Come sei silenziosa! Fai sentire che arrivi, cazzo!»

Alzo la testa e vedo Ale, come sua madre lo ha fatto, al lato del letto. Si copre il più velocemente possibile e mi guarda con un sopracciglio alzato.

«Vado ad apparecchiare la tavola» bisbiglio.

Ignoro la risata che sento proprio mentre mi volto per lasciare la camera ed entrare in soggiorno. Metto tutto sul tavolo da pranzo perché devo fare qualcosa per distrarmi da ciò che ho appena visto. Ho le guance in fiamme e mi batte forte il cuore, mi si è seccata la bocca e mi tremano le gambe. Non mi aiuta il fatto che pochi minuti dopo Ale appaia profumato della doccia che si è appena fatto.

Non riesco a guardarlo, resto seduta davanti al computer a scrivere annotazioni sul quaderno, annotazioni senza senso in realtà, che mi sto inventando al momento, pur di evitare di guardarlo.

# CAPITOLO 13

## NON SONO MAI STATO UNO STRAPPA MUTANDE IN VITA MIA

### Alessander

Sono tornato a casa di pessimo umore, perché vedere Barbara mi ha toccato, ma capire che è così sicura della decisione che ha preso non mi ha fatto bene. E l'ho vista così bella, aveva i capelli sciolti, era truccata appena con il rossetto e indossava un vestito estivo leggero con sandali bassi. Splendida.

È la prima volta in vent'anni che la vedo e non le do uno di quei baci che lei adora e la lasciano senza fiato. Quando mi sono avvicinato per darle due baci sulle guance, di quelli che si danno quando vedi qualcuno che ti è caro e che non ti scopi tutti i giorni, ha tirato indietro la testa, respingendomi con le mani e ha solo detto un breve e secco "ciao". Mi avrebbe fatto meno male se mi avesse preso a calci nelle palle con tutta la sua forza.

Per un attimo mi è sembrato di essere di fronte alla ragazza di vent'anni che sognava di fare mille cose, vedere mille posti, mettersi in proprio e che alla fine si è accontentata di quello che aveva.

Quando stai con una persona da vent'anni, dai per scontato che la ami e che lei ti ama, dai per scontato che lei ci sarà sempre, che sia parte della tua vita come i tuoi genitori o il tuo migliore amico. Forse è stata colpa mia, ammetto che la situazione mi stava sfuggendo di mano, mi meritavo la minaccia di Mayte, mi meritavo il calcio nel culo di Barbara e ancora non capisco come ho fatto a mantenere intatta la mia amicizia con Julien, con tutte le volte che gli ho rotto le palle.

Essere consapevole di quanto ho sbagliato non significa che faccia meno male, perché fa male.

Julien era lì, accanto a noi, con un'espressione contrariata. Immagino che anche per lui la situazione non sia stata piacevole, quindi non gli ho chiesto se c'era qualcosa che non andava perché pensavo che volesse concludere il prima possibile.

È stato freddo e rapido ma anche triste e, mi ripeto, doloroso. Non per i soldi, che sono importanti, ancora di più nella mia situazione attuale, ma per quello che significano quelle firme su quel maledetto documento. Abbiamo fatto l'equa ripartizione dei risparmi al cinquanta per cento, abbiamo chiuso il conto cointestato e ciascuno ha aperto il suo, indipendente. Non so chi dei quattro fosse più a disagio, se noi, che eravamo le parti in causa, Julien, che era lì come avvocato mediatore, o l'impiegato di banca che, percependo la tensione, ci guardava senza dire più del necessario.

Sarò eternamente grato a Julien che, senza dire una parola e senza chiedere, ha preso le chiavi della mia macchina e mi ha portato direttamente a casa sua non appena abbiamo chiuso la procedura con un breve "Arrivederci". "Sì, buona fortuna. Ciao". Dopo quello che io e Barbara siamo stati... Davvero triste.

Zuleima, la sua ragazza, non c'era, cosa che ho apprezzato molto perché mi vergogno ad ammettere che ho pianto a lungo e che, nonostante avessi chiesto al mio amico di darmi un bicchiere di quello che voleva, lo stronzo mi ha fatto un caffè. Ovviamente extra lungo e con due cucchiai di zucchero. Disgustoso, come si fa a fare un caffè così cattivo? Nemmeno io ci riesco, pur essendo quasi inutile per tutto ciò che riguarda la cucina. Comunque, l'ho ringraziato.

Ci siamo divertiti a ricordare aneddoti della nostra gioventù. Perché Julien è stato presente in ogni momento della mia vita prima, durante e dopo la mia relazione con Barbara. Ci conosciamo dall'asilo, per me è un fratello, anzi di più, come una parte del mio stesso corpo.

Appena entro dalla porta dimentico un po' tutto, c'è un profumo strano, di cibo fatto in casa. Non mi sembra nemmeno casa mia, così pulita, così raccolta e con quell'odore. Se non fosse per il fatto che le chiavi combaciano perfettamente e dubito che i miei vicini abbiano i miei stessi mobili, sarei uscito a controllare il piano dove sono sceso.

Valentina non è davanti al computer, quindi presumo che sia in cucina. Ci vado e vedo una ragazza, con un corpo da urlo, capelli ricci che sono la fine del mondo, occhioni scuri spalancati, che mi fissa a bocca aperta.

«Dannazione» sbotta lei e non so perché mi stia guardando così, ma se è andata fuori di testa (chissà perché, magari mi ha riconosciuto, anche se di solito non mi capita con persone così giovani), io sto anche peggio quando Valentina mi dice di chi si tratta.

Sua figlia? Quel pezzo di donna è davvero sua figlia? Sono completamente sbalordito. A trentotto anni si può avere una figlia di quell'età? Oh, mio dio, sto delirando. Per la situazione e per come mi guardano queste due.

Scappo, mi rifugio nella mia stanza perché ho bisogno di una doccia, fredda possibilmente. Quando mi tolgo i vestiti sento odore di caffè, butto tutto nel cesto della biancheria, mi avvicino al letto e chiedo ad alta voce a Valentina cos'è successo. Sento ridere, quindi immagino che non mi abbia sentito e che stiano parlando tra loro.

Invece no. Valentina, sempre così diligente, si avvicina alla mia camera scusandosi e mi spaventa a morte, vede il mio attrezzo prima che io abbia il tempo di coprirlo. Non è che mi imbarazzi poi tanto, lo faccio per lei, perché noto come freme, le guance le stanno per scoppiare, è terribilmente nervosa, quindi faccio del mio meglio per trattenere una risata anche se non ci riesco, e la lascio andare senza insistere. Poi mi spiegherà cos'è successo e perché le mie lenzuola da trecento euro sono macchiate di caffè, cosa che non mi fa più così ridere.

Anche se, a dire il vero, la situazione è abbastanza divertente per me, ho quasi dimenticato tutto il disastro della mattinata, forse per questo ho il coraggio di rompere il ghiaccio e iniziare la conversazione. Intanto sbircio quello che Valentina scarabocchia quando arrivo in soggiorno e giurerei che è una lista della spesa.

«Non sapevo che avessi una figlia.»

La mia intenzione era di dirle un marito, un compagno, un fidanzato... ma mi sembrava ridicolo e invadente.

Valentina sospira e appoggia la penna sul quaderno, mette tutto vicino al computer e si alza per andare al tavolo della sala da pranzo, dove è già tutto preparato. Si siede e io verso un paio di bicchieri di vino. Lei lo guarda con la coda dell'occhio, so che non lo assaggerà e la cosa mi sembra divertente.

«Mio marito e io ci siamo separati da poco.» Alza la testa e il dolore nel suo sguardo mi toglie la voglia di sorridere. No. Non è divertente. «Siamo stati insieme tutta la vita, ma... beh, un po' come è successo a te con la tua ragazza, eravamo in punti diversi della relazione.»

«Con una figlia di più di vent'anni?»

«Diciassette!» esclama. Non so perché usi quel tono, ma va bene. «Sì, il suo posto, a quanto pare, era tra le gambe della direttrice dell'istituto dove lavoravo fino a poco più di un mese fa. Con il mio capo, insomma.»

«Mi dispiace.»

«Certo. Voi uomini non siete in grado di tenerlo nei pantaloni, nonostante questo almeno tu non prendi in giro nessuno, da te una se lo aspetta.»

«Da me?» Beh, già che ci sono, voglio vedere cosa ho fatto ora. Che giornata!

«Sì, siete tutti così. Alcuni rubacuori e altri strappa mutande.»

Lascio cadere la forchetta e alzo un sopracciglio.

«E io in che gruppo sarei?»

«Sappiamo entrambi che sei uno strappa mutande.»

Io? Uno strappa mutande? Se avessi strappato un paio di mutande a Barbara mi avrebbe spaccato la faccia, perché spende un sacco di soldi per quelle cose. All'improvviso mi sento arrabbiato, seccato, perché mi giudica senza avere un cazzo di idea della mia vita.

Mi alzo per ritirare il mio piatto e togliere anche il suo, visto che è da un po' che non fa altro che rimescolare quello che ha dentro, non so perché si preoccupi di cucinare se dopo non mangia un boccone. Chi le capisce le donne, davvero. Valentina si pulisce la bocca e le mani con un tovagliolo e va al computer, si siede davanti alla tastiera. Intanto io raccolgo tutto e, poco prima di entrare in cucina e senza voltarmi, borbotto di cattivo umore:

«Non sono mai stato uno strappa mutande in vita mia.»

Che cazzo di capacità ha questa donna di rompermi le palle.

# CAPITOLO 14

## COSA NE DICI DI PRENDERCI UNA PAUSA?

### Valentina

Ho deciso di fare finta di niente, come se non l'avessi visto completamente nudo pochi minuti prima, come se non fossi rimasta nella sua stanza ad annusare il suo cuscino e non avessi lasciato cadere una tazza di caffè che ha macchiato tutto, come se all'improvviso lui non fosse di cattivo umore.

Sono deconcentrata, sto cercando di scrivere, giuro che sto cercando di concentrarmi. Guardo gli appunti sul mio quaderno per vedere dove sono arrivata: acqua, ghiaccio, cioccolato, fragole... A cosa stavo pensando? Alzo gli occhi al cielo e vado indietro di un paio di pagine, rileggo quello che ho scritto e metto le dita sulla tastiera. Non mi viene in mente nulla. No. Non mi viene in mente niente perché nella mia testa, in questo momento, c'è solo il corpo nudo di Ale, con i pettorali scolpiti, i bicipiti, gli addominali... e, beh, tutto quello che c'è dalla vita in giù meglio non ricordarlo perché sto già abbastanza male.

Cerco di ripetermi un milione di volte che cercare sollievo in Ale non è una buona idea. Non solo perché è il tipico strappa mutande che, come diversivo, non sarebbe un problema. Ma magari ha qualche malattia a trasmissione sessuale, perché quest'uomo passerà la vita a inzuppare il biscotto. Per non parlare di quanto mi faccia incazzare. Ho bisogno di un uomo, ma lui non è un'opzione, questo è certo. Lavoriamo bene insieme e ne avremo ancora per parecchi giorni. E poi, con quello che aveva tra le gambe, mi distrugge di certo. Sento le guance bruciarmi di nuovo.

«Stai bene?»

Ale si è seduto accanto a me e non me n'ero nemmeno accorta, mi porge un caffè.

«Eh? Sì, sì. Non sono molto concentrata oggi.»

«Cosa ne dici di prenderci una pausa?»

«Mancano due settimane per consegnare il lavoro e, anche se stiamo andando bene, non credo che abbiamo tempo da perdere.»

«Oh, stronzate. Scommetto che sei la tipica persona quadrata che si annota tutto l'ordine del giorno fino al momento del...»

«Sì, sono molto organizzata» lo interrompo, prima che se ne esca con una volgarità delle sue. Sospiro. Ammetto che è vero, mi piace pianificare le cose e lavorare molto per raggiungere i miei obiettivi, non prendo decisioni avventate, anche se sembra che la mia vita, nelle ultime settimane, sia governata da questa nuova norma. «Che cosa hai in mente?»

Prendersi una pausa non sarebbe male, mi visualizzo in quella jacuzzi, piena di bolle di sapone, con un bicchiere di vino bianco e... insomma, mi andrebbe, davvero.

Ale sorride, come se potesse leggermi nel pensiero, e le mie guance si infiammano di nuovo.

«Ho un'idea, è una sorpresa, aspetta qui.»

Si perde in camera mentre io salvo il file, spengo il computer, raccolgo le mie cose e mi ripeto un milione di volte che la sorpresa non ha niente a che fare con quell'uomo nudo. Esce pochi minuti dopo con maglietta bianca e pantaloncini, scarpe da ginnastica e zaino, perfettamente pulito e tirato a lucido.

Sono tentata di chiedergli dove stiamo andando, ma so che non dirà una parola.

«Un secondo.»

Lo vedo maneggiare il cellulare. Sorride. Fa una risata e continua a scrivere.

«Oh cavolo, in cosa mi sono cacciata?»

Scendiamo con l'ascensore in garage e andiamo verso quella che presumo sia la sua auto, una Avencis rossa che avrà un paio d'anni, tre al massimo. Salgo e sto scoppiando per la curiosità.

«Dove mi porti?»

Ale sorride ma non dice niente. Avvia la macchina e si mette a guidare in silenzio, accende la radio su un programma di musica spagnola, mi piace. Pochi minuti dopo, quando sull'Avenida de Gabriel Roca prende la Ma-15, capisco dove siamo diretti. A poco a poco mi rilasso. L'aria condizionata è accesa, l'auto è comoda, amo la musica e il silenzio è piacevole. Mi sento a mio agio.

Poco dopo Alessander abbassa la musica e istintivamente lo guardo perché immagino che stia per dirmi qualcosa.

«Ehi, Valentina, mi spieghi perché le mie lenzuola da trecento euro erano macchiate di caffè?»

Avvampo di nuovo. Accidenti, trecento euro per delle lenzuola.

«Trecento? Santo cielo… stavo curiosando mentre prendevo un caffè ed è suonato il campanello, mi sono spaventata e ho lasciato cadere la tazza sul pavimento. Questo è il riassunto. La cosa migliore è essere onesti, no?» Però non ammetterò mai di aver annusato il suo cuscino.

«Sul mio letto?» Alza un sopracciglio divertito e io tossisco un po'.

«Non dirò altro se non in presenza del mio avvocato» dico orgogliosa, incrociando le braccia. Ale scoppia a ridere.

Adoro il suono della sua risata, è bellissima, è contagiosa. Fa sorridere anche me, ma continuo a guardare fuori dal finestrino perché non se ne accorga, oltre al fatto che sono di nuovo arrossita. Oggi sono un disastro. E sono in difficoltà. Molto in difficoltà.

Quando Ale alza la musica e inizia a cantare una canzone dei Funambulista, tiro fuori il mio cellulare e apro l'applicazione di Amazon dove cerco un vibratore. Vediamo un po', non sembrano costosi. Sospiro. Ecco, tagliamo la testa al toro, non volevo fare cose nuove senza pianificare? Bene, clicco su quello con le recensioni più positive, ne leggo alcune, seguo l'opzione "compra ora" e chiudo gli occhi, come se il telefono mi stesse per esplodere in mano. A quanto pare lo riceverò a casa domani. I vantaggi di essere un cliente prime.

«Cosa stai comprando?» mi chiede Ale, dando una rapida occhiata allo schermo del mio cellulare.

«Eh? Niente... Un libro che desideravo da tempo.»

«Della concorrenza? Sei cattiva, piccola.»

Piccola? Questa è nuova e non so perché questa parola mi abbia fatto venire la pelle d'oca.

Ale comincia a raccontarmi delle cose. Ha un fratello che ha quindici anni meno di lui, lo ha aiutato ad avviare un'attività in proprio qualche tempo fa, viene da una famiglia umile e sua madre cucina il miglior riso brut dell'isola. Poi mi racconta che è così dipendente dal cioccolato che una volta ha provato a evitarlo e ci è riuscito solo per due settimane, tanto che gli ha persino causato la tachicardia. All'inizio, subito dopo l'adolescenza, scriveva romanzi di epic fantasy rivolti a un pubblico giovane. Ne ha scritti parecchi, ma non è mai riuscito a convincere il suo editore o nessun altro e li ha archiviati nel suo computer.

L'osservo parlare, rilassato, calmo, mentre guida, e guardo i suoi lineamenti. Mi chiedo come starebbe senza barba, anche se così è spettacolare, devo dire, nonostante il fatto che gli uomini con la barba non mi abbiano mai attratta, ancora meno con i capelli lunghi.

Non parlo molto, perché tutta la mia vita ruota intorno a Javier e al mio vecchio lavoro, e non mi va di tirare in ballo nessuna delle due cose. Gli racconto qualcosa di Becca, ad esempio che l'anno prossimo inizierà l'università per studiare Pubblicità e Relazioni Pubbliche, che è una brava ragazza e che non ha preso bene tutto quello che è successo con Javier. Alla fine lo nomino, anche se non mi va di parlarne.

Poco più di un'ora dopo, Ale fa una deviazione, sul cartello si legge Cala Mesquida. Non mi dice nulla, non sono mai stata qui in vita mia. Si ferma in un parcheggio vuoto.

«Dammi un minuto.»

Scende dalla macchina e suona il campanello di una casa vicina. Un ragazzo esce e lo abbraccia, chiacchierano un po' ma da dove mi trovo io non sento niente. Pochi minuti dopo torna da me.

«Vieni, voglio presentarti qualcuno.» Scendo dalla macchina e lo seguo. «Lui è Martín, mio fratello.»

«Ciao» lo saluto, sorpresa e un po' imbarazzata.

Abbiamo viaggiato per più di un'ora per presentarmi suo fratello? Non ho ancora capito cosa stiamo facendo qui. Osservo Martín, ha qualcosa di Ale, ma sono molto diversi. È alto, con la pelle scura e le braccia coperte di tatuaggi. Ha i capelli corti, le sue labbra sono più piene e i suoi occhi molto scuri. È bello e ha un sorriso che toglie il fiato. Da quello che mi ha detto Ale in macchina, deve avere circa ventisette anni.

«Entra, non stare sulla porta» mi dice Martín. «Puoi andare in bagno a cambiarti, è in fondo al corridoio, seconda porta a destra» spiega gentilmente.

Guardo Ale che sorride e continuo a non capire.

«Come?» Chiedo, perché lo zuccone accanto a me non apre bocca per dirmi cosa stiamo facendo qui.

«Spero sia della tua taglia, mio fratello non aveva specificato. È un nuovo modello, l'hanno portato in negozio questa settimana.»

Martín continua a parlare mentre si avvicina al frigorifero. La casa è spaziosa e luminosa e il soggiorno, l'ingresso e la cucina sono integrati nella stessa stanza. Tira fuori delle birre e le apre.

«Non capisco» mormoro.

Ale mi guarda, questa volta negli occhi, e mi spezza il fiato, mi prende una ciocca di capelli e me la posa dietro l'orecchio.

Quel piccolo tocco mi provoca una corrente elettrica che mi attraversa tutto il corpo. Quanto ci sa fare!

Si avvicina e mi sussurra:

«Obbedisci. Vai a cambiarti, mi cambio anch'io e poi ci vediamo.» Mi fa l'occhiolino. In cosa mi sto cacciando? «Martín, vengo in camera tua a cambiarmi, ok?»

«Certo, nessun problema.»

Apre un sacchetto di patatine e lo rovescia in una ciotola che posa sul bancone, beve un sorso della sua birra.

Ale, vedendo che non mi muovo e sono ancora immobile come un'idiota, mi prende la mano per svegliarmi. Quando arriviamo alla porta del bagno mi strizza l'occhio e mi lascia andare, ho di nuovo la pelle d'oca e deglutisco.

Senza dire niente se ne va e io rimango lì, come una scema. Quando entro in bagno, vedo un paio di borse sul lavandino. In una di queste c'è un bikini, è bellissimo anche se non è il mio stile, troppo ridotto, se lo vedesse mia figlia impazzirebbe di certo. Siamo vicino alla spiaggia, quindi ha senso andare a fare una nuotata. Mi piace la spiaggia e mi piace il sole. Penso sia una buona idea. Indosso il bikini, ci sono anche dei sandali, non so come sappia la mia misura, ma mi stanno bene.

Quando apro l'altra borsa, aspettandomi di trovare un asciugamano o qualcosa del genere, vedo un altro capo che sembra un costume da bagno ma con le maniche lunghe e una cerniera davanti. Dovrebbe essere una muta. Alzo le sopracciglia sorpresa. Dev'essere uno scherzo di Ale, davvero divertente. Metto da parte l'indumento, indosso la mia gonna di jeans, lascio il resto dei vestiti piegati dentro a una delle borse e le scarpe da ginnastica dentro l'altra. Esco con la muta in una mano e le borse nell'altra.

Sono così assorta da non rendermi conto che sia Ale sia Martín mi guardano straniti.

«Eh...» Parlo mentre alzo la testa e, madre santissima, Ale indossa una muta corta, sopra al ginocchio e... si vede tutto. Mi auguro di non avvampare di nuovo o almeno che non se ne accorgano, mi sono già resa abbastanza ridicola per oggi, anche se considerando l'abbigliamento ne avrò ancora per un po'.

«Ora arrivo, mi cambio anche io e scendiamo in spiaggia.» Martín, vedendo la mia espressione, fugge. Normale, perché sto impazzendo.

«Mio fratello ha una scuola di surf da cinque anni, per bambini e per adulti. Lavora sodo. Va ai campi estivi per i ragazzi, infatti è appena arrivato dal lavoro e sarà nostro per un po'.»

«Ale...» inizio a protestare.

«È divertente e liberatorio.»

«Tu... tu sei fuori di testa. Io non penso di fare surf.»

«Oh, certo che lo farai.»

«No, no. Certo che no.»

«Eccomi qui! Andiamo! Valentina, è la prima volta che fai surf?»

Lancio uno sguardo omicida ad Ale, che sta morendo dal ridere. Martín è gentile, simpatico, educato (non sembra nemmeno il fratello del bestione sboccato che ho accanto a me) ed è anche eccitante. Questa potrebbe essere la fantasia sessuale di qualsiasi ragazza, essere circondata da questi due pezzi di uomini. Chi è il più sexy? Però non è la mia, perché muoio di vergogna.

«Sì, è la sua prima volta» risponde Ale per me. «Scendiamo, andiamo a cercare le tavole.»

Martín annuisce e ci lascia soli. Io, che sto ancora a bocca aperta senza sapere come reagire, sento che Ale mi prende le borse di mano e le lascia cadere da una parte, prende la muta dall'altra, mi si mette davanti e, con lo sguardo fisso nel mio, mi sbottona la gonna. Fanculo. Fanculo. Cazzo... Fa scendere la cerniera e infilandoci le mani, l'abbassa mentre mi accarezza i fianchi e le cosce. Non riesco a dire una parola perché sono troppo concentrata sulle sue pupille dilatate, sulla sua lingua che si passa dolcemente sulle labbra socchiuse, sul suo odore, quel maledetto odore che mi stordisce. Quando la gonna cade a terra sussulto, facendo ridacchiare Ale.

Brutto stronzo!

Ride, il ragazzo ride.

Lo spingo con tutta la mia forza che lo fa muovere al massimo di uno o due millimetri, prendo la muta che teneva appoggiata sulla spalla e la indosso meglio che posso, visto che è la prima volta in vita mia che mi metto qualcosa del genere. Di sicuro si sta divertendo con il panorama.

Vado verso il bancone e bevo un buon sorso di birra, perché all'improvviso ho sete e sono anche incazzata. Ale entra e beve un sorso della sua. Mi prende la mano e mi guarda negli occhi con un sorriso.

«Ti fidi di me? Lasciati andare.»

Aladdin, ha citato Aladdin. Ebbene sì, in un mondo ideale mi lascerò andare.

# CAPITOLO 15

## METTITI COMODA, PICCOLA, TI MOSTRO COSA SO FARE

### Alessander

Sapevo che la mia idea era davvero buona, che rompere con la routine e andare al mare mi avrebbe aiutato a schiarirmi le idee e a conoscere un po' di più Valentina. Sembra chiusa a riccio, non si sbottona. Ma non immaginavo che avrei riso così. Scoppio a ridere di continuo per le sue espressioni, i suoi mugugni, le sue mezze parole... È così espressiva. So che vorrebbe uccidermi ma non mi interessa, perché mi sto divertendo un mondo.

Nel poco tempo che conosco Valentina, posso dire che ha tante virtù, però l'equilibrio non tra queste. Quanto è goffa, ha ingoiato acqua quanto basta per riempire una piscina. Se stasera le viene la diarrea per colpa mia mi ucciderà.

Potrei prendere qualche onda, che sarebbe quello per cui sono venuto, ma la verità è che l'ho portata qui per vedere come Valentina avrebbe affrontato altri ambienti in cui non si sente a suo agio come davanti al computer e al suo quaderno, con i suoi trecento post it colorati e i suoi schemi in perfetta calligrafia. Non la conosco affatto, avrebbe potuto essere una campionessa di surf e farmi vergognare di me stesso, ma secondo la mia intuizione questo era un buon piano.

Rido ancora quando la vedo ricadere in acqua. Mio fratello mi lancia un'occhiata e sospira, non perché Valentina abbia difficoltà a imparare ma perché è di pessimo umore. Il che, non so perché, mi diverte ancora di più.

«Smettila di ridere, cazzo!» sbotta lei.

«Oh, Santa Valentina ha imprecato.»

Mi copro la bocca con le dita di entrambe le mani per stuzzicarla. Mi fa un gestaccio che mi fa ridere ancora. So che si sta trattenendo per non ridere e mio fratello sta facendo uno sforzo titanico per non partecipare allo scherzo.

«Vediamo cosa sai fare, sapientone, perché non ti ho visto prendere una sola onda. Magari sei ancora più imbranato di me e sei qui a rompermi le scatole.»

«Mettiti comoda, piccola, ti mostro cosa so fare.»

Rimane a bocca aperta, senza parole. Proprio come la lascerò a breve, non sono un esperto, riesco a mala pena a destreggiarmi, ma rispetto a lei sono bravo.

Lei e mio fratello prendono la tavola con cui si stavano esercitando, la gettano sulla sabbia e si siedono vicino alla riva. Li vedo chiacchierare in modo animato, sento qualche risata e cerco di concentrarmi su quello che sto facendo.

Arriva un'onda di dimensioni notevoli, remo con le braccia e quando sento che mi sta spingendo mi alzo sulla tavola, proprio come mi ha insegnato mio fratello. Estendo le anche e le ginocchia con una torsione che mi permette di sfruttare appieno l'onda senza che lo slancio mi trascini a riva. Non so fare molto altro, in realtà. Prendo ancora un paio di onde tentando alcune delle virate che mi ha insegnato mio fratello e, siccome finora ho avuto fortuna e non sono caduto, preferisco non sfidarla più ed esco con la tavola, per metterla con l'altra e sedermi accanto a Valentina che mi guarda con un sorriso.

Alzo le sopracciglia, beffardo.

«Qualcosa da dire?» Faccio un po' lo spaccone, certo. Per qualcosa che mi viene bene, non per vantarmi.

«Sei pieno di sorprese» replica e so che sta scherzando.

«Avremmo dovuto scommettere qualcosa. Avrei vinto di sicuro.»

«Ti credi tanto divertente, vero?» Mi stringo nelle spalle. «Dato che tu sai fare surf e io no, mi porti nel tuo campo per rendermi ridicola. Vediamo, se ti proponessi io di fare qualcosa, scommetteresti?»

«Va bene. Accetto.»

Mi slaccio la muta e mi tolgo la parte sopra prima di stendermi sulla sabbia, il sole picchia forte, anche se ormai saranno circa le sei del pomeriggio.

«Accetti?»

Annuisco. Cosa vorrà? Che reciti Neruda? Nessun problema, sono bravo con la letteratura.

«Certo che sì.»

«Ragazzi, io vado. Virginia sta per arrivare con la bambina e io non vedo l'ora di vedere Lola.»

«Dalle un bacio da parte mia. Non preoccuparti per le tavole, ora le porto in negozio e le pulisco. Ti devo un favore.»

Mio fratello mi lancia le chiavi del locale e saluta Valentina con un sorriso.

«Vediamo, cosa vuoi scommettere?» Le chiedo. Valentina ci pensa un po'.

«Va bene, se vinco, mi porti a cena in un posto elegante frequentato da scrittori d'élite come te, dove il vino costa più di tutto quello che ho io nel frigo messo insieme.»

Sorrido. È davvero questa la scommessa? Per un momento penso che farò tutto il possibile per perdere perché l'idea mi piace.

«Affare fatto. E se vinco io... mi fai un servizio.»

Valentina spalanca la bocca in modo spropositato e mi dà un ceffone che mi lascia lì come un fesso.

«Porco! Non farò proprio niente, sei fuori di testa.»

«Dannazione, Valentina, che dici!» Rido di gusto. «Mi riferivo a un pasto che cucinerai per me, il pesce che hai preparato oggi era squisito. Intendevo una paella o qualcosa così, adoro il riso in tutte le sue varianti.»

È una bugia, ovviamente mi riferivo a un pompino. Sapevo che lo avrebbe capito, anche se non mi aspettavo la sua reazione. L'espressione di Valentina è il premio, non ha prezzo, è diventata tutta rossa. Si copre le guance e io muoio dal ridere.

Penso che abbiamo bisogno entrambi di un bagno nell'acqua fresca, perché il mio cazzo si sta alzando da un bel po' di tempo. Non so se è perché sto immaginando Valentina così, poi devo ammettere che le sue curve sono belle, oppure per la sua vicinanza, per il sole che batte... Non so, so solo che sono eccitato e se non mi raffreddo presto mi si alzerà come la sbarra di un torneo.

Mi alzo e allungo le mani per aiutarla. Finisco di togliermi la muta e l'aiuto con la sua perché è complicato liberarsene se non ci sei abituato, poi andiamo in acqua. Facciamo un bagno veloce, avrei preferito schizzarla per gioco e finire con le sue gambe avvolte intorno ai fianchi mentre le sposto il bikini per inchiodarla a fondo. Ma no, è meglio che mi concentri, non voglio rovinare tutto, il mio futuro è nelle sue mani. Quindi ci togliamo la sabbia di dosso e usciamo per portare tutto al negozio di mio fratello.

«C'è un bel percorso da queste parti che porta a Cala Agulla, ne vale la pena. Non ci sei mai stata?»

«No. Non abbiamo mai fatto escursioni. Beh, voglio dire che io non ho fatto escursioni.»

«E come passavi il tuo tempo libero prima?»

Valentina alza le spalle.

«All'inizio, Javier e io viaggiavamo in tutta la Spagna, ma da quando è nata Becca tutta la mia vita è girata intorno a lei.»

«Voglio dire, quando eri più giovane.»

«Non sono mai stata giovane» sbuffa e, vedendo la sua espressione tesa, non insisto. Restiamo in silenzio finché non raggiungiamo il negozio.

Pulisco le tavole e le lascio nell'area noleggio, poi ne approfitto per pagare i vestiti che mi ha venduto per l'occasione, perché so che non prenderebbe i soldi di persona. Lascio le banconote nascoste accanto alla cassa e un biglietto, che attacco allo schermo del computer, con il quale lo ringrazio.

Ci cambiamo i vestiti e lasciamo quelli bagnati nelle borse. Facciamo una passeggiata lungo la spiaggia e ci fermiamo su una terrazza dove propongo di bere una birra in attesa della mia seconda sorpresa. Ordiniamo qualcosa da mangiare, perché entrambi stiamo morendo di fame, e poco dopo arriva quello che aspettavo.

«Guarda, questo non ha prezzo.»

La vista del tramonto da questo posto non smette mai di stupirmi. Mi viene la pelle d'oca, il sole a poco a poco si nasconde all'orizzonte, tingendo il cielo di sfumature arancioni. Valentina tace, lo guarda. Sospira. Le piace.

Sorrido soddisfatto.

# CAPITOLO 16

## LA CRISI DEI QUARANTA?

### Valentina

Contro ogni previsione mi sono divertita molto questo pomeriggio. Non avevo mai fatto una cosa del genere in vita mia. Infatti, se mi fosse successo qualche mese fa, probabilmente mi sarei voltata, avrei chiamato un taxi e sarei tornata a casa. La paura di mettermi in ridicolo sarebbe stata più forte del desiderio di lasciarmi andare.

È tardi adesso, sono stanca e ho bisogno di una doccia per liberarmi di tutta la salsedine, poi abbiamo molta strada da fare.

Ale mi guarda mentre guida e io sorrido.

«Mi sono divertita, davvero. Grazie.»

«Era tanto che non ridevo così.»

«A mie spese» lo rimprovero «stronzo» sussurro ma lui mi sente perché fa una risata che mi fa sorridere.

«Sei di queste parti?» Mi chiede qualche minuto dopo, quando il silenzio ha preso il sopravvento in macchina.

Nonostante l'enorme stanchezza che provo in questo momento, devo essere un buon navigatore e farlo parlare perché anche lui è sicuramente stanco. Ci manca solo che si addormenti al volante e facciamo un incidente.

Parlare di me non è il mio argomento preferito, ma cerco di aprirmi perché lui mi ha raccontato cose della sua vita, della sua infanzia, varie marachelle che ha fatto con suo fratello o con i suoi amici, tra cui Julien. Mi ha parlato molto di Martín e di Lola, sua nipote di cinque anni. E non sa quasi niente di me, a parte il mio numero di telefono, che ho una figlia di diciassette anni e che ho un ex che mi ha tradita.

«No, sono nata a Barcellona. I miei genitori vivono ancora lì, ma dopo aver terminato gli studi a Javier è stato offerto di trasferirsi a Palma per un posto da direttore, pagato molto bene, presso l'azienda di computer in cui lavora. Io non avevo ancora un lavoro stabile, quindi siamo venuti qui.» Sorrido ricordandolo perché la verità è che in quel momento ero molto felice. Nonostante avessi la mia famiglia lontana, mi sentivo completa. L'illusione di iniziare una nuova vita, entrambi così giovani, con così tante aspirazioni e tanta strada da percorrere...

«In meno di un anno ho ottenuto un posto all'istituto dove insegnavo fino a poco tempo fa. In effetti, è stato grazie a Javier, perché la sua azienda lavorava con loro e ha scoperto che stavano cercando un insegnante di lingua e letteratura spagnola. Abbiamo comprato l'appartamento dove vivo adesso. Ci siamo sposati per ufficializzare la situazione prima di diventare genitori, il passo successivo che volevamo fare. Subito dopo è arrivata Becca.»

«La tipica vita secondo il modello imposto dalla società.»

«Si può dire di sì. Ma ero felice. Era vero e fa male sapere che ho vissuto una farsa per un po', non so per quanto, non voglio nemmeno scoprirlo. L'unica cosa che sapevo, nel momento in cui ho scoperto cosa stava succedendo, è che avevo bisogno di rompere con tutto e così ho fatto.»

«Non hai pensato di tornare a Barcellona?»

Scuoto la testa.

«No. Becca ha la sua vita qui, è felice a Palma, studia qui, e io... Troverò il posto che fa per me, per il momento non sto così male.»

Lo guardo, sorrido e gli faccio l'occhiolino. Risponde con un sorriso.

Poco dopo mi lascia sulla porta di casa mia e ci accordiamo per l'indomani alle nove del mattino. Questa volta non protesta e non impreca. Annuisce soltanto, rassegnato.

Quando entro, Yadira e Becca sono sdraiate sul divano a guardare un film. Le saluto con la mano, con l'intenzione di andare direttamente sotto la doccia senza disturbarle. Mia figlia mi guarda in modo strano, per il mio aspetto, suppongo. È evidente che non arrivo dal lavoro. Si alza in silenzio e mi segue in bagno, dove tiro fuori dalla borsa bikini e muta.

«E come si lava questa roba?» le chiedo, perché so che è dietro di me e che è rimasta senza parole.

«Oh, mamma. La crisi di quarant'anni prima del tempo!» Mormora, portandosi una mano sulla fronte, come se invece di una muta avessi tirato fuori una falce o un attrezzo per fare i tatuaggi.

«Zitta, ragazzina.»

Mia figlia cerca sul cellulare e mi mostra dallo schermo quale programma della lavatrice usare per la muta, mi siedo e lascio tutto nel cesto della biancheria. Vado a spogliarmi e appare Yadira.

«Cos'è questa? La festa della schiuma?» Protesto perché all'improvviso sono entrambe in bagno che mi esaminano dalla testa ai piedi. Sembra che mia figlia stia cercando i piercing o i tatuaggi che pensa io abbia fatto.

«No, per niente, ma non mi lascerai con la suspense» protesta Yadira. «Becca è stata tutto il pomeriggio a descrivere quel fusto di due metri per cui lavori e quel che è successo prima che se ne andasse da casa sua. E tu non sembri uscita dall'ufficio.»

Sospiro e finisco di spogliarmi, entrambe si siedono dove capita mentre io entro nella doccia e racconto il pomeriggio più audace di tutta la mia vita. Le risate risuonano per la casa a lungo.

Crollo come un sacco e mi alzo, come succede da giorni, prima che suoni la sveglia. Mi sono svegliata con un'idea in testa, così sorrido mentre vado verso l'armadio.

# CAPITOLO 17

## LA SCOMMESSA

### Alessander

«Seriamente? È questa la tua sfida?» Sbuffo.

Guardo Valentina con le sopracciglia alzate, è arrivata dieci minuti prima del tempo, per un attimo ho pensato che volesse rivedermi con l'attrezzo per aria, altrimenti non capisco questa mania di arrivare così presto. Ma no, la conosco ormai e stava preparando il caffè, che abbiamo bevuto tranquillamente prima che tirasse fuori dalla borsa una camicia stropicciata e scommettesse con me che non sarei stato in grado di stirarla.

Io? Stirare? Perché questa donna mi propone una sfida così noiosa? Dopo la sua confessione di ieri, per cui mi sono accorto che non ha davvero avuto una gioventù e che di solito non segue mai i suoi desideri, non mi sorprende che non sia riuscita a pensare a niente di meglio. Comunque... ho tanto da insegnarle. Faccio un mezzo sorriso e non so nemmeno io perché.

Comunque ero intenzionato a perdere la scommessa, ma non voglio perdere la mia dignità così presto.

Mi butto sul divano, sbuffando rassegnato, e cerco sulla mia agenda per un po'. Valentina mi guarda con le braccia incrociate, sperando di scoprire cosa sto facendo.

«L'Astir ti va bene? Il panorama è incredibile e posso prenotare per stasera o per domani.»

Mi piace quel ristorante, si mangia benissimo. Valentina si avvicina e mi strappa il telefono dalle mani.

«Nemmeno per sogno, non mi toglierai la parte divertente. Tira fuori l'asse da stiro.»

«Sì, ok» sospiro. «Come se sapessi dov'è.»

Valentina tiene il mio cellulare nella tasca posteriore dei jeans e incrocia le braccia.

«Perché sei qui? Per lavorare o per rompermi le palle?» le chiedo, alzandomi in piedi per mettere fine a questa sciocchezza il prima possibile.

«Per salvarti il culo, ragazzo. Sono qui per salvarti il culo in trenta giorni.»

«Ventiquattro, carina.»

«Quel che è.»

Vederla sorridere sfacciatamente, sollevando le sopracciglia divertita, mi fa pensare all'immagine di Valentina di pochi giorni fa, quando dava l'impressione di essere una di quelle che non hanno mai rotto un piatto. Sembrava anche sfiorita. Quando l'ho incontrata, non sapevo che i suoi occhi nascondessero tanta tristezza, come se si fosse persa in mezzo al deserto, però ora sono luminosi. Brillano. I suoi occhi brillano, non conosco il motivo ma questo mi riempie di orgoglio, come se fosse grazie a me, quando in realtà è stata lei sola ad abbattere le sue barriere, una per una, per affrontare nuove sfide, per rialzarsi, scrollarsi di dosso le ferite e andare avanti. C'è ancora tanto lavoro da fare ed è vero, Valentina è entrata nella mia vita per salvarmi il culo in trenta giorni, ma sento il bisogno di aiutarla a non crollare, a fiorire come merita, come non ha mai fatto, in modo che inizi a pensare a se stessa, perché sarebbe ora.

Oggi le sue guance sono rosate, ieri ha preso un po' di sole e sta benissimo. Ha i capelli sciolti, un po' ribelli e profumano di frutta, non so quale, so solo che mi fa venire voglia di mangiarmela.

Va al computer e lo accende, io le strappo il telefono e vado a cercare quella dannata asse, chissà dove la tiene Lidia. In effetti, non so nemmeno come abbia fatto a trovarla nella confusione che regnava in casa fino a poco tempo fa.

Valentina si versa un altro caffè, ha una seria dipendenza dalla caffeina, poi mi dice che io bevo tante birre. Qui ci sballiamo tutti, mia cara!

Quando si rende conto che sto solo perdendo tempo, mi aiuta a trovare l'asse e il ferro, ovviamente. Non impiega molto a trovarli, a quanto pare c'è una logica su dove riporre questo tipo di strumenti. Non so, ora mi aspetto una lezione di Marie Kondo su come riordinare.

Apriamo l'asse da stiro nel soggiorno e la colleghiamo. Ha la bontà di spiegarmi che bisogna mettere acqua nel ferro in modo che si possa usare il vapore. Ecco. Vapore. Pensavo che i motori a vapore fossero stati interrotti durante la rivoluzione industriale, invece no.

«Ti lascio, così puoi prenderti il tuo tempo e non innervosirti, mentre vado a rivedere le ultime cose.»

«Ieri ho scritto.»

«La notte scorsa? Pensavo fossi stanco.»

«Sì, ero stanco, ma ne avevo voglia, era un capitolo semplice. Beh, due in realtà, dai un'occhiata per vedere come ti sembra. Penso che si adatti bene all'ultima cosa che hai aggiunto.»

«Bene, vado a leggere.»

«A proposito, ieri hai lasciato qui il tuo quaderno.»

Evito di dirle che ho curiosato e che, come immaginavo, l'ultima cosa che ha scritto è stata una lista della spesa molto suggestiva. Infatti l'ho appuntata per Lidia sull'applicazione che mi ha chiesto di installare per averla sincronizzata con la sua e potermi fare la spesa martedì, quando tornerà, prima di passare da casa.

«Sì, non mi aspettavo che mi portassi così lontano o che avremmo impiegato così tanto tempo. Pensavo che ci saremmo bevuti una birra e che a metà pomeriggio sarei tornata a lavorare prima di andare a casa.»

«Sai cosa significa prendersi una pausa?» Valentina sorride, ma non dice niente. «Scommetto che non hai mai bigiato in vita tua.»

«Smettila di scommettere, ne hai già una da portare a termine.»

Valentina si siede davanti al computer per leggere e io di nascosto, senza che se ne accorga, cerco su YouTube un video su come stirare una camicia. Tolgo il suono dal cellulare, prima di mandarlo in riproduzione, in modo che non mi scopra. All'improvviso voglio che Valentina mi prepari da mangiare e vincere la scommessa. Non mi piace perdere e ho perso abbastanza ultimamente.

Tre quarti d'ora dopo la vedo voltarsi e guardarmi, poi si alza e io prendo automaticamente il telefono e lo rigiro. Ho stirato solo il collo e una manica, ma in modo perfetto, più o meno.

Valentina esamina il lavoro, solleva un sopracciglio e mi guarda negli occhi incredula, cercando di capire dove sia il tranello.

«Dammi il cellulare» chiede.

«Ancora? Sei ossessionata dal mio telefono, ti assicuro che non ci sono foto di me nudo. Credo.»

«Ahah. Fammi solo controllare una cosa.»

Io brontolo e glielo porgo. Si fa una risata quando vede cosa stavo guardando su YouTube.

«Non posso crederci.» Ride. «Come puoi essere così incapace?»

«Ehi, ehi. Non saprò nulla di stiratura, ma sono un uomo pieno di risorse» le dico, indicando il telefono. «Dai, ridammi il cellulare.»

«Beh, ora sono curiosa di vedere se riesco a trovare una tua foto nudo.»

Corre per la stanza toccando lo schermo del mio cellulare.

«Non ne hai avuto abbastanza dopo avermi visto ieri, sfacciata?» Sto cercando di metterla fuori combattimento, il che sembra difficile, la battuta non sortisce effetto.

«Ahah. Sei così simpatico che non riesco a smettere di ridere» ironizza.

«Almeno non ti ho fatto pagare il lavaggio a secco delle mie lenzuola, bella, perché aspetta che le veda Lidia e chissà che lavata di capo mi farà. Quella donna ha un certo temperamento.»

Valentina ridacchia.

«Penso che suo padre sia russo, ha preso da lui il temperamento.»

Mi avvicino a lei, a quanto pare il pensiero di me nudo l'ha deconcentrata, ma è veloce e nasconde il cellulare dietro al sedere, dentro i pantaloni. Non nelle tasche, no, l'ha messo proprio dentro e lo ha spinto giù. Se pensa che cederò, non mi conosce.

La prendo per le cosce e me la carico in spalla. Comincia a urlare come una pazza e a scalciare, morendo dalle risate.

«Mettimi giù. Ale, mettimi giù.»

«Ti darò l'opportunità di arrenderti e di darmi il mio cellulare, dimmi che ho vinto la scommessa perché quello che ho stirato è perfetto e poi ammetti che sono il ragazzo più sexy che tu abbia incontrato nella tua vita.»

Valentina ride ancora.

«Il più cretino, forse!»

«Ti arrendi?»

«Mai!»

Faccio un paio di salti, come l'uomo di Neanderthal che celebra la sua caccia, facendola urlare di nuovo, mi viene da ridere quando la sento ridere. Cammino con lei sulla spalla, vado verso il divano e la butto giù, afferrandole velocemente entrambe le mani con una delle mie all'altezza del suo addome e poggiando un ginocchio sulle sue cosce, senza avvicinarmi troppo. Già mi conosco e ho un obiettivo chiaro, quindi non riesco a distogliere l'attenzione.

«Ultima possibilità. Se mi dai il cellulare e accetti la mia vittoria, ti lascio andare. Ti abbuono il fatto di non aver detto che sono il ragazzo più sexy che tu abbia mai incontrato perché lo so già.» Valentina non smette di divincolarsi. Continua a ridere, ma non dice niente. «Dai, sciocca, lo so che non vedi l'ora di prepararmi una cena.»

Niente. Ride come se le stessi facendo il solletico e invece non l'ho ancora toccata.

«Tre...» Aspetto qualche secondo senza allentare la presa. Valentina smette di divincolarsi e di ridere. Porto la mano libera sulla sua spalla per immobilizzarla completamente.

«Non hai vinto. Non sai stirare. Hai barato.»

«Non ho mai barato in vita mia. Ammetti che ho vinto onestamente. Due...»

«Non hai nemmeno finito di stirare tutta la camicia» protesta. È orgogliosa, non vuole cedere. Dovrà affrontare le conseguenze.

«Dettagli, non mi hai dato la possibilità di finire. Non avevamo stabilito un tempo. Quello che ho fatto è perfetto» dichiaro convinto. «Uno... Ti arrendi?»

Valentina sorride, ma non apre la bocca, quindi tolgo la mano dalla sua spalla e la abbasso lentamente fino al bottone dei suoi pantaloni, che slaccio con un movimento, costringendola a lanciare un altro grido e a provare a scalciare, cosa che non può fare con il peso della mia gamba sopra di lei. Alzo la mano sulla cerniera.

«Cosa stai facendo? Cosa fai? Lasciami andare!» Ride, questa donna si è fumata qualcosa, questa risata non è normale.

«Rivoglio solo il mio cellulare» dichiaro per darle un'altra possibilità di arrendersi e rispondere.

Aspetto che finisca di divincolarsi ma lei continua a non aprire bocca, so che stiamo cadendo in un gioco pericoloso, perché non so se si è accorta, ma il mio cazzo è eretto e rigido.

Cerco di controllarmi ma le sue pupille dilatate e la pelle d'oca non aiutano. Deglutisce guardandomi negli occhi.

Mentre le apro la zip dei pantaloni, ricordo il gemito di ieri quando le ho tolto la gonna. Mi stupisce che il mio cuore stia battendo forte, che improvvisamente mi sia venuto in mente: "Accidenti, che bel sorriso", che stia pensando che suo marito è uno stronzo per averla lasciata scappare. Invece di dare più importanza al suo seno che si alza e si abbassa rapidamente, alla camicetta che le è scivolata dalle spalle e... non posso pensare ad altro oltre al fatto che sotto non c'è traccia di reggiseno.

Sfacciata e senza vergogna con un viso innocente. L'avevo già detto che queste sono le peggiori.

La guardo negli occhi e lei ridacchia, come se potesse leggermi nel pensiero e sapere su cosa sto rimuginando. Sposto la mano un po' più in alto del suo bacino, dove c'è l'apertura dei suoi pantaloni.

«Sto arrivando...» mi schiarisco la gola. «A prendere il mio cellulare, ok?»

Valentina si morde il labbro inferiore e annuisce.

Non riesco a pensare a niente, ho tutto il sangue concentrato in un unico posto, agisco solo seguendo il mio istinto. Faccio scorrere dolcemente le dita lungo il suo pube, accarezzando le mutandine, infilo un paio di dita un po' più a fondo, sento le sue labbra attraverso il tessuto inumidito.

Mi sento goffo, perché è un altro corpo rispetto a quello a cui sono abituato, diverso da quello di cui già conoscevo tutti i tasti che dovevo premere per ottenere il risultato desiderato, ma il mio istinto mi urla che è il corpo che voglio accarezzare in questo momento.

Valentina alza leggermente i fianchi e geme sommessamente, è musica per le mie orecchie.

«Mmh... penso che non sia da queste parti, vero?»

Non risponde. Sto impazzendo a vedere i suoi capezzoli turgidi attraverso la camicetta che indossa, vorrei avvicinare la bocca, divorarli, divorarla tutta. Respira velocemente. Brucia, la mia mano brucia sul tessuto che copre la sua fica bagnata.

Non devo baciarla.

So che è l'ultima cosa che dovrei fare perché Valentina mi tiene per le palle, metaforicamente parlando, e ho bisogno di lei, accidenti, ho bisogno che lei continui a scrivere. E se rovino tutto? E se va via e non torna? E se perdo tutto? E se mi aggrappo troppo a lei? E se fossi ancora in tempo a riavere Barbara e stessi incasinando tutto ancora di più? Scuoto la testa, tutti i miei "e se" non aiutano affatto. Quando vede che sono in piedi, muove di nuovo i fianchi e geme.

Fanculo. Quando questa donna geme, tutto il mio mondo si ribalta.

Fanculo, Alessander. Tuffati in una fottuta piscina di testa o come diavolo preferisci, ma non resistere più, ti preoccuperai dopo delle conseguenze.

Avvicino la bocca per baciarla, non chiudo gli occhi perché voglio vedere la sua espressione mentre si morde il labbro inferiore. Non appena i suoi denti lo rilasciano, le passo sopra la mia lingua, porca miseria quanto freme, tutto il mio corpo si contrae, il suo gemito nella mia bocca mi uccide e proprio in quel momento suona quel cazzo di campanello.

Merda.

Mi allontano velocemente.

"Potrebbe essere Barbara?" penso, ma per un attimo non mi rendo conto che invece dell'illusione o della speranza ciò che mi spaventa e l'ultima cosa che vorrei è fare del male a Barbara. So che gliene farei se all'improvviso arrivasse a casa mia e vedesse la situazione in cui mi trovo.

Mi stacco da Valentina e le tendo le mani per aiutarla ad alzarsi.

Suonano di nuovo alla porta.

Valentina si allaccia i pantaloni e si rimette a posto i vestiti mentre sto per aprire.

Visto che sono un coglione, o semplicemente non mi viene in mente di guardare dallo spioncino perché il mio sangue è tutto concentrato nel mio cazzo e non riesco a pensare ad altro, apro senza nemmeno chiedere. Così Mayte appare davanti a me.

Mayte, la mia editrice.

Mayte, con la faccia incazzata.

Mayte, la donna che mi spaventa più di mia madre con una ciabatta in mano quando combinavo qualcosa.

«Cazzo, Ale, non ci posso credere.»

Neanche un saluto, alzo gli occhi al cielo. Mi guarda dall'alto in basso.

«Eh?» chiedo, messo fuorigioco.

«Pensavo che fossi morto e avrei dovuto mandarti l'impresa di pompe funebri, ma no, eccoti qui, vivo e vegeto» dice, indicando la zona in fiamme. «Stavi dormendo, immagino. Vero?»

«No, ma che dici, sono fresco come una rosa» sbotto. Mayte mi spinge con forza verso il mio soggiorno.

«Entra, entra, fai come fossi a casa tua.»

Pochi passi dopo la mia editrice si blocca al centro della stanza.

«E tu chi diavolo sei?» chiede a Valentina, spalancando gli occhi.

Io, dietro Mayte, scuoto la testa e mi passo un dito sulla gola. Non perché la sto minacciando. Non so come farle capire che se Mayte scopre qualcosa di ciò che stiamo combinando, sono un uomo morto.

«La sua nuova donna.»

«Mia cugina.»

Diciamo entrambi allo stesso tempo.

Valentina e io ci guardiamo e lei si stringe nelle spalle.

«Lei è... una ragazza che ho incontrato ieri sera al Luxury.»

«Sì, è così...» conferma Valentina annuendo con decisione.

«Accidenti, che previdente, si è portata i vestiti di ricambio e tutto, vero?»

Mayte sta sclerando e lo capisco, perché non sa un cazzo di ciò che è successo nella mia vita ultimamente. Se non fosse stata una tale stronza, non avrei silenziato i suoi messaggi e forse le avrei raccontato una parte della storia perché Mayte e io siamo sempre andati d'accordo.

«No, no...» sorride Valentina. «Mi ha prestato quelli della sua ultima donna, che li aveva dimenticati qui. Barbara?» Guarda nella mia direzione e, vedendo la mia espressione stravolta e che continuo a negare, fa la faccia di una che ha appena calpestato una trappola per topi.

«Come, la tua ultima donna? Ale, non ci posso credere. Questo non me lo aspettavo da te.»

«Eh, sì... Ma posso aiutarti? Sei venuta a casa mia per qualcosa, vero? Non solo per rompermi le palle, che sai fare già bene al telefono.»

«Beh, guarda, a me non interessa. Saprai tu cosa fai, ma se Barbara lo scopre sei un uomo morto.»

Sorrido. Non le spiegherò niente per ora. Ma almeno l'erezione è tornata al suo posto.

«Quanto hai scritto? Hai idea di quanti giorni mancano alla scadenza?» Apro la bocca per dirle che il lavoro procede sempre meglio, ma lei non mi fa intervenire, continua a parlare. «No, certo che no, come diavolo fai a saperlo? Mi hai bloccato?»

Nego. Nego con decisione. Accidenti, ho davvero paura della sua espressione incazzata.

«Sei sicuro, Ale? Perché ti tengo per le palle e non ho bisogno di molte altre scuse per rompere il tuo contratto di pubblicazione, mi sono rotta di te.»

Non può avere di nuovo il ciclo, giusto? È scandaloso il livello di acidità concentrato in un corpo così minuto.

«No, dannazione. Va tutto bene, davvero.»

«Sì, certo, come se potessi fidarmi di te. Dammi il tuo cellulare. Giuro che se vedrò il mio numero bloccato, chiamerò i direttori della casa editrice e questo pomeriggio la banca inizierà a prelevarti i soldi.»

Esagerata come sempre.

Guardo Valentina, che ha il mio cellulare, infilato nel sedere per essere più precisi, e non potrebbe essere più rossa di così. Sorrido e Mayte mi guarda stranita, ha persino smesso di imprecare per un secondo.

«Ok, piccola, puoi dare a Mayte il mio cellulare, per favore?»

Valentina, con le guance che stanno per scoppiare, annuisce. È talmente sudata per il movimento di prima che deve sbottonarsi un po' i pantaloni per raggiungere il telefono, poi lo porge a Mayte.

«Accidenti, ma che schifo. No grazie. Ti credo sulla parola» dice, alzando i palmi per evitare di toccare il dispositivo. Trattengo la risata che è lì, nella mia gola, e vorrebbe uscire. «Ale...»

«Ciao, Mayte, ti prometto che avrai la bozza in tempo.»

«Ale, mi raccomando.»

«Sì, dirò a mia madre di prepararti il riso che ti piace tanto e quando ti darò la bozza ci vedremo a pranzo e ti aggiornerò sul resto della mia vita, va bene?»

La sto spingendo verso l'uscita di casa mia.

«Ti restano...»

«Per favore, Mayte, mi hai rotto abbastanza le palle per oggi.»

«Ventun giorni.»

# CAPITOLO 18

## LEA

### Valentina

Oggi non abbiamo scritto molto. Di nuovo. Non può essere. Dopo il contrattempo di stamattina con il telefono e la discussione con la sua editrice sono rimasta distratta tutto il giorno.

Quando Mayte se n'è andata, Ale ha ricevuto una telefonata da Julien ed è andato via, lasciandomi sola. Ho riletto quello che ha scritto, che è parecchio, e l'ho ampliato qua e là, ho fatto qualche annotazione, ma l'eccitazione non mi è passata e sono riuscita a pensare solo a scene più erotiche, troppo erotiche per quel romanzo.

Quindi verso le due, quando sto morendo di fame, scrivo un messaggio ad Alessander per dirgli che non sono concentrata e che vado a casa a mangiare e a finire di leggere il quarto libro della serie. Mi aspettavo una risposta beffarda, del tipo: "Ti ho fatta arrapare così tanto che non riesci nemmeno a pensare?" oppure "Te ne vai? Non hai più voglia di rompermi le palle oggi?", invece no, risponde con un semplice "Ok".

Ne mando un altro a Becca per farle sapere che arrivo per mangiare, nel caso non avesse ancora pranzato e volesse aspettarmi. Posso preparare qualcosa di veloce, spinaci saltati con petto alla griglia o qualcosa del genere.

Mentre scendo dall'ascensore al mio piano e cerco le chiavi nella borsa, sento una voce davanti a me:

«Ehi tu, stronza. Non posso credere che tu non mi abbia chiamato nemmeno una volta.»

Alzo la testa e vedo Lea che sta salendo le scale che portano al mio pianerottolo, l'unica cosa buona che mi è rimasta della scuola e che per qualche giorno avevo dimenticato. L'abbraccio

114

appena arriva all'ultimo gradino, mi allontano un po' per guardare i suoi grandi occhi azzurri.

«Oh amica, mi sei mancata» mormoro felice di vederla.

«Lo so, è l'effetto che faccio alle persone, tutti mi amano troppo» scherza. «So che avevi bisogno di tempo per te stessa, per guarire, e che non volevi vedere nessuno, nemmeno me, nonostante il bene che mi vuoi. Ma sono passati tanti giorni...»

«Entra. Hai già mangiato?» Scuote la testa. «Stavo pensando di cucinare qualcosa di veloce, sto morendo di fame.»

«Ho portato del vino, nel caso avessi bisogno di ubriacarti fino a perdere i sensi.» Sorrido e, aprendo la porta, la faccio entrare. «Da dove arrivi?» mi chiede.

«Dal lavoro.»

«Non sapevo che avessi già trovato un altro lavoro. Sono molto felice. Cosa fai adesso?»

«Te lo spiego dopo, Lea» interviene mia figlia. Giro la testa e la vedo seduta a tavola con di fronte una scatola con il logo di Amazon e un'espressione birichina. Oh, no! Me n'ero completamente dimenticata. «Adesso mi spieghi cos'è questo pacco che è arrivato stamattina alle nove? Non mi ero ancora svegliata del tutto e senza accorgermene ho aperto la porta quasi con una tetta fuori dalla camicia da notte.»

«Ma che dici! Mio dio, che vergogna.»

«Questo è il meno» risponde, salutando con la mano. «Sono sorpresa che sia arrivato qualcosa per te. Non acquisti nulla su Amazon da quando hai richiesto il libro che non hai trovato in libreria per iniziare il corso lo scorso anno.»

«Sì, non lo uso tanto quanto te, tu hai le mani bucate» la rimprovero, cercando di distogliere l'attenzione.

«Sai che ordinando dallo stesso account, anche se effettui l'ordine a tuo nome, io posso vedere cosa compri tu e tu cosa compro io?»

Oh, maledizione!

Mia figlia scoppia a ridere e continua come se si fosse trattenuta tutto il giorno.

Lea batte le mani con entusiasmo, come se si preparasse a una festa, e si siede accanto a lei.

«Forza, aprilo, sono troppo curiosa!» chiede a mia figlia dopo averla stretta a sé.

«Anche io» risponde.

Che giornata, davvero, questo non aiuta lo stress! Le mie guance vanno a fuoco.

Quindi, visto che ho esaurito le energie, lascio fare a loro gli onori e disimballare il vibratore che ho comprato. Lo tirano fuori dalla scatola, lo maneggiano, lo misurano, lo attivano, controllano le velocità, lo provano sulla mano, sul viso, poi sul mio braccio. Sono imbarazzata e quelle due pazze non smettono di ridere.

Mi è passata anche la fame e non sembra che nemmeno loro ne abbiano molta, anche se alla fine mia figlia chiama una pizzeria vicino casa e ci portano un paio di pizze che divoriamo tra le risate. Ancora cibo spazzatura, di questo passo tra qualche mese peserò intorno ai duecento chili.

A causa dell'accordo di riservatezza non posso raccontare a Lea cosa faccio, quindi le dico solo che sono la segretaria di Ale e che lo aiuto a organizzare i suoi impegni. Becca, che sa tutto dal primo giorno, mi segue. Non le racconto molto di più riguardo il lavoro, perché mia figlia si è divertita così tanto a descriverle ogni muscolo del corpo di Ale che sembra che tutto il resto abbia perso interesse.

«Mamma, diglielo. Dì a Lea cosa hai fatto con Alessander ieri.»

La mia amica si copre la bocca con entrambe le mani.

«Te lo sei fatta?»

«Cosa? No! Pervertita...» borbotto e scoppiamo a ridere

Trascorro il pomeriggio raccontandole la mia esperienza di questa settimana con quell'uomo che mi fa impazzire. Poi chiedo a Lea di restare a cena, Becca deve incontrare Yadira per andare al cinema ed esce poco dopo.

Prendo un filetto di maiale, che tengo marinato in frigo, e mi preparo a cuocerlo in forno con patate e verdure. Il mio cellulare squilla proprio quando ho le mani imbrattate di carne.

«Lea, mi puoi leggere il messaggio?»

ALESSANDER
*Ciao. Ho appena lasciato la casa di Julien. Ha avuto una discussione con la sua ragazza ed è giù di morale. Comunque, sei andata avanti con la lettura?*

«Ops» diciamo entrambe contemporaneamente.

La mia amica ridacchia e la vedo scrivere.

«Cosa fai? Che stai facendo, matta?»

Mi asciugo velocemente le mani per andare a strapparle il telefono. Proprio mentre lo prendo, Lea fa una risata.

«Non si può tornare indietro.»

«Cos'hai fatto?» mormoro, spaventata a morte.

Lea non ha filtri, da quella testolina può uscire di tutto.

VALENTINA
*Non ho letto molto, la verità è che non sono concentrata dopo questa mattina.*
*Ma ho pensato che hai ragione. Ti devo un pasto.*
*Vieni a casa mia? Sto preparando la cena.*

«Sei fuori, che hai fatto?»

Lea ride e io muoio di vergogna. Iperventilo.

Ma di sicuro sarà esausto, non verrà. Iperventilo.

È stato fuori tutto il giorno. Andrà direttamente a casa, farà una doccia o entrerà nella sua vasca idromassaggio per sciogliere le tensioni e poi andrà a dormire.

Iperventilo.

Sa che domani alle nove e mezza in punto sarò lì.

ALESSANDER
*Arrivo tra venti minuti.*

«Ti odio, ti odio, ti odio» borbotto guardando lo schermo del mio cellulare senza riuscire a crederci.

«Bah, è una bugia, lo sai che mi adori.»

«Cazzo, cazzo, cazzo.»

Alzo la testa e mi guardo intorno per assicurarmi che sia tutto in ordine, prima che salti fuori che l'ho preso in giro tutta la settimana per quanto è sporco e casa mia è un disastro, perché io ci sono stata appena per riuscire a metterla in ordine. Ma no, sembra tutto impeccabile. La mia piccola è maniaca come sua madre, meno male che quello l'ha preso da me.

«Mi piace quando imprechi. Dai, fatti una doccia e cambiati, io resto qui.»

«Ti ammazzerei» mormoro, indicandola.

Pochi minuti più tardi, dopo una doccia veloce, mi infilo un vestito estivo e le converse, poi mi spazzolo un po' i capelli per asciugarli all'aria. Quando arrivo in cucina, vedo un biglietto sul tavolo della sala da pranzo.

*Tutto è nel forno e il timer è impostato. Domani ti chiamo e mi racconti i dettagli (tanti). Ti adoro, Lea*

Che maledetta!

# CAPITOLO 19

## LA CENA

### Alessander

Ah! Lo avevo detto che avevo vinto la scommessa, la coscienza non l'ha lasciata tranquilla, per questo mi ha invitato a cena. E la verità è che ho fame perché dal caffè di stamattina non ho mangiato un boccone. Mi sembrava brutto mangiare davanti a Julien, con la situazione che stava vivendo. Mi dispiace. Con quello che ha passato.

Zuleima se n'è andata, si è presentata un'opportunità per un posto in un ospedale fuori dalla Spagna, non ricordo dove, in Germania credo.

Ha detto che da qualche giorno era strana, è stata poco in casa e ieri sera gli ha dato la notizia, ma non come: "Sai, mi è successo questo, che ne dici? Ci andiamo? Dovrei accettare?" Ma come: "Vado a ritrovare me stessa". Che la paghino di più è ovvio, perché in Spagna le cose stanno come stanno; ed è anche un'opportunità per il suo curriculum. Però se ne va perché ha bisogno di tempo e di stare da sola. E il mio amico, che è perdutamente innamorato di lei, le ha detto che avrebbe lasciato tutto, che sarebbe andato con lei, che avrebbe mandato a quel paese lo studio, che avrebbe comprato un appartamento con i suoi risparmi, che... insomma, le ha proposto qualunque cosa volesse, ma Zuleima ha fatto la valigia, ignorando la sua sofferenza, e se n'è andata dopo cinque anni di relazione.

Non capisco, davvero. Perché Julien è un ottimo partito. Non solo è bello, divertente e responsabile, ma la tratta come una regina perché è molto fedele. Zuleima è splendida, senza dubbio, ma non è stata in grado di corrispondere allo stesso modo e gli ha dato la batosta più grande che abbia mai ricevuto.

Invece del tipico: "Non sei tu, sono io", se n'è uscita proprio con: "Sono io, non ti amo".

Si è disperato per ore.

«Guarda il lato positivo» gli ho detto.

«Quale lato positivo?» Ha alzato la testa con gli occhi pieni di lacrime e mi si è spezzata un po' l'anima perché ho sofferto quando Barbara mi ha lasciato ma sapevo di meritarmelo, invece il mio amico no, non se lo merita.

«Ora siamo due ragazzi single che possono uscire e farsi il mondo.»

Non ho più aperto la bocca, perché si è disperato ancora di più. Il fatto è che uscire a festeggiare non gli è mai piaciuto molto.

Alla fine sono riuscito a fargli fare una doccia e a mandarlo a letto perché non aveva chiuso occhio dalla sera prima e, quando finalmente si è addormentato e sono uscito da casa sua con l'intenzione di andare nel mio appartamento, mi è arrivato il messaggio di Valentina.

Le mie viscere si agitano mentre lo leggo e il mio cazzo sobbalza, anche se devo trattenere, è meglio che lo tenga nei pantaloni. Poi suppongo che sua figlia sarà in casa e ceneremo insieme.

Arrivo all'indirizzo di Valentina e suono il citofono. Salgo al suo appartamento e lei mi sta già aspettando sulla porta.

«Ciao, bella. Sei l'altra figlia di Valentina?» Sto scherzando perché, dannazione, sembra un angelo vestita così, con il viso pulito e i capelli umidi e sciolti, dimostra dieci anni di meno.

«Smettila di adularmi, sto morendo di fame.»

La seguo in soggiorno, la tavola è già apparecchiata. Mi rilasso e non solo perché anche io sto morendo di fame, ma perché vedo posate solo per due. Guardando il tavolo vedo un enorme vassoio con un sacco di cibo invitante.

«Quante persone vengono a cena?»

«Non me ne parlare. Siediti, vado a prendere il vino che ho in frigo. Ti avverto già che non sarà buono come il tuo.»

«Mi dispiace, non potevo portare una bottiglia, non ho avuto tempo di passare prima di venire qui e non ho pensato di fermarmi a comprarla.»

«Tranquillo.»

Sparisce attraverso una porta che immagino conduca in cucina e vedo una scatola di Amazon dall'altra parte del tavolo. Cosa sarà? Sollevo un sopracciglio, sono curioso. Non può biasimarmi, lei ha fatto cadere una tazza di caffè accanto al mio letto facendo esattamente la stessa cosa.

Mi alzo, vado dall'altra parte del tavolo, mi siedo e apro la scatola. Rido forte mentre Valentina entra in soggiorno con la bottiglia di vino in mano. I suoi occhi si spalancano e lei avvampa, com'è facile farla arrossire. Continuo a ridere. Non per il giocattolo erotico, mi sembra una cosa normale, ma perché mi sorprende vederlo lì, sul tavolo della sala da pranzo, accanto al pane e ai tovaglioli. E rido anche per la sua espressione.

«Merda» mormora. «Pensavo di averlo messo via.»

«Posso vederlo?» le chiedo.

Sono curioso di esaminare quel dispositivo di cui tanto si parla. Valentina alza gli occhi al cielo, il suo colorito sta tornando nella norma ma le sue mani tremano, anche se cerca di nasconderlo.

«È proprio necessario?» Mi versa un bicchiere e poi mi si avvicina per versare il suo.

«Non è obbligatorio, ma mi faresti felice.»

«Ok, prendilo. Tanto ormai lo hanno toccato tutti, uno più uno meno…» protesta.

Tolgo quell'affare dalla scatola, è più grande di quanto immaginassi, premo i pulsanti finché non trovo come si attiva, ha varie velocità. Improvvisamente smetto di ridere immaginando Valentina dopo la doccia, nuda, con le gambe aperte sul letto, i capezzoli eretti, i denti che le affondano nel labbro inferiore e questo aggeggio del diavolo tra le gambe che la fa venire. Poi lo poso e deglutisco, prima di tornare al mio posto.

Una piccola luce si accende nella mia testa.

«Posso chiederti una cosa?»

Valentina si siede, con aria sconvolta, sulla sua sedia, prende la scatola dal tavolo, la getta da parte e si copre il viso con le mani.

«Per favore, non voglio più vergognarmi oggi, ne ho abbastanza.»

Divento serio. Mi è passata la voglia di prenderla in giro, perché questa sembra che sia una cosa brutta che doveva fare di nascosto e che l'abbiano beccata con le mani nel sacco.

«Non vedo alcun motivo per cui ti debba vergognare.» Valentina si scopre il viso, afferra il bicchiere e beve un sorso. «Anche se ho capito che è difficile per te parlare dei fatti tuoi.»

«Dai, spara.»

«È questo quello che hai comprato ieri quando stavamo andando in spiaggia?»

«Che tu sia maledetto…» mormora.

«Questo è un sì, giusto?» Valentina annuisce e io sorrido, non sogghigno, sorrido soltanto. «È la prima volta che compri qualcosa del genere?» Chiedo per cancellare i miei sospetti. Annuisce di nuovo. «Beh, sai una cosa, Valentina?» Mi guarda negli occhi, so che in questo momento è sorpresa, che non si aspettava la mia reazione o le mie parole. Continuo, anche se forse mi manderà all'inferno, sento di doverlo dire. «Sono contento che tu abbia comprato qualcosa per te, qualcosa che volevi goderti da sola, senza dipendere da nessuno, senza voler piacere a nessuno. Perché non ti conosco molto, ma ho la sensazione che tu dia sempre il cento per cento agli altri. Non è giusto, Valentina, se dai tutto agli altri, non resta niente per te stessa. Non voglio essere indiscreto, ma dovresti prendere più decisioni pensando solo a te stessa.»

Valentina sorride e beve un sorso dal suo bicchiere.

«Mangiamo? Ho fame.»

Cambia argomento e va bene, non voglio darle una lezione, solo esporle la mia opinione, ciò che ho visto e ciò che credo.

# CAPITOLO 20

## IL MIO VIBRATORE, IO E...
## IL MIO CELLULARE

### Valentina

Abbiamo mangiato tanto e bevuto tutta la bottiglia. Io più di Alessander perché lui doveva guidare e, dopo il primo bicchiere, è passato all'acqua. Dice che non beve coca cola perché non fa bene.

È appena uscito e io sono sola in casa, con diversi messaggi sul cellulare. Non l'avevo nemmeno sentito suonare, sono stata troppo occupata e concentrata su altro.

BECCA
*Non torno a casa a dormire. Divertiti.*

LEA
*Fattelo! Lascia perdere la cena e vai direttamente al dessert!*

Sono sicura che Lea ha detto a mia figlia che Ale sarebbe venuto a cena ed è per questo che resta a casa di Yadira, immagino.

Alzo gli occhi al cielo. Non è successo nulla di ciò che ha elaborato la mente sovreccitata della mia amica. Abbiamo riso molto, abbiamo parlato del romanzo in generale e dopo un po' se n'è andato perché era tardi e domani dobbiamo lavorare, anche se è sabato. Si sta impegnando con il romanzo e questo mi piace. Che poi è il suo libro, non il mio, ma rispetto all'uomo che ho incontrato lunedì, ha subito un cambiamento radicale.

124

Comunque, eccoci qui, questo aggeggio infernale e io. Lo sto lavando perché oggi lo hanno toccato tutti. Leggo le istruzioni. Credo di essere l'unica persona sulla faccia della terra che legge le istruzioni di tutti gli apparecchi prima di usarli. Non so, mi sembra importante.

«Vediamo se si può bagnare. Interessante, credo di aver bisogno di un'altra doccia prima di andare a dormire.»

Poi penso che per la prima volta che lo uso sia meglio il letto, finché non ci prendo la mano. Forse è sciocco, ma non sono abituata a queste cose, vediamo se la stupidità mi darà una scossa.

Faccio una doccia veloce perché ne ho davvero bisogno, gelata per quanto possibile, e vado nuda in camera mia. Sopra al mio letto lui mi aspetta, il vibratore voglio dire. È rosa, carino, anche se molto più grande di quanto immaginassi dalla foto. Mi sistemo accanto, lo prendo e premo i pulsanti finché non si accende finalmente in prima velocità, molto leggera.

Lo guardo, sospettosa. Sicura che dia tanto piacere quanto si dice? Non ci credo, ma se non provo non lo saprò mai.

Un messaggio risuona dal mio cellulare sul comodino.

ALESSANDER
*Non riesco a togliermi una cosa dalla testa.*

L'ho detto, si sta impegnando con il romanzo e per qualche motivo questo mi riempie d'orgoglio, come se fossi stata io a raddrizzare la sua vita, che era un disastro solo pochi giorni fa. Invece ora pensa a tutto quello che dobbiamo fare. Sono sicura che se solo si fosse impegnato a sedersi davanti al computer, avrebbe rispettato la scadenza da solo, senza dover spendere tremila euro. A dire il vero a me fanno comodo e in questi giorni mi sono divertita più che negli ultimi cinque anni della mia vita, quindi non mi lamento e non mi pronuncio a riguardo.

Spengo il vibratore per rispondere ad Ale.

VALENTINA
*Dimmi.*

L'ultima scena è davvero bella, l'ho riletta circa cinque volte prima di lasciare l'appartamento di Alessander e quella svolta è stata fantastica. Immagino che stia pensando a come sviluppare il prossimo capitolo, anche se ho già degli appunti sul mio quaderno che voglio riguardare domani con lui, per vedere se mi guida su dove indirizzarlo.

ALESSANDER
*È solo che non riesco a smettere di immaginare che sei nuda in questo momento, davanti al tuo nuovo giocattolo.*

Cosa? Oh no, non stava proprio pensando alla letteratura.

VALENTINA
*Ma che dici?*

Deglutisco a fatica e fisso lo schermo del cellulare.

ALESSANDER
*Ti prego, Valentina, dimmi che mi sbaglio, che hai un pigiama con le mucche o gli unicorni e che sei già sulla via del sonno profondo, così posso cancellare quella cazzo di immagine dalla mente.*

VALENTINA
*Ale, sei fuori di testa?*
*Ti proibisco di immaginarmi con il mio nuovo giocattolo. E ti proibisco di immaginarmi nuda. E poi non mi piacciono i pigiami con motivi infantili.*

ALESSANDER
*Quindi, Valentina, non lo stai programmando.*

126

Cazzo, cazzo, cazzo.

A proposito, in questi giorni ho anche detto più parolacce... di quando ho saputo delle corna che mi stava mettendo Javier. E lì mi era uscito di tutto. Ale non ha una buona influenza su di me.

Deglutisco a fatica e le mie guance tornano a bruciare, devo stare attenta con la tensione perché ho già una certa età, dovrò comprare un misuratore di pressione su Amazon.

Non rispondo perché non so cosa dire, davvero.

Lascio il cellulare con la conversazione aperta sul letto e prendo di nuovo il vibratore, premo il pulsante e ricomincia a vibrare. Sento uno squillo e il nuovo segnale di un messaggio.

ALESSANDER
*Ok, so che per certe cose sei molto timida, lo capisco.*
*Se non mi rispondi, allora ho ragione.*

Rido e mi sdraio sul letto, il cellulare in una mano e il vibratore nell'altra. Sa che ho letto perché ci sono le due spunte azzurre, ma non scrivo.

Giocare con Ale è pericoloso ma divertente. La cosa più sensata sarebbe stata dirgli che stavo andando a dormire e augurargli la buona notte prima di silenziare il telefono, ma il mio subconscio mi chiede di continuare a stuzzicarlo per vedere cosa succede.

Bip-bip.

ALESSANDER
*Vorrei essere lì, per far scorrere di nuovo la mia lingua sulle tue labbra.*

Respiro leggermente al ricordo di questa mattina sul suo divano. Scuoto la testa, come se potesse vedermi.

Devo risolvere questo problema, ora.

Sento l'umidità nel mio sesso molto prima di potermi controllare.

Ignoro i suoi messaggi e avvicino il vibratore al mio clitoride, è ancora lì? È passato così tanto tempo da quando l'ho stimolato che potrebbe essere scomparso. Magari sarò di nuovo vergine, chi lo sa?

Mi ci vogliono alcuni secondi per trovare la posizione. Non è che non so dove sia, è che... beh, non so come usare questo coso... ancora. Finalmente riesco a localizzare il punto esatto. La suzione è morbidissima, piacevole, è una sensazione strana, ma elettrizzante.

Bip-bip.


ALESSANDER

*Da ciò che so quell'apparecchio è velocissimo, quindi ti immagino così: sdraiata nel tuo letto, completamente nuda, forse sei appena uscita dalla doccia e hai un profumo meraviglioso, proprio come quando mi hai aperto la porta di casa poche ore fa.*

Chiudo gli occhi, come fa a saperlo? Come?

Premo il pulsante un paio di volte per accelerare.

È... incredibile.

Bip-bip.


ALESSANDER

*E immagino che guardi il cellulare, perché vuoi continuare a leggere, ma allo stesso tempo non vuoi pensare che io sia dall'altra parte, perché sai bene quanto me che è una stronzata, ma la voglia aumenta, la tua e la mia. Anche se giuro che mi sto trattenendo il più possibile.*

Lo apprezzo, perché Ale non va bene per me, è un playboy che mi distruggerebbe ancora di più. Non sto dicendo che voglio trovare un altro marito e un altro padre per mia figlia. Però non credo che le situazioni troppo estreme siano appropriate nel mio caso.

ALESSANDER
*Però non riesco a dormire a causa tua, perché hai lasciato quell'affare sul tavolo e mi hai dato la possibilità di frugare tra le tue cose.*

*Immaginare le tue cosce tese mentre rilasci un sospiro profondo e leggi ciò che ti scrivo mi fa male, così male che verrei a casa tua proprio ora se me lo chiedessi.*

Il mio petto si solleva, si alza e si abbassa rapidamente, il battito cardiaco accelera. Stacco un po' il vibratore e il mio corpo protesta, ma con quel coso in quel punto non riesco a pensare.

Cazzo, cazzo.

Cosa faccio? Gli chiedo di venire?

E se rovino tutto? E se mi innamoro di lui e lui mi fa a pezzi? E se Becca lo scopre? Che esempio darei? Non so nemmeno cosa dico. Merda. Non ci voglio pensare, non è il momento.

Avvicino di nuovo il vibratore e lo posiziono dov'era pochi secondi fa.

Bip-bip.

ALESSANDER
*Ok, immagino sia un no. Dovevo provare.*

Il mio corpo reagisce rapidamente contraendosi. Mi mordo il labbro inferiore, ma giuro che non è intenzionale, non ha niente a che fare con il sapere che lui è eccitato per me.

Bip-bip.

ALESSANDER
*Non importa, Valentina. Mi accontenterò di immaginarti.*

*Vola, lasciati andare, goditela, cazzo.*

Chiudo gli occhi e mi lascio andare, sento le convulsioni, la trazione dall'addome verso tutti i punti del corpo. Oh, diamine, lo immagino, mentre mi immobilizza completamente e fa scivolare le sue dita dentro ai miei jeans e sul mio sesso, attraverso la mia biancheria intima. Gemo sempre di più ed è così intenso che mi sembra di andare in mille pezzi, ho bisogno di ricompormi per poter respirare di nuovo.

Lascio andare il vibratore e afferro il telefono con entrambe le mani per scrivere, per quanto il tremito me lo permette, non sono ancora riuscita a riprendere fiato.

VALENTINA
*Buonanotte, Ale. A domani.*

ALESSANDER
*Buonanotte, Valentina. A domani.*

# CAPITOLO 21

## CAZZO, ALE, CAZZO

### Alessander

«Sono fottuto, cazzo.»

Il cuore batte forte, è ovvio e normale, perché sta lavorando a pieno ritmo per portare tutto l'afflusso di sangue al mio cazzo, che è più rigido di quanto io abbia mai ricordato in vita mia. Per quanto dicano che gli uomini sopra i quarant'anni abbiano già bisogno del viagra!

Quel messaggio significa che ha letto tutto il tempo mentre usava quell'affare?

Che caldo! L'aria condizionata è rotta? Vado subito sotto la doccia, perché mi fa male il cazzo.

L'acqua fredda mi scende sulle spalle, sulla schiena e sui capelli e non posso fare altro che chiudere gli occhi e rivivere l'immagine che è ancora nella mia testa, perché l'ho immaginata davvero. Da quando ho lasciato la casa di Valentina non riesco a togliermi la sua immagine mentre si diverte e gode. E l'unica cosa a cui ho pensato è che volevo essere lì, tra le sue gambe, e farla godere. Però sapevo anche che Valentina doveva prendersi cura di se stessa, del suo piacere, dei suoi desideri, perché il mio intuito mi dice che è qualcosa che di solito non fa.

Mi vergogno ad ammettere che mi ci sono voluti solo pochi secondi per venire. Apro gli occhi. Sento la pelle bruciare nonostante la temperatura dell'acqua, li richiudo.

Mi torna in mente l'immagine della sua risata, quando l'ho beccata stamattina, o le urla di Valentina che mi insultava quando ieri stava cadendo dalla tavola da surf. Mi vengono in mente i pomeriggi di questa settimana davanti alla scrivania, intrecciando le scene, i colpi di scena, la trama. Mi tornano in mente i suoi occhi, tristi, spaventati, smarriti di qualche giorno fa, e lo sguardo che mi ha rivolto poco prima che ci salutassimo sulla porta di casa sua. Perché quando sto con Valentina mi sento a mio agio, mi sento a casa.

Il caldo non passa, né quello della mia pelle né un altro calore strano che cresce da qualche parte dentro di me, nel mio torace penso. Non ne ho idea, è strano, è nuovo.

Mi rimprovero perché Valentina non è una di quelle donne che puoi usare per dimenticare un'altra, non è una ragazza di passaggio, non merita di essere ferita, perché lo hanno già fatto abbastanza. Valentina merita di meglio, merita di ritrovarsi, di amarsi più di chiunque altro al mondo e di essere felice. Poi potrà trovare qualcuno che la completi e io sono solo un tizio che ha molte risorse ma poco buon senso, che può fregarla al minimo cambiamento.

Indosso un paio di boxer e mi sdraio sul letto a faccia in su, fissando il soffitto. Anche l'odore del caffè impregnato nelle mie lenzuola grida il suo nome.

Valentina pensa che io sia uno strappa mutande, eppure sono solo un tizio patetico che ha paura di crescere, nonostante stia per compiere quarantadue anni. Non sono mai andato di fiore in fiore. Ho perso la verginità con Barbara quando ho perso la testa per lei e non c'è mai stata nessun'altra. E, dopo tanto tempo insieme, senza di lei mi sento perso.

Mi viene in mente Barbara che, a vent'anni, passava il pomeriggio a raccontarmi i suoi sogni, seduta sul tappeto della mia camera da letto a casa dei miei genitori. La sua voglia di fondare un'azienda di cosmetici che crescesse e si espandesse in tutta Europa e poi nel resto del mondo, la sua voglia di viaggiare, di vedere il mondo. La sua voglia di fare un milione di cose che ha rimandato perché voleva che io facessi prima le mie.

Poi ricordo il momento in cui ha speso tutti i risparmi che aveva messo insieme da quando era una ragazzina per fare il suo tanto atteso viaggio a New York, per comprarmi un portatile dove scrivere tutte quelle storie che avevo scarabocchiato su decine di vecchi quaderni. E non se n'è affatto pentita. Lo ha fatto con il cuore.

Mi alzo e vado nel ripostiglio, dove tengo una scatola in fondo allo scaffale. Mi siedo per terra, a gambe incrociate, come se avessi di nuovo ventitré anni e Barbara fosse davanti a me a dirmi di sedermi e chiudere gli occhi perché aveva una sorpresa.

Prendo il mio vecchio portatile dalla scatola. Non potrei mai liberarmene, nonostante pesi come un macigno. Anche il word processor non funziona più bene. Ripasso con la punta delle dita ognuno degli adesivi sulla chiusura, che Barbara mi ha portato e incollato sulla nostra macchina per realizzare i sogni, come lei chiamava il mio portatile. Adesivi che rappresentavano i luoghi in cui voleva che viaggiassimo insieme. Mi spiegava l'itinerario, le escursioni che avremmo fatto, dove avremmo fatto l'amore di nascosto nel cuore della notte, dove ci saremmo baciati davanti a tutti i turisti. E io le dicevo sempre: "Aspetta, Barbara, aspetta, questo libro che sto scrivendo sarà una bomba e potremo andare a New York."

Quando ero giovane e una persona (quasi) normale fantasticavo di guadagnare abbastanza per visitare New York con lei, andare da Tiffany, nella Fifth Avenue, comprarle la pietra preziosa che mi sarei potuto permettere e portarla in qualche posto emblematico, come nei film. Non so, sull'Empire State Building, inginocchiarmi e chiederle di sposarmi. Perché Barbara se lo meritava, perché Barbara l'aveva sognato, perché io volevo renderla felice e, rendendo felice lei lo sarei stato anch'io.

Quel libro che avevo scritto non è stato un successo ovviamente, ma ho continuato a scrivere. È passato del tempo. Ho combattuto, ho combattuto dannazione, perché ogni fottuto best-seller che ho scritto mi è costato fatica, centinaia di notti insonni, migliaia di ore davanti al computer e molte altre in cerca di un editore.

È passato tanto tempo prima che ideassi la storia con cui ho avuto un esito positivo. E Mayte e l'editore per cui lavoro, finalmente, hanno scommesso su di me.

Quando Mayte mi ha chiesto se avessi un agente sono andato fuori di testa. Agente? Ma esistevano in Spagna? Mi sembrava una cosa così americana. Ho detto di no e lei ha sorriso. Immagino perché sapeva che avrebbe avuto una percentuale più alta se non ci fossero state altre persone con cui condividere, oppure semplicemente a causa della mia espressione incredula e dei miei occhi sgranati.

Abbiamo firmato il contratto e l'editore ha scommesso su di me. La campagna di marketing è stata sorprendente.

La serie *Crimini Irrisolti*. Chi lo avrebbe detto? Io, che ero un fan sfegatato del fantasy, ho avuto successo solo quando mi sono messo a uccidere persone sullo schermo del computer.

Ho avuto successo. Abbiamo avuto successo. È stato un trionfo.

Soldi. Interviste. Il tour. La fila interminabile di persone che volevano che dedicassi loro il libro, scattassi foto o chiacchierassi un po'.

Accidenti, era un sogno e lei era sempre al mio fianco. Barbara, sorridente, felice dei miei successi, mentre mi supportava, mi spingeva ad andare avanti.

Appena ho vinto il mio primo premio, non ho pensato a quel viaggio a New York che avevamo sognato insieme quando eravamo ragazzini. L'unica cosa a cui ho pensato è stata rendermi indipendente, perché a quasi trent'anni volevo vivere da solo in un posto fantastico, grande, luminoso e ben posizionato a Palma.

Forse ho intravisto un lampo di delusione sul volto di Barbara, non solo per il viaggio rimandato ancora una volta, ma per il fatto che non mi è nemmeno passato per la testa di chiederle di venire a vivere con me. Ma è anche probabile che io l'abbia ignorata di proposito e mi sono scusato dicendo: "Siamo ancora giovani, abbiamo ancora tempo per fare tutto ciò che vogliamo. Presto. Voglio solo un paio d'anni di indipendenza." E la triste realtà era che, senza rendermene conto, quello che desideravamo per me aveva cessato di avere la priorità. Non era più quello che io volevo, era quello che voleva lei, quindi potevamo lasciarlo in attesa.

Allora Barbara lavorava già per l'azienda di cosmetici dove lavora ancora oggi. Le hanno offerto un posto importante a Milano, un sogno. Le avrebbero dato anche una casa in una buona zona, contatti, possibilità di crescere. Però quando me ne ha parlato, le ho detto che non potevamo andarcene, non poteva partire, io avevo bisogno di restare per continuare a pubblicare, avere successo e denaro. Poi quando sarei diventato un autore famoso, cosa che Mayte mi aveva assicurato che sarebbe successo presto, avremmo realizzato tutto quanto. Sono stato molto egoista, lo so.

Mayte aveva ragione, ho avuto successo, nome, soldi, poi sono arrivati i lavori di ristrutturazione, la vasca idromassaggio, la macchina, gli affari di mio fratello, la moto, i capricci, le feste... E c'era sempre qualcosa di più importante per cui spendere i soldi. Non quel viaggio, forse perché all'improvviso l'idea di inginocchiarmi in cima all'Empire State Building mi sembrava ridicola, per non parlare di spendere soldi per uno stupido anello e tutto ciò che sarebbe seguito.

Amarla non era più una priorità.

E Barbara è passata in secondo piano, mi ricordavo di lei quando mi prudeva il cazzo, questo sì. Che cazzo di stronzo sono stato, che cazzo di stronzo. Quanti cazzo di danni ho fatto. Come diavolo ho potuto tarpare le sue ali senza offrirle nulla in cambio? Come ho potuto distruggerla così?

Sono un idiota.

Sono un idiota e sono vuoto. Non ho nulla da offrire.

Non so stare senza Barbara, perché non sono mai stato con un'altra donna oltre a lei, ma nel profondo del mio cuore mi rendo conto che non so stare nemmeno con lei perché non so più come amarla. L'ho dimenticato lungo il cammino e fa male, fa male sapere che non la amo davvero, non sono innamorato di lei, che mi ha ferito solo perché mi ha lasciato. Perché ha preso qualcosa di mio, qualcosa che avevo, quel conforto di continuare a fare quel cazzo che volevo, egoisticamente e senza conseguenze. Quanta merda ha ingoiato quella poveretta.

Poi penso a Valentina. A Santa Valentina. A tutte le sue ferite non ancora rimarginate. A tutto ciò che deve imparare. E io potrei scoparmela se cedessi all'istinto che sento quando siamo vicini. Perché devo ammetterlo, non è solo sesso, non è solo perché mi tira il cazzo, non è uno sfizio che voglio togliermi. Conosco Valentina solo da pochi giorni, cinque per l'esattezza, ma sento… sento tutto quando sono con lei, tutto quello che mi sono dimenticato di sentire.

Non posso. Non posso fregare Valentina come ho fregato Barbara.

Mancano pochi giorni per consegnare la bozza, sa anche lei che siamo quasi arrivati a cento pagine, cento pagine in quattro giorni da quando è apparsa nella mia vita e sembrava impossibile scriverle in trenta. Nonostante questo, sappiamo entrambi che lei continuerà a tornare ogni giorno per lavorare. Perché vuole farlo, perché le piace, perché non pensa di aver adempiuto al nostro contratto che le ha fruttato tremila euro in meno di una settimana. Perché qualcosa mi dice che non è questo l'importante, ma che lei si lasci andare, perché ne ha bisogno, perché le piacciono le sue nuove ali che a poco a poco stanno crescendo e non voglio tarpargliele. Però… Però fanculo Ale, devi sparire.

# CAPITOLO 22

## COSA È SUCCESSO?

### Valentina

Mi alzo un po' prima che suoni la sveglia, come al solito. E sorrido. Oh, mio dio, sto sorridendo anche prima del caffè. E davvero non so perché. L'adrenalina, forse? L'eccitazione? L'orgasmo della scorsa notte? Non ne ho idea, sarà un insieme di tutto quanto.

Vado verso il calendario che ho attaccato sul frigo e cancello un giorno, venti, venti giorni di lavoro rimasti e muoio dalla voglia di scoprire come si evolverà tutto questo.

Mi copro il viso con le mani ricordando che ieri sera ho raggiunto l'orgasmo leggendo i suoi messaggi e lui lo sa. Come lo guarderò in faccia? Per fortuna Becca non c'è, perché è molto facile capire che mi sta succedendo qualcosa e mi farebbe il terzo grado.

Vado al suo armadio, fa molto caldo oggi, voglio mettermi un vestito e mi viene voglia di dar fuoco a quelli nel mio perché sembra che appartengano a qualcun altro, a una donna spenta che non c'è più e che io non voglio far tornare.

Prendo in prestito un vestito turchese che adoro, niente di sofisticato, molto casual, lo indosso con le mie converse. Sciolgo i capelli e mi dipingo le labbra di rosso. Ho un aspetto strano, non solo perché sto sorridendo allo specchio ma anche perché non mi dipingo le labbra da anni. Ruberò questo rossetto permanente a mia figlia, non se ne accorgerà.

Lo metto in borsa e mi dirigo a casa di Alessander, fermandomi prima a prendere delle ciambelle ripiene di cioccolato, immaginando la faccia che farà quando le vedrà e le mangerà, leccandosi le labbra, passandosi la lingua e alzando gli occhi al cielo.

Sono un po' nervosa per la scorsa notte, per un attimo mi chiedo come diavolo farò a guardarlo in faccia dopo quei messaggi. Mi tremano le mie mani anche quando suono il suo campanello, ma mi sforzo di non pensare e di non fare programmi. Voglio solo lasciarmi andare come faccio da qualche giorno. La me stessa di un anno fa avrebbe avuto un attacco di cuore se avesse potuto vedermi.

Insisto perché Ale non mi apre. Non è strano. In realtà è normale. Alla fine arriva, non so perché mi sono preoccupata così tanto di guardarlo in faccia, non si ferma nemmeno a salutarmi, non si è nemmeno accorto che ho la mano alzata con un sacchetto di carta con i suoi dolci preferiti.

«Buongiorno. Entra. Io devo uscire.»

Scompare in cucina, dove sbircio due secondi dopo e lo vedo finire in un sorso una tazza di caffè che mette nel lavandino. Si guarda intorno, senza soffermarsi su di me, è serio, molto serio. Si tasta le tasche e prende il cellulare dal bancone. Dev'essere successo qualcosa di grave.

«Sono di fretta. Fai come fossi a casa tua, ok?»

«Va bene» borbotto, devo ammettere che sono delusa perché nella mia mente avevo immaginato un'altra accoglienza. Ma ho capito, siamo due adulti che possono giocare nelle ore libere e nonostante questo quando uno ha fretta deve andare.

Mi batte un paio di volte sulla spalla mentre mi oltrepassa.

«Ah, Valentina.» Si volta e lo faccio anche io mettendomi di fronte a lui, per la prima volta da quando sono arrivata mi guarda negli occhi e alza un sopracciglio divertito. «Per favore, non rovinarmi più le lenzuola, sono le mie preferite.»

Mi siedo. Mi bruciano le guance per la vergogna.

«Aspetta, Ale...» Vorrei dirgli tante cose, tra cui che ho amato la nostra conversazione di ieri sera, che l'ho ascoltato, che mi sono lasciata trascinare, che mi sono lanciata, che sono venuta e che mi piacerebbe ripeterlo. Non solo con lui dall'altra parte del telefono ma tra le gambe, anche se è molto improbabile che io possa dirlo davvero. Mi guarda con impazienza, come se avesse una gran fretta e io lo stessi trattenendo ulteriormente. «Il fatto è che... volevo guardare alcune note con te, per vedere come affrontare i capitoli successivi di...»

«Stavo scrivendo ieri sera» mi interrompe.

«Ancora? Qualcosa di caldo...?» Fingo di scherzare per sdrammatizzare ma mi interrompe di nuovo.

«In effetti non sono nemmeno andato a letto, ho scritto fino alle sette del mattino. Sono esausto.»

«Davvero?»

Annuisce. Sembra che voglia dirmi altro, ma ci ripensa.

Mi prende il panico. Ho paura che mi dirà che ha già cento pagine e non c'è bisogno che io torni. Ho la pelle d'oca. Tremo. Non voglio andarmene.

«Va bene, ora lo leggo» replico quando si mette di fronte a me senza dire una parola.

«Sì, perfetto. Ti ho lasciato diversi commenti nel testo di cose che ho pensato e che potremmo sviluppare nei capitoli successivi, nuovi colpi di scena nella trama.»

«Fantastico. Mi metto al lavoro.»

«Non ci sarò tutto il giorno. Io...» China la testa. È successo qualcosa? Andrà a trovare la sua ex? Julien sta bene? «Bene, ci vediamo domani. Ciao.»

«Ciao» lo saluto abbassando lo sguardo, il sacchetto di carta è ancora nelle mie mani. «Aspetta!» Ale si gira di nuovo prima di uscire, ha già aperto la porta. «Ti ho portato le ciambelle di cioccolato, prendile.»

«Non mi vanno, grazie. Mangiale tu, avrai bisogno di zucchero per lavorare.»

Se ne va, lasciandomi con tutti i miei dubbi. E pesano, pesano come sassi. Alessander Boneta, amante del cioccolato, non vuole le ciambelle ripiene della sua pasticceria preferita?

Sospiro rassegnata e vado a versarmi il caffè. È meglio che mi metta al lavoro.

# CAPITOLO 23

## SCAPPA, CODARDO

### Alessander

Sono due giorni che entro a mala pena in casa mia quando c'è Valentina, da sabato, quando me ne sono andato di corsa. La conosco da una settimana.

Qualcuno mi può dire come tutto il mio mondo è andato a farsi fottere in una settimana?

Sono fuggito come un codardo e mi sono rifugiato in casa di Julien. Mi sembra l'opzione migliore, perché il mio amico sta di merda, ha bisogno di me e io ho bisogno di lui, a dirla tutta.

Non sono voluto entrare nei dettagli, gli ho solo detto che esco di casa per lasciarla lavorare in pace e poter arrivare alla scadenza. Quello che né Valentina né Julien sanno è che ho già incontrato Mayte sabato, subito dopo aver lasciato Valentina da sola a cercare di scherzare su quello che è successo la sera prima, con tutta la speranza e la delusione che ho percepito nel suo sguardo in pochi minuti. Ho già consegnato la bozza.

Mayte è andata fuori di testa e si è scusata con me per non avermi creduto. Nonostante questo, mi ha detto che ho ancora trenta giorni per consegnare altro, se sono altre cento pagine ancora meglio.

Non mi sento più oppresso. La mia vita agiata non è in pericolo. Il mio appartamento e la mia macchina non sono in pericolo. Nemmeno il mio nome. O il mio contratto. Però c'è qualcosa che non mi fa stare bene per niente.

Decido di nascondere tutto a Julien, è meglio, non è nelle condizioni di analizzare la mia confusione mentale del momento.

Siamo sdraiati sul divano, abbiamo preso una pizza e un paio di birre e ci guardiamo uno di quei film d'azione in cui non c'è troppo da pensare, con tante inquadrature, quando mi squilla il telefono.

Potrebbe essere Valentina? Sarà incazzata per la mia improvvisa scomparsa.

Ma non è Valentina e il nome che vedo sullo schermo non mi fa sentire meglio.

«Barbara? Va tutto bene?»

La mia testa mi dice che l'unico motivo per cui chiamerei di nuovo la mia ex è perché qualcuno è morto o sta per morire.

«Ciao. Sì, tutto ok. Ale, possiamo vederci?»

«Certo. Quando?»

«Ora. Sono giù, posso salire?»

Guardo il telefono sorpreso finché mi rendo conto che dicendo "giù" probabilmente si riferisce a casa mia.

«No!»

«Non vuoi che salga?» Il suo tono deluso mi sconvolge.

«No, no... voglio dire, non sono in casa. Ci vediamo nella solita caffetteria tra quindici minuti.»

«Va bene.»

Julien mi guarda perplesso per la mia espressione sconvolta, immagino. Barbara ha ancora le chiavi di casa mia, se sale e vede Valentina non so cosa potrebbe succedere. Dovrei dare tante spiegazioni che proprio non posso dare e poi, se scoprisse che qualcuno scrive a mio nome, mi rivolgerebbe di nuovo il suo sguardo deluso perché continuo a sbagliare tutto.

«Vuoi che venga con te?» mi chiede.

«No. Meglio di no. Non so perché vuole vedermi, non mi ha detto niente al telefono.»

«Va bene. Chiamami dopo.»

Annuisco ed esco. Quando arrivo al piano terra, devo risalire con l'ascensore perché mi sono accorto, poco prima di uscire dal portone, che sono scalzo, non mi sono messo le scarpe.

Julien mi aspetta sul pianerottolo, perplesso e con le mie scarpe in mano.

«Stavo per lanciartele. Stai bene?»

«Certo, è tutto perfetto.»

Julien si gira senza dire altro ed entra nel suo appartamento. Quando esco penso che con la confusione di oggi è meglio che prenda un taxi per la caffetteria.

# CAPITOLO 24

## CHE SCHIFO

### Valentina

Quando arrivo Ale se ne va, come è successo sabato e domenica. Non si ferma nemmeno per il caffè, per i panini, per la cioccolata, nulla che gli ho portato. Capisco che non mi dica cosa succede perché sono appena entrata nella sua vita, non sono nessuno, lavoro solo per lui. Non mi ha mandato un solo WhatsApp in questi giorni che non c'è stato, quindi penso che dovrei continuare a lavorare, mi paga per questo.

Ho impiegato alcune ore per rileggere tutto ciò che avevamo scritto, rivedere i commenti ed eliminare quelli già risolti, tracciare uno schema di certi dettagli sul mio quaderno.

Mi piace, mi piace come è venuto il lavoro, leggo senza sosta. Mantiene la suspense, coinvolge. Va molto bene. Cerco di ignorare che siamo vicini alle centosettanta pagine, quasi il doppio di quanto avevamo stabilito, e non so quando mi dirà: "Valentina, so che mancano diciotto giorni, ma non devi più venire."

Non ho mangiato molto tutto il giorno, un paio di panini e di caffè. Non c'è molto altro nella sua dispensa finché arriverà Lidia con la spesa domani. Sono rimasta incollata al portatile tante ore, ho riletto tutto e ho scritto un capitolo.

Il telefono squilla, distraendomi da quello che sto facendo. È Lea.

«Come sta la mia ragazza preferita?»

«Sei un'arpia, rossa, smettila di farmi i complimenti» mi rimprovera la mia amica.

«Cosa ho fatto?» Sorrido perché so già dove andrà a parare.

«Non mi hai raccontato i dettagli della cena di venerdì con il tipo per cui lavori.»

Scoppio a ridere.

«Uff… non so da dove cominciare per spiegarti tutto, è così eccitante» ironizzo.

«Sarò a casa tua tra mezz'ora.»

E riattacca. Fanculo, ha chiuso prima che potessi protestare. Non ha compreso la mia ironia. Resterà delusa.

Comincio a raccogliere tutto, prendo un piccolo appunto sul mio quaderno delle idee principali che intendo sviluppare nei capitoli successivi. Visto che Ale non ha dato segni di vita e ho bisogno che lo revisioni, lo lascio aperto sul portatile prima di raccogliere le mie cose e andare perché so che appena tornerà a casa si siederà davanti al computer per rileggere tutto quello che ho aggiunto e sicuramente scriverà per almeno un paio di ore.

Chiamo Becca, per vedere se può preparare una cena per tre perché sono esausta e sto morendo di caldo, non voglio mettermi a cucinare adesso.

Impiega molto prima di rispondere al telefono.

«Ciao tesoro, come va?»

«Bene, mamma.» La sua voce è strana, come ovattata.

«Stai male?» chiedo preoccupata.

«No, no. Sto solo camminando in fretta, perché ho un appuntamento. Come va oggi?»

«Giornata produttiva, davvero, stiamo andando bene. Sono qui da sola da qualche giorno, Ale fa andare avanti il romanzo di notte e io di giorno, quindi stiamo andando a velocità spedita.»

«Ottimo. Finirai il lavoro in fretta.»

«Sì.»

Per qualche motivo ho deciso di nascondere a mia figlia che siamo già arrivati a cento pagine, in fondo non le ho scritte tutte io, lui mi ha aiutata molto, più della metà sono sue. Immagino sia per questo che non mi ha detto niente, perché si aspetta che faccia la mia parte e scriva almeno altre cinquanta pagine.

Mi sento ancora strana ma devo sbrigarmi, perché Lea presto arriverà a casa e io dovrò fermarmi a comprare qualcosa per cena. Stasera, quando saremo da sole, cercherò di farmi dire cosa c'è che non va.

«Va bene, mamma, ne parliamo dopo, ok?» Mi dice come se mi leggesse nel pensiero e non volesse prolungare la conversazione.

«A stasera, tesoro.»

Riaggancio e quando arrivo al portone vado alla caffetteria vicino al palazzo per ordinare degli hamburger al cameriere dietro il bancone, mentre leggo le notizie sul cellulare. Intanto prendo una coca cola con molto ghiaccio, fa un caldo tremendo. Ci saranno quasi trentacinque gradi.

Mando un messaggio a Lea.

VALENTINA
*Mi sono fermata a comprare un paio di hamburger, ho molta fame. Vuoi altro? Arrivo il prima possibile.*

LEA
*Ho fame anch'io. No, non preoccuparti, porto una vaschetta di gelato al caramello che ti piace tanto.*

Sorrido e quando sollevo la testa vedo Ale in fondo alla sala, seduto a un tavolo con una ragazza bionda, si tengono per mano e chiacchierano, da qui non riesco a sentire cosa dicono.

Sono un'idiota perché mi sento delusa. La prima immagine che mi viene in mente è Ale che mi immobilizza sul divano e mi fa scorrere la lingua sulle labbra, come se avesse significato qualcosa, come se fossimo una coppia e mi dovesse fedeltà, come se avesse giocato con me quando la verità è che sono stata io a provocarlo.

Credevo che avesse qualche problema da risolvere e fosse per questo che avevamo smesso di lavorare insieme. Invece scopro che è con la nuova conquista del momento. Questo mi dà fastidio, mi urta.

Quando il cameriere mi dà il sacchetto cerco di uscire di nascosto, ma Ale mi vede. Mi guarda negli occhi, è serio, così serio che deglutisco perché il fatto che sia un porco che si scopa chiunque mi disgusta ma non significa che smetta di attrarmi. Viene verso di me e resto paralizzata. Ha intenzione di scusarsi? Di darmi una spiegazione? Non è necessario, la verità è che nemmeno la voglio. Mi paga per scrivere e io lo farò.

«Ale, aspetta!» La donna grida, si alza e si avvicina a lui.

Quando vedo il suo viso mi accorgo che sta piangendo, si butta sul suo petto e lo abbraccia, si rifugia in lui. Lui la stringe tra le braccia e la consola, sembra a disagio ma non la respinge. Ecco, spezza i cuori di tutte, ma almeno resta a consolarle.

Che schifo.

Prendo il sacchetto ed esco. Non ne vale la pena, non deve spiegare quello che già so.

# CAPITOLO 25

## NON TI AMO

### Alessander

Quando arrivo alla caffetteria, vedo Barbara seduta a uno dei tavolini in fondo, voltata di spalle. La cosa mi sorprende perché non è quello che fa di solito.

La raggiungo e mi siedo, senza obbligarla a rifiutarmi un paio di baci. Mi stupisco, è stravolta, triste. Ha i capelli raccolti in una coda di cavallo, una canotta, pantaloncini e sandali, non un filo di trucco. Il che è ovvio perché i suoi occhi sono pieni di lacrime e il suo viso è gonfio e rosso dal pianto. Non la vedevo così da quando suo padre è morto dieci anni prima.

«Barbara...» Metto una mano sulla sua, sul tavolo. Avrò le allucinazioni, ma non l'allontana bruscamente. «Che cosa c'è?»

Fa un respiro profondo e toglie le mani dal tavolo quando il cameriere si avvicina e le mette davanti una tisana, io ordino un caffè e lui si allontana in fretta, come se sapesse di essere d'intralcio. Torno a guardare Barbara che, con la testa abbassata, sta mescolando lentamente il liquido fumante nella sua tazza. La conosco, so che sta elaborando, che sta cercando un modo per aprirsi e, come ho sempre fatto, le do il tempo di calmarsi.

Parlo. Racconto cazzate, che giovedì sera Purificación, la mia vicina, mi ha portato delle lenticchie perché, pur sapendo che io le odio, sa che sono il cibo preferito di Barbara. Non ho avuto il coraggio di raccontarle ciò che è successo, che bisogno ha quella donna di conoscere le mie sofferenze?

Quando mi rendo conto che non sono molto d'aiuto e che Barbara sta ancora fissando la sua tazza, spiffero quello che non sa nessuno.

«Ho dato la bozza a Mayte.»

Bingo.

Barbara alza la testa e fissa gli occhi nei miei, come se cercasse di capire se ho detto una bugia o la verità. Ma mi conosce, sa che questa volta non sto mentendo.

«Bene, Ale. Era ora che ti concentrassi.»

Anche se di solito non parlo di quello che scrivo durante il processo creativo, sospetto che Barbara non leggerà il mio prossimo romanzo, al massimo lo comprerà per dargli fuoco. Quindi le parlo un po' della trama, della tensione sessuale tra i personaggi e le anticipo che accadrà un pasticcio tra loro in questo romanzo.

Poi non mi resta niente di cui parlare. Quindi, nonostante abbia ricevuto qualche parola e un sorrisino da lei, rimango in silenzio, aspettando che inizi a raccontarmi ciò che è successo.

«Barbara, cosa c'è?» le chiedo quando vedo che non apre bocca.

«Il mio capo mi ha offerto un posto a New York, nel team dirigenziale. Da lì potrei gestire una delle filiali. Ha accettato diverse mie proposte e apriranno una linea tutta mia, mi ha dato carta bianca. Ho tempo fino a venerdì per dare una risposta.»

«Cazzo!» Sorrido. «Congratulazioni! Santo cielo, Barbara! Hai lavorato così tanto per questo e finalmente ci sei riuscita. Sono così felice per te...»

«È solo che... Ale, non so se New York è il mio sogno.»

«Cosa vuoi dire, Barbara? Non scherzare! Certo che lo è. Combatti da quando avevi vent'anni per questo.»

«Sì, l'opportunità di sviluppare la mia linea cosmetica è fantastica, ma il mio capo non mi permette di farlo da qui.» Si asciuga qualche lacrima e ancora io non capisco un cazzo.

«Come da qui? Hai sempre sognato di scoprire il mondo, di viaggiare, di vivere all'estero, con... con tutto quello che ti stanno offrendo adesso. Che succede, Barbara? Che diavolo sta succedendo?»

Per un attimo penso che forse sua madre si è ammalata, che sta per morire e io non ne so niente perché sono un fottuto egoista e da un vita non le chiedo come sta la sua famiglia, non parlavamo nemmeno più di andare a trovarli. Mi si forma un groppo in gola perché voglio molto bene a Enedina, è un tesoro, come una seconda madre per me.

«Ale, non posso andare.» Barbara posa una mano sulla mia. «Non posso allontanarmi da te, io... Accidenti, volevo essere forte, volevo un taglio netto perché te lo meritavi, perché mi faceva male stare con te, perché mi dava l'impressione di non essere mai stata importante. Però ci amiamo, ci siamo sempre amati e se me ne vado, se mi allontano...»

«Sarà finita per sempre» concludo la frase per lei, sentendomi l'essere più orribile sulla faccia della terra. Perché Barbara è davanti a me, distrutta, mi confessa di amarmi ancora e l'unica cosa che mi provoca è rifiuto e pena.

Fanculo. Sono un fottuto stronzo. La distruggerò di nuovo e non ho idea di come farle meno male.

«Forse potrebbe funzionare, non so» continua, smette di piangere per un momento e sorride triste, con un po' di speranza negli occhi. «Aspetteremo che tu finisca questo libro, si vede che sei più concentrato, che non hai i postumi della sbornia, ti trovo bene...»

Barbara...

Adesso sono io quello che le prende di nuovo la mano e la stringe forte, perché non crolli, per cercare di salvarla, perché non faccia tanto male, perché non la amo.

Non so perché ora è così chiaro ma improvvisamente ne ho la certezza assoluta, però provo un grande affetto per lei, è sempre stata al mio fianco, è sempre stata la mia migliore amica.

«Sono sicura che sarà un altro successo perché mi fido di te, di quello che fai, sempre. Ale, mi sono sempre fidata della tua capacità di fare magie con le dita.»

Ridacchia, e anch'io, per il doppio senso della frase. Alza il palmo della mano, facendo fare lo stesso a me, e intreccia le sue dita con le mie.

Vorrei aver bevuto una bottiglia di vino da Julien prima di uscire, vorrei essere ubriaco o con i postumi di una sbornia, drogato, di cattivo umore. Vorrei che ci fosse un modo per renderlo più facile.

«Poi, quando finisci il tour e i firmacopie, ti prendi i soliti due mesi sabbatici per riposare prima di andare avanti con un'altra storia. Possiamo fare un viaggio, ovunque. Alle Canarie, per esempio. In Italia, hai sempre voluto andare in Italia...»

«Barbara, cazzo...» borbotto, ma non mi sente.

«E lì potremo considerare seriamente cosa fare, se avremo un futuro, non sto parlando di matrimonio, di bambini, di un cane o di una casa enorme... Parlo di te e di me, di vivere finalmente insieme, dopo tanti anni. Nel tuo appartamento, non mi interessa, so che ami vivere lì e mi piace, è bello, è comodo...»

«Devi andare a New York» interrompo il suo discorso.

«Ma... ci amiamo, Ale. Se vado, non so quanto tempo dovrò restare lì, potrebbe essere indefinitamente. Vorresti venire con me?» Una speranza si accende nei suoi occhi e io mi sento ancora più distrutto.

«No.» Attento, devo essere schietto e chiaro. Le mezze misure, le parole non dette le hanno solo rovinato la vita, non posso più permetterlo.

Apre gli occhi, sorpresa.

«No? Ne sei sicuro? Forse Mayte ti permetterà di scrivere da lì e...»

«Barbara, cazzo no!» Alzo la voce questa volta. «Non posso venire con te. Non perché ho bisogno di restare qui, perché amo il mio appartamento, non perché Mayte non me lo permette. Per niente di tutto questo, solo... Barbara, non posso venire con te perché non ti amo.»

Barbara sgrana gli occhi, le lacrime le rigano le guance una dopo l'altra e ognuna è uno schiaffo in faccia per me.

«Devi vivere, devi volare, devi combattere per te stessa, per i tuoi sogni ed essere felice.» Mi alzo. «Mi dispiace, Barbara.»

Quando alzo la testa per chiedere il conto, vedo Valentina, a cui il cameriere porge un sacchetto con del cibo, sicuramente lo ha ordinato prima di tornare a casa. Mi guarda in modo strano. Non sorpreso, deluso.

Ho visto quello sguardo troppe volte in tutta la mia vita, so riconoscerlo anche se sono nuovi occhi, anche se appartiene a qualcuno che conosco appena.

Merda.

«Ale, aspetta!» grida Barbara.

Non mi sono ancora voltato a guardarla e si butta su di me, mi abbraccia forte e piange fino a spezzarmi l'anima.

Potrei dirle che è una bugia, che lo dico solo per il suo bene, così che possa finalmente realizzare il suo sogno, che la amo così tanto che voglio realizzi ciò che ha desiderato tutta la vita.

Potrei anche dirle che è meglio darci tempo e poi riprovare, che posso andare con lei quando il tour è finito e vedere cosa succede.

Però, cazzo, non posso, perché… perché non la amo.

La stringo a me e l'abbraccio. Chiudo gli occhi ma anche così percepisco le decine di sguardi delle persone intorno a noi. Barbara resta così per un po', aggrappata a me, piangendo sconsolata. Lascio che si sfoghi finché il suo petto smette di tremare, poi la allontano da me e la bacio sulla fronte.

Do al cameriere una banconota che tiro fuori dalla tasca, lui ci conosce da sempre. Non poteva essere un altro posto che non fosse la caffetteria accanto a casa mia dove passiamo quasi tutti i giorni e dove tutti sanno chi siamo? Mi guarda con un'espressione triste, per lo spettacolo che abbiamo dato suppongo, e perché è evidente quello che è successo. Non attendo il resto, non mi interessa aspettare qualche moneta.

Valentina se n'è andata, ovviamente. Meglio.

Me ne vado senza voltarmi perché non voglio intravedere l'ultima immagine della disperazione che ho provocato, mi sento già abbastanza di merda.

# CAPITOLO 26

## GUARIRE LE FERITE

### Valentina

«Non ci posso credere!» La risata di Lea echeggia sulle pareti.

Le ho fatto leggere i messaggi di Ale, perché quando le ho spiegato cosa è successo venerdì dopo che se n'è andata da casa mia non mi ha creduto.

Le mie guance bruciano e anche il mio sesso. Rido.

«Ti capisco, non è proprio da me, vero?»

«No, non è da te.» Ride ancora. «E cos'è successo dopo?»

«Il giorno dopo mi sono presentata a casa sua e non mi ha nemmeno guardata in faccia dicendomi che aveva fretta. Ed è andato avanti così ogni giorno, fino a oggi.»

«Hai lavorato ieri?» Me lo chiede in modo strano. Ovvio, crede che io sia la sua segretaria.

«Sì...» Cerco in fretta una scusa valida. «Stiamo organizzando il prossimo tour che inizia a breve, c'è molto lavoro.»

«Capisco» mormora. «Può darsi che all'improvviso si sia reso conto di essere il tuo capo e tu sei una buona lavoratrice. Se ha impiegato tanto a trovare qualcuno con cui lavora bene, penserà di farti sentire a disagio e che poi vada tutto storto. Ha molto da perdere.»

In realtà ha senso. Non che io pretenda di scrivere con Ale i prossimi cinque libri della sua serie *Crimini Irrisolti*, ma stiamo bene davanti al computer e potrebbe volermi tenere per i successivi, cosa che io capisco. Vorrei lo stesso, perché scrivere... scrivere davvero un romanzo, elaborare una trama, sviluppare personaggi con un passato, con paure, con pregi, personaggi che entrano in relazione, si odiano e si amano... è stata una cosa fantastica. La sensazione di lasciar scorrere le dita sui tasti, un'adrenalina che non ho mai provato con nient'altro.

Tuttavia, avrei preferito che Alessander fosse chiaro, che me lo dicesse apertamente piuttosto che fare lo stronzo e correre dietro alla prima donna disposta ad aprirgli le gambe. Non la giudico, perché con quel bel fisico e quel pezzo di... attrezzo, come dice lui... beh, sto degenerando e peggiorando la situazione.

Lea mi osserva con un sopracciglio alzato, sa che sono persa nei miei pensieri e che sono tutti "bollenti".

Mi schiarisco un po' la voce prima di spiegare quello che ho visto poche ore fa e la sua espressione delusa è peggio della mia.

«Che delusione, vero?» Mi chiede e io rido perché lo trovo divertente.

Chiacchieriamo ancora un po' e quando ci stendiamo sul divano con una coppetta di gelato enorme e scoppiamo a ridere a causa del suo ultimo disastroso appuntamento, compare Becca. La risata si spegne quando ci rendiamo conto che il suo viso è gonfio, come se piangesse da ore.

«Becca, che c'è?»

Chiude la porta, posa la borsa sul tavolo e ci raggiunge. Appoggio la coppa di gelato sul tavolino del soggiorno e Becca si lascia cadere accanto a me, abbracciandomi.

Ricambio il suo abbraccio. Non piange. Non parla. Resta così finché non si calma.

«Ho visto papà» mi dice senza alzare lo sguardo.

Sento un nodo alla gola perché è stata una giornata di merda, ma che io stia male è una cosa, vedere Becca così è troppo e se ha a che fare con Javier lo è ancora di più. Però il momento doveva arrivare e in un certo senso è un sollievo che abbiano avuto un avvicinamento, anche se a quanto pare non è andata troppo bene.

Le accarezzo i capelli, mi schiarisco la voce e faccio la dura, faccio finta che parlare di lui non mi sconvolga.

«E cosa è successo?»

«Mi ha mandato un indirizzo con WhatsApp e mi ha chiesto di passare verso metà pomeriggio. Non è stato molto specifico nel messaggio e mi sono ricordata di quello che mi dici sempre, che è mio padre e che la vostra situazione non deve influenzare il mio rapporto con lui.»

Lea e io annuiamo, ma preferisco non aprire bocca e lasciarla parlare.

«Se ci pensavo troppo, sapevo che avrei detto di no, quindi ho risposto che sarei andata. E quando sono arrivata… Accidenti, mamma, vive con Rosalía e suo figlio. Erano tutti lì come una fottuta famiglia perfetta.»

Cerco di non reagire, cerco di non mostrare il dolore, perché l'ho buttato fuori dalla mia vita e dalla nostra casa. Nonostante questo, ho pensato che sarebbe andato qualche giorno in albergo e poi avrebbe trovato un piccolo appartamento o sarebbe andato a vivere con sua sorella, con i miei suoceri o che ne so, con qualche parente, ma non che si ricostruisse una vita così in fretta.

«Tesoro, è normale, se è ciò che vuole, se hanno intenzione di andare avanti è normale...»

Mi sforzo di essere obiettiva, perché "spero che si strozzino nel corso della loro prossima sessione di sesso orale e soffochino" non mi sembra vada bene.

«Normale? Cazzo, mamma, non dirmi che è normale.»

Le do un colpetto sul braccio per indurla a evitare le parolacce, gliene stanno uscendo troppe, anche se capisco.

Lea le prende la mano e la stringe con affetto. Trattengo il respiro quando mi accorgo che sta per dire qualcosa per sentire quale perla uscirà dalla sua bocca. Perché se io ho un "certo risentimento" verso Javier, la mia amica lo odia così tanto che lo farebbe a pezzi.

«Tesoro, pensa che ciò che è successo non è stato a causa di una sbandata, è stato altro.» Sono sorpresa che non si offra di andare a tagliargli il cazzo o la lingua, ma è ragionevole e lo apprezzo.

«E questo è meglio?» chiede asciugandosi le lacrime. «Ci ha sostituite, tutte e due. Sia me sia la mamma.»

«Non essere sciocca, Becca, tuo padre non ti sostituirebbe mai. Sei sempre stata la sua principessa, la sua bella bambina. Ti ha solo dato spazio e tempo per assimilare tutto quello che è successo.»

«No, no.» Scuote la testa con veemenza. «Mi odia. Lui... sa che è tutta colpa mia. Sa che se quel giorno avessi fatto finta di non vedere, se non avessi messo al corrente la mamma violando la sua privacy e leggendo quei messaggi che se ci ripenso mi fanno venire voglia di vomitare, saremmo ancora insieme, tutti e tre, e lui avrebbe avuto l'altra nel tempo libero.»

«Becca... Non ti colpevolizzare, è successo e basta. Si è innamorato di un'altra. Il nostro amore è finito. Noi...»

Penso di raccontarle della mancanza di passione, di come ci siamo raffreddati e che l'amore, quello che fa venire le farfalle nello stomaco, è diventato un affetto comodo, confortevole, come quel pigiama infeltrito e pieno di buchi che non indossi più perché è bello e ti emoziona ma perché ti offre ciò di cui hai bisogno quando vai a dormire, calore. Non è una buona idea. In fondo è mia figlia ed è molto giovane, forse non capirebbe, forse smetterebbe di incolparsi ma darebbe la colpa a me, perché in parte anche io mi sento in colpa.

«Gli ho urlato cose molto brutte. Non gli avevo mai mancato si rispetto così in vita mia. Né a lui né a nessuno, in realtà... Mi sono sentita impazzire.»

«Tesoro...» Trattengo le lacrime.

«Mentre tu eri qui, sola, triste, in lacrime, senza lavoro, senza marito e non ti rimaneva proprio niente...» Adoro la sconcertante sincerità di mia figlia. Beh, no, bugia, in questo momento le darei uno schiaffo, davvero. «Lui è andato avanti con la sua vita, con una moglie e un figlio finti, in un'altra casa.

E sto male, mi sento in colpa per odiarlo e amarlo allo stesso tempo. Perché ti ha lasciata da sola. Mi sento confusa.»

«Becca, non stare male. Non hai nessuna colpa e io non sono sola, non sono mai stata sola, ho te.» Le prendo la mano.

«Oh, grazie per non avermi incluso, stronza» scherza la mia amica per spezzare un po' la tensione.

Becca sorride e anch'io.

«Non sono sola, sto bene, davvero.»

Per un attimo mi viene in mente Ale e penso che, in realtà, anche se è un coglione che non riesce a tenerselo nei pantaloni e per qualche motivo mi dà fastidio, mi ha insegnato tanto in poco tempo, mi ha dato un'opportunità che non ho mai avuto, di cui sono felice. Sono felice di essere dove sono adesso.

«Onestamente, tesoro, se dovessi scegliere, preferirei passare tutto quello che ho passato, porre fine alla nostra relazione e superarla, piuttosto che vivere una bugia. E non devi arrabbiarti con tuo padre perché si è innamorato di nuovo o sentirti in colpa. Non ha sostituito me e non ha sostituito te. Siamo cresciuti insieme, ci siamo amati molto, abbiamo vissuto tantissimi momenti felici che non possono essere sostituiti. Semplicemente, le nostre strade si sono separate. Tu sei la sua bambina. Non preoccuparti. Concediti del tempo.»

«Mi ha mandata via.» Becca abbassa la testa continuando a piangere, faccio uno sforzo sovrumano per impedirmi di fare lo stesso. «Lo capisco, con tutto quello che gli ho detto, con tutto quello che gli ho urlato. E c'era il bambino che ha solo sei anni. Mi guardava spaventato, in preda al panico, sembrava stesse per piangere da un momento all'altro. E non è colpa sua, anche lui ha dovuto subire molti cambiamenti che capirà ancora meno di me. Mi ha detto di andarmene. Non vorrà più parlarmi e fa male, mamma, fa male.»

«So che fa male, tesoro, ma tutto passerà, vedrai.»

Suona il campanello e guardo Lea, so chi è. Anche la mia amica, che si alza con la borsa in mano.

«Io vado, ok? Chiamami se hai bisogno di me.»

Mi siedo. È lei ad aprire, perché Becca mi sta ancora abbracciando sul divano, piangendo disperata. Sento un mormorio alla porta e pochi secondi dopo lui appare davanti a noi.

Lo guardo negli occhi, è distrutto, proprio come la mia bambina, perché nonostante tutte le cose brutte che Becca può avergli detto, lui le vuole bene con tutto il cuore.

Lo esamino da cima a fondo, è bello, più magro, ha un nuovo taglio di capelli e un po' di barba che prima si era sempre rasato perché sapeva che odiavo che mi graffiasse quando mi baciava. Penso a cosa sia successo per finire così. Ci sono cose che non possono essere controllate. Inizia come un gioco, una strizzata d'occhio, uno sguardo trattenuto più a lungo del normale, un morso involontario delle labbra, uno scherzo, un sorriso malizioso... e l'amore non può fare nulla quando è già logoro da tanto tempo. La passione, il fuoco, l'eccitazione... Tutto è stato più forte e suppongo che, a un certo punto, quel gioco sia diventato una roulette russa da cui è uscito il proiettile. Ma invece di sparare per uccidere, si è semplicemente innamorato. È umano. È possibile. È comprensibile.

Javier, con lo sguardo, mi chiede il permesso di sedersi con noi.

Mando giù e annuisco, perché è necessario.

«Piccola... non volevo farti del male.» Javier mette una mano sulla schiena di Becca e l'accarezza dolcemente. «Non volevo ferire nessuna di voi due. La situazione mi è sfuggita di mano, ho sbagliato tutto, lo so, ma ti voglio bene. Come puoi pensare che voglia sostituirti?»

Becca si siede e lo abbraccia piangendo. Provo sentimenti contrastanti, sollievo e fastidio allo stesso tempo.

«E poi, Uriel non è bello come te» la stuzzica, Becca ride tra le lacrime. «Il dolore nei tuoi occhi mi ha spezzato, Becca, perché sei la mia bambina, la mia principessa, e i genitori vogliono essere sempre perfetti agli occhi dei figli, vogliono essere come i supereroi. Però non lo siamo, siamo umani. E amiamo, ridiamo, ci divertiamo, inciampiamo, sbagliamo, ci facciamo male... Siamo come voi giovani, ma con più rughe e più capelli grigi.»

«Però papà, la nostra vita era perfetta.»

«Non lo era...» dico.

«No. Non lo era.» Javier solleva la testa e mi guarda negli occhi, ringraziandomi per il sostegno.

«Non vi ho mai sentito litigare. Ridevate sempre, scherzavate. Ovunque fossimo, sul divano a guardare un film o a chiacchierare con una bibita e un sacchetto di patatine per cena. Si sentivano risate in tutta la casa. Era bello.»

«Perché ci siamo voluti bene, Becca, ci vogliamo bene... Nonostante questo, l'amore è un'altra cosa... Tutto si è spento e io l'ho trovato altrove. Giuro che non l'ho cercato ma è successo e non me ne pento, anche se mi dispiace per averlo fatto così male e avervi fatto soffrire. Sono innamorato di Rosalía, ma vi voglio bene, a entrambe. Non me lo perdonerò mai, ma la vita mi ha dato una seconda possibilità. Dovevo essere sicuro di ciò che volevo prima di prendere una decisione e poi tutto è precipitato, ma sai una cosa? Amare così, nel profondo, è bello e compensa tutto. La tensione, la speranza, sentire con l'altra persona una pace che non trovi altrove... Non saprei spiegartelo meglio, posso solo dirti che ci sarò sempre per te, perché sei la mia bambina. E se tu...» dice rivolgendosi a me questa volta «hai bisogno di qualcosa, ci sarò sempre anche per te, perché l'amore è finito, non so come, non so perché lo abbiamo trascurato così, però l'affetto che provo per te, la gratitudine per tutto ciò che mi hai dato, quanto sono stato felice al tuo fianco, non sarà mai cancellato. Mi dispiace, ragazze.»

Non posso abbracciarlo, non ne sono ancora capace, ma ha ragione, le sue parole sono sincere e anche il dolore nel suo sguardo. Anche il mio è ancora lì, latente. Il tradimento, la sensazione che mi abbiano derubato della mia vita, che non era perfetta ma era mia, era confortevole, era stabile. È presto però, per quanto faccia male ammetterlo, Javier ha ragione. Ci siamo dati tutto, siamo stati felici e anche io gli sono grata per avermi regalato la mia bambina e una vita favolosa per tanti anni.

Becca si addormenta abbracciandolo e la mia anima si spezza. Perché ha diciassette anni, quasi diciotto, ma in questo momento vedo quella bimba di otto o nove anni che trovava conforto solo tra le braccia di suo padre.

«Rimani, se vuoi, per un po' o per tutta la notte, non importa. Ha bisogno di te.»

Javier annuisce. «Grazie.»

La porta in braccio fino al mio letto, io lo aiuto a toglierle le scarpe, gli offro la cena ma lui rifiuta, così esco dalla stanza prima che si corichi accanto a nostra figlia.

Vado nel letto di Becca e mi addormento appena tocco il cuscino.

# CAPITOLO 27

## E SE NON TORNA?

### Alessander

Anche oggi non ho dormito molto, infatti mi sono addormentato così tardi che poi non riuscivo a svegliarmi. Mi sorprende vedere che sono le nove passate e Valentina non è arrivata.

Vado nel panico.

E se non torna?

E se considera il lavoro finito e per questo ha lasciato qui il quaderno con tutti i suoi appunti?

E se ieri mi ha visto con Barbara e si è incazzata?

Vado in soggiorno e apro la porta, nel caso abbia bussato e non l'ho sentita, cosa che può succedere. Non c'è traccia di Valentina. Neanche sul cellulare.

Sento le chiavi nella porta e alzo la testa speranzoso perché sono uno stronzo o forse perché mi sono appena alzato. Ma Valentina non ha le chiavi di casa mia, quindi non può essere lei.

Lidia mi guarda dritto negli occhi.

«Buongiorno, che benvenuto! Potresti andare a metterti qualcosa addosso, cazzo! Ora chi mi toglie questa immagine dalla mente? Porca miseria» brontola mentre va in cucina.

Lidia deve essere la mia gemella separata alla nascita, con le perle che le escono dalla bocca. Un clone.

Che, ripensandoci, sembra che le piaccia quello che vede. Comunque, un po' di sesso con una persona neutrale farebbe bene. Ma mi acciglio, non perché Lidia sia brutta, però mi fa paura. Quindi lasciamo stare.

«Faccio meglio a farmi una doccia» borbotto.

Andando in camera mando un messaggio a Valentina.

ALESSANDER
*Ciao, stai bene? Non sei mai in ritardo.*

Qualche secondo dopo leggo "sta scrivendo" e provo un po' di sollievo, magari mi manda a farmi fottere, ma almeno mi risponde.

SANTA VALENTINA
*Mi dispiace, mi sono addormentata. Abbiamo avuto un problema familiare a casa ieri sera e non ho dormito. C'è qui Javier, appena va via arrivo.*

ALESSANDER
*Javier?*
*Il tuo ex?*
*Quello che ti ha fatto le corna?*
*Il padre di tua figlia?*
*Ha dormito a casa tua?*

SANTA VALENTINA
*Sì.*
*Sì.*
*Sì.*
*Sì.*
*Sì.*

ALESSANDER
*Ah, ok.*

A quanto pare non è molto loquace.

SANTA VALENTINA
*Se hai fretta di uscire, posso prendermi un giorno libero. In effetti, ne avrei bisogno.*

Ne avrebbe bisogno per portarsi a letto il suo ex e scoparselo per ore? Ma cazzo! Però in effetti glielo devo, ha lavorato molto.

ALESSANDER
*Prenditi un giorno libero, nessun problema.*

SANTA VALENTINA
*Grazie, vado a letto e non mi alzo fino a domani, sono esausta. Buona giornata.*

Appoggio il telefono sul comodino, sono incazzato e non so perché.

«Oh cazzo, Alessander. Ti ho chiesto di inserire ciò di cui hai bisogno nella lista della spesa! Non hai nemmeno il latte, ma non hai dimenticato le fragole e il cioccolato. Fragole in agosto, coglione…» Lo dice piano perché non la senta, io ridacchio perché in realtà le fragole non erano per me. «Ora dovrò andare di nuovo al supermercato. Al diavolo!»

Se Lidia non fosse stata così dannatamente brava a pulire e organizzare tutto, a quest'ora l'avrei licenziata! Decido di non rispondere, come se non l'avessi sentita per il rumore dell'acqua.

«Ora fa il sordo, l'idiota. Questi personaggi famosi del cazzo credono di essere degli dei e che i poveri devono baciargli i piedi.» Rido di nascosto. Famoso, dice? Sto morendo dal ridere. «Non ti bacerò i piedi! Mi senti? Mai!»

In realtà stare a casa oggi, che io lavori o meno, con questa donna che gironzola ovunque e mi inveisce contro, non mi sembra un buon piano. Ma me ne viene in mente uno ottimo: mi prenderò una pausa.

Sorrido e vado a vestirmi.

Mezz'ora dopo, nel mio garage, mi metto il casco e salgo sulla moto. L'ho usata pochissimo da quando l'ho comprata, è ora di darle un po' di gas. Vado dal benzinaio e faccio il pieno, controllo la pressione delle ruote. Entro nel negozio e prendo dell'acqua, dei cioccolatini, un sacchetto di patatine e dei dolci.

Un'idea mi passa per la mente e scuoto la testa. «No. No. No. Meglio di no.»

Arriva il mio turno di pagare e lo faccio, con l'idea che mi martella.

«No, dannazione.»

Torno alla moto e non riesco a mandarla via.

«Accidenti, Ale, quanto sei stupido. No, amico, non è una buona idea» mi rimprovero.

Salgo in sella e mi sento sovrastato da una marea di "e se". Alla fine decido che tentar non nuoce.

Pochi minuti dopo suono il suo campanello. Se il suo ex si trova lì può spaccarmi la faccia. Oppure io a lui per averla ferita così tanto. Ce lo meriteremmo entrambi perché siamo due cazzoni.

Prima che mi aprano il portone esce una coppia e io mi infilo all'interno dell'edificio. Salgo al suo piano e busso alla porta.

Mi apre una ragazza mulatta dai capelli afro, la guardo stupito.

«Sei un'altra figlia di Valentina?»

La ragazza apre la bocca ma non dice nulla. Sì, deve far parte della sua famiglia, perché tendono a restare così quando mi vedono, non so perché.

Becca sbircia fuori dalla porta, ha un viso che farebbe impazzire chiunque, inoltre indossa una camicia da notte di raso. Sarà una ragazza di vent'anni o meno, credo che Valentina mi abbia detto meno, ma accidenti, ha un corpo da urlo.

«Ciao, Alessander.» Si sistema la camicia da notte, si è accorta che la stavo guardando. Fanculo. «Yadira, è il capo di mia madre. È nella sua stanza.» Si rivolge a me questa volta. «Ora la avverto.»

«No! No, la avverto io.»

«Cosa?»

La poveretta mi guarda incredula. Ho deciso di farle una sorpresa perché non mi farebbe passare, non lo farei nemmeno io. Quindi apro un po' di più la porta ed entro deciso.

Vado nella stanza che rammento mi ha detto essere la sua ed entro senza avvisare, non può biasimarmi, mi ha visto il cazzo facendo esattamente lo stesso.

È sdraiata, sembra che dorma perché non si è accorta che sono entrato e, quando mi giro per chiudere senza fare rumore, vedo Becca. Ha un'espressione strana, come se volesse urlarmi cosa diavolo sto facendo. Mi porto un dito alle labbra perché faccia silenzio. Resta ferma, come paralizzata. Sua madre le spiegherà ogni cosa più tardi.

Valentina ha i capelli umidi e indossa maglietta di cotone e mutandine, ma il mio cazzo sembra aver visto il babydoll più sexy del mondo, perché mi tira fino a togliermi il fiato.

Penso a come svegliarla senza che si arrabbi e mi prenda a calci le palle. Amo troppo i miei testicoli per metterli in pericolo. Tuttavia, non ci si può aspettare molto da me, visto che ho un'erezione, quindi il mio cervello è un po' carente di intuizione in questo momento.

Faccio scorrere delicatamente il cassetto del suo comodino. Bingo! Eccolo, il giocattolo rosa. Premo i bottoni finché non si attiva delicatamente e, siccome sono uno stronzo (l'ho detto più volte, non dovrebbe sorprendere nessuno), quando vedo il suo capezzolo eretto sotto il tessuto morbido della maglietta, le posiziono il vibratore proprio lì.

Tutto accade molto velocemente. Valentina mugola.

Alzo le sopracciglia e dovrei fermarmi, so che dovrei, ma non posso, ho già perso la mia (poca) lucidità mentale.

Geme.

Io deglutisco.

Lei geme di nuovo.

Sussulto, involontariamente, giuro che è stato involontario. All'improvviso spalanca gli occhi.

Salta in piedi e mi dà uno schiaffo che, cogliendomi di sorpresa, mi fa cadere dal letto. Ecco, sono alto quasi due metri e peso un centinaio di chili. Non c'è sfida. È stato il fattore sorpresa. Sì, lo so che mi ripeto, ma era per chiarire.

Mi lamento perché mi ha fatto male (anche per il fattore sorpresa) e perché mi ha colpito l'occhio e non posso perderlo, mi serve per scrivere, anzi per leggere quello che scrivo.

Dato che sono molto impegnato nel cercare di riacquistare vista, stabilità e dignità, non sono molto concentrato su tutto ciò che mi sta urlando contro. Nonostante questo faccio uno sforzo per alzarmi.

«Mi dispiace» borbotto a testa bassa e le passo l'aggeggio rosa che mi ha tirato giù dal letto, ma a cui mi sono aggrappato come se ne andasse della mia vita. Continua a vibrare o succhiare o quel che è.

Urla di più. Non impreca troppo né minaccia di denunciarmi, quindi per ora sono contento. Spegne l'affare e lo mette nel cassetto dove si trovava.

«Posso sapere perché mi dai il giorno libero se poi vieni a rompermi le palle?»

Finalmente parla e mi guarda, questo l'ho sentito e capito bene. Ma, grosso errore, mi viene da ridere perché, accidenti, quella frase è mia, e lei è dannatamente sexy con i capezzoli eretti, la pelle d'oca, le pupille dilatate, arrabbiata, mentre urla e impreca...

Il mio cazzo preme di nuovo, quanto lo sto mettendo sotto pressione poveretto.

«Volevo solo farti una sorpresa. Ti piacerebbe passare la giornata con me?»

Valentina mi guarda, sta sclerando, bisbiglia qualcosa di incomprensibile, mi accorgo solo di qualcosa del tipo "chi li capisce gli uomini". Certo, come se le donne arrivassero con un manuale di istruzioni sotto il braccio.

La vedo prendere una gonna di jeans e un top. Non sento cosa dice quando mi avvicino al suo armadio, passo i suoi vestiti, uno dopo l'altro, e tiro fuori dei jeans e una maglietta a maniche corte. Non sembra avere un giubbotto di pelle, così prendo una giacca di jeans, per oggi andrà bene.

«Dove mi stai portando? Ci sono quasi quaranta gradi.»

«Fai come ti dico.»

Mi sorprende che lo faccia, che mi ascolti, che indossi i vestiti che ho scelto con le scarpe da ginnastica.

Quando usciamo dalla porta e saluta sua figlia, Becca sorride e l'altra è ancora con la bocca aperta come una scema. Trascino Valentina, che continua a protestare. Che brutto carattere ha questa donna la mattina prima del caffè.

# CAPITOLO 28

## SUL SERIO? UNA MOTO?

### Valentina

Sul serio? Una moto? Sta cercando di sorprendermi con una moto? È bella, davvero. Capisco qualcosa di moto: che hanno due ruote, un acceleratore, un freno, oltre al fatto che bisogna avere un certo equilibrio e che ho impiegato più di sei mesi per avere la patente per guidarle.

Sorrido perché mi ricordo di Javier. Quando vivevamo a Barcellona e aveva diciotto anni ne comprò una con una cilindrata alta. Sua madre restò infuriata per un anno intero. Abbiamo passato i fine settimana a macinare curve, come diceva lui.

Incrocio le braccia.

«Donna, non fare così, non aver paura.» Paura? Paura, dice? «È divertente. Sali e tieniti stretta a me, lasciati andare.»

Alzo un sopracciglio. Preferisco non dire che so guidarla e che potrei essere io a portare lui, perché la questione di stringermi a lui... ne ho voglia.

Quasi mi fa pena, con quell'aria dispiaciuta e l'occhio mezzo nero per il colpo.

«Non so...» Faccio la dura, però non resisto molto. «Va bene, però mi inviti a colazione.»

«Ti va bene una tavoletta di cioccolato e un sacchetto di patatine?»

Incrocio le braccia.

«Ti sembra che abbia otto anni?»

«No. Certo che no, con le zampe di gallina che hai, non ne dimostri meno di quaranta» borbotta senza guardarmi, perché è impegnato a mettere via le cose e a prendere i caschi.

Sgrano gli occhi e spalanco la bocca. Alzo un dito per accusarlo mentre solleva lo sguardo e la sua risata mi fa sudare. Per di più ride, lo stronzo.

«Scusa, scusa... non ricordavo che voi donne siete permalose riguardo all'età.»

Faccio un respiro profondo e abbasso il braccio. Gli strappo il casco di mano.

«No, non ne vale la pena, o mi offri un caffè o muori.»

«Agli ordini, capo.»

Sale sulla moto e io faccio lo stesso, chiudo gli occhi. Il ricordo del passato è bello, ma questo odore mi riporta al presente e promette bene.

Quando Javier e io ci siamo trasferiti a Maiorca ne avevamo discusso e abbiamo deciso di vendere la moto. Perché ci sentivamo troppo adulti. Stavamo diventando indipendenti dai nostri genitori, avevamo intenzione di comprare una casa, mettere su famiglia. Avevamo bisogno di soldi e percorrere strade avventurose non era più una priorità, l'abbiamo sostituita con il passare il fine settimana a fare l'amore a casa nostra, nel nostro letto. Che è stato divertente, davvero.

Dopo aver fatto colazione in una caffetteria vicina, senza patatine e dolci ma con un panino, un caffè triplo e dei pasticcini, partiamo. Non mi ha parlato molto del percorso che faremo ma sono entusiasta all'idea.

Durante il viaggio attraversiamo zone fantastiche, pareti formate da rocce e spiagge paradisiache. Ci fermiamo al belvedere di Sa Foradada, vicino al paese di Deia. I panorami sono meravigliosi, fa caldo ma c'è una brezza d'aria fresca che rende piacevole stare seduti lì, godendo il panorama. Il silenzio è rilassante accanto a lui.

Lo vedo scattare una fotografia. Dal poco che lo conosco, sono sicura che ama le spiagge, la tavolozza di colori che il cielo forma nelle diverse ore del giorno e godersi la natura, anche se qualcosa mi dice che negli ultimi tempi non se n'è occupato molto.

«Hai avuto paura sulla moto?» mi chiede.

«No, per niente» dico senza pensarci.

«Ah, da come ti tenevi stretta alla mia vita!»

«Ah, sì, è stato per la paura.» Avvampo, Ale mi guarda e ridacchia.

«Impertinente!» rido anch'io. «Sei mai stata qui?»

«No, la verità è che da quando vivo a Maiorca non trascorro molto tempo a godermi altro che la mia famiglia e il mio lavoro.»

«Ti ricordi quando prima ti ho detto che dimostri quarant'anni?»

Gli lancio un'occhiataccia, ma non gli rispondo.

«Beh no, sembra che tu ne abbia almeno ottanta. Sei mai stata giovane?»

Gli do una pacca sulla spalla.

«Sei molto divertente oggi, vero?»

«Basta violenza, per favore, mi fa ancora male l'occhio.»

«Te lo sei meritato.» Ale sorride e anch'io, anche se stamattina l'attacco gratuito al capezzolo non è stato divertente. «Sì, sono stata giovane, ma per poco. Quando vivevo a Barcellona avevamo una moto, posso raccontarti alcuni percorsi.»

«Ah, furbacchiona, mi hai mentito. Pensavo non ci fossi mai stata e di averti impressionata.»

«Ho la patente e ho guidato su percorsi dove tu te la saresti fatta addosso per la paura.»

«Quindi ti sei aggrappata alla mia vita perché volevi approfittarti di me?»

«È ovvio» ammetto con una risatina, le mie guance sono ancora in fiamme.

«Com'è andata con il tuo ex ieri?»

Sospiro ma mi sorprende che non faccia così male pensarci, pensare a lui, a tutto quello che è successo. Stamattina mi sono alzata molto presto e Javier era già in cucina a bere il caffè, in silenzio per non disturbare nessuno. Abbiamo parlato.

Ha ragione su tante cose, ero cieca.

«Molto meglio di quanto mi aspettassi, davvero» dico con un sorriso.

Ale si acciglia e guarda dritto davanti a sé.

«Avete fatto pace? A settembre torni alla scuola dove lavoravi?»

Rido. Perché è molto diretto, niente di sottile, uccide qualsiasi immaginazione, va a tutta velocità.

«Abbiamo fatto pace, sì.» Ale abbassa la testa e mi sorprende la sua reazione, sembra geloso, cosa che ovviamente non può essere. Perché questo fusto di due metri mi ha messa da parte per una bionda stupenda. Penso che non dovrei dire altro, non dovrei fornire altre spiegazioni, eppure mi sento di dirlo. «Ma non come pensi.»

Ale mi guarda.

«E come, allora?»

«Javier e io eravamo migliori amici al liceo. La verità è che in quel periodo io non lo avevo notato. Trascorrevo il tempo a dirgli che mi piaceva uno, che mi piaceva un altro... ero timida.» Sorrido al ricordo. Sdraiata nel parco, sotto l'albero che faceva più ombra, mentre Javier giocava con la mia treccia. «Mi diceva di provarci, che ero bella, intelligente, avevo tutto e potevo stare con chi volevo. Nonostante ciò, non l'ho mai fatto perché ero timida, un po' lo sono ancora. Non ho molti amici. Per me è difficile costruire relazioni. Javier e io abbiamo trascorso pomeriggi interi a chiacchierare. Abbiamo escogitato piani machiavellici per uccidere i bulli che ci infastidivano in classe. Altrettanti per conquistare chiunque ci piacesse. Con il tempo, tutto è venuto naturale. Il nostro primo bacio è stato... Ale, è stato meraviglioso.» Chiudo gli occhi e la brezza mi accarezza il viso, mi fa volare i capelli e viaggio indietro nel tempo, a quel pomeriggio in cui Javier era tornato a casa per studiare insieme ed eravamo seduti sul balcone a goderci il sole e a chiacchierare. «Stavamo finendo il liceo, presto avremmo iniziato l'università e avevamo paura. Almeno io, avevo il terrore di allontanarmi da lui, di perderlo, di dover dedicare troppe ore allo studio, che i nostri orari fossero diversi, che avremmo fatto nuove amicizie. Beh, lui soprattutto perché io non avevo speranza di diventare troppo popolare.» Sorrido, e anche Ale. «Ed è di questo che stavamo parlando quando Javier si è avvicinato a me, mi ha accarezzato il viso e mi ha detto che non avrebbe mai permesso a niente di allontanarci.»

«Che bella l'innocenza della giovinezza» mormora, sembra commosso.

Forse ricorda un momento del suo passato.

Mi chiedo se Ale sia un dongiovanni perché da giovane gli hanno spezzato il cuore. Forse era un perdente, un brutto anatroccolo che si è trasformato in cigno. Si è innamorato e non è stato corrisposto, quindi ha deciso di riscattarsi andando a letto con chi gli pareva, senza preoccuparsi di spezzare cuori, purché il suo ego e il suo orgoglio fossero soddisfatti.

«Riesco ancora a ricordare la sensazione, il pizzicore allo stomaco, il formicolio che mi attraversava tutto il corpo» continuo a spiegare. «Il coraggioso era lui. Perché io ero spaventata a morte sapendo che mi stavo innamorando di Javier e che era una cosa sbagliata, perché era mio amico. Ma poi mi ha confessato che era sempre stato innamorato di me e così… Non hai idea di cosa ho provato in quel momento.»

«Credo di sì. Un amore adolescenziale ricambiato, con gli ormoni alle stelle. A scopare su tutte le superfici di casa tua, della sua e ovunque ci fosse un po' di privacy.» Gli do un pugno sul braccio. «Ehi! Eravamo d'accordo, niente violenza.»

«Scusa.» Sorrido. «Sì, in effetti hai ragione.» Ale fa una risata e rido anch'io, arrossendo. «Accidenti, ragazzo, che modo di parlare. Sì, è stato fantastico. Siamo diventati esperti nel nasconderci agli occhi di chiunque, nel baciarci, nel fare l'amore.»

«Vedi? Lo stesso che ho detto io, ma in modo più fine.»

«Vero. Sì, hai ragione. I miei amici, a quel tempo, stavano iniziando a fare feste, l'inizio dell'università, cose normali, giusto? Beh, non io, non scappavo nemmeno alla caffetteria del college. Frequentavo le lezioni, correvo a casa a studiare più che potevo, finché Javier veniva a trovarmi e passavo tutto il mio tempo libero con lui. Pianificavamo un futuro, cosa avremmo fatto. I viaggi. La nostra casa. Il nome dei nostri figli. I tre o quattro che a vent'anni pensavamo di avere.»

«Tre o quattro?» chiede, spaventato.

«Alla fine ce n'è stata solo una ed è stato abbastanza estenuante da non voler continuare» confesso. Per quanto io ami la mia Becca, quanto piangeva appena nata! «Il punto è… sì, la mia giovinezza è passata e nessuno di noi due ha fatto le cose che si fanno a quell'età. Non andavo a letto con mezzo college, perché avevo già lui. Non festeggiavo con gli amici perché volevo solo stare con lui. Immagino sia per questo che abbiamo comprato la moto. Così siamo scomparsi dal resto del mondo. Abbiamo trascorso interi fine settimana a fare percorsi diversi, a volte abbiamo dormito in pensioni squallide e mangiato panini, abbiamo fatto l'amore negli angoli più nascosti della penisola iberica. Così è trascorso tutto il periodo universitario, fino a quando Javier ha finito di studiare e gli è stato offerto il posto qui. Abbiamo venduto la moto. Siamo cambiati e il resto della storia lo sai già, finché l'amore non si è raffreddato eravamo ancora migliori amici, ma la passione si è diluita senza che ce ne accorgessimo e poi è successo quello che è successo.»

«Non sei mai andata a una festa?»

«I festeggiamenti per il matrimonio contano come festa?»

«Ti sei mai ubriacata davvero? Ti sei mai dovuta nascondere tra le auto per pisciare mentre le tue amiche ti coprivano? Hai mai ballato fino a non sentirti più le dita dei piedi? Alla fine, hai mai sentito odore di tabacco e cosparso di mascara tutto il viso?»

Lo guardo stupita.

«No. Ho bevuto champagne, ballato il valzer e nel giro di due ore dalla celebrazione siamo sgattaiolati in albergo per... la nostra luna di miele, per usare un eufemismo.»

«Da impazzire.»

«L'altro giorno, quando mi hai proposto di andare al Luxury, ero emozionata perché era la prima volta nella mia vita che andavo a una festa.»

«Cazzo. Mi dispiace. Scusa per averti abbandonata.»

Mi stringo nelle spalle.

«Nessun problema. Sono stata bene. Julien è simpatico e mi ha portato a comprare un kebab in un locale sgangherato, lo abbiamo mangiato su una spiaggia mentre io guardavo malinconica le onde che si infrangevano sulla riva.»

«Poveretto, sta malissimo.» Ale si copre il viso. «Ha appena rotto con la sua ragazza o la sua ragazza con lui, piuttosto.»

«Ah, sì? Lo facevo uno strappa mutande, come te.»

«Te l'ho già detto l'altro giorno, non ho mai strappato un paio di mutandine in vita mia.»

«Ahah, Che divertente. È un eufemismo, conta anche se le abbassi dolcemente sulle gambe.» Bofonchio e deglutisco ricordandomi le sue mani che scivolavano lungo le mie cosce mentre la gonna cadeva a terra. «È bello» mi costringo a riprendere la conversazione. «È davvero molto bello. Dagli il mio numero, se è interessato possiamo avere un appuntamento.»

Scherzo e gli faccio l'occhiolino. Ale corruccia la fronte.

«Non se ne parla!»

«Perché? Non sono all'altezza del tuo amico?» chiedo offesa.

«Lascia perdere, è un casino. È disperato. "Zuleima era l'amore della mia vita, cosa farò adesso, se non riuscirò a farmela passare..." Le solite assurdità.»

«Quanto sei frivolo. Si capisce che non sei mai stato lasciato in vita tua.»

«Ecco.»

# CAPITOLO 29

## VUOI SAPERE COSA VOGLIO?

### Alessander

Non so perché non le dico che hanno lasciato anche me, che mi hanno anche spezzato il cuore, che anche io ho passato un brutto momento e ho avuto una storia molto simile alla sua, ma con più baldoria e meno bambini, matrimoni e cose del genere.

Continui pure a pensare quello che vuole. Non mi importa.

«Non offenderti, Ale.» Mi afferra il braccio. «In parte vorrei poter avere quell'impudenza, quella fiducia in me stessa, il desiderio di mangiarmi il mondo e dare soddisfazione al mio corpo che mi manca, e intendo una vera soddisfazione, non tramite WhatsApp.»

Ecco, mi ha messo al tappeto. Non mi aspettavo che lo dicesse così.

Sono arrossito? Io? Alessander Boneta, scrittore di successo, sfacciato per natura, è arrossito? Oh, cazzo.

«No, non mi sono offeso.» La guardo negli occhi. «Sei stata bene, vero? Beh, almeno nella mia immaginazione, perché non hai risposto a un solo messaggio.»

Per fortuna sono pronto a reagire e sono in grado di risponderle senza balbettare.

«Mi hai detto che non era necessario. Sì, sono stata bene, davvero.»

Le prendo la mano e l'accarezzo. Vorrei di più, ma non voglio ferirla.

Valentina sospira e io mi perdo in una lentiggine vicino alle sue labbra, le mie dita non vedono l'ora di passarci sopra, ma mi trattengo e sorrido.

«Vuoi una birra? Possiamo andare su quella terrazza.»

«Vuoi sapere cosa voglio, Ale?»

176

Fanculo.

Fanculo.

Fanculo.

L'ultima volta che me l'hanno chiesto mi hanno parlato di matrimonio, figli, casa e non so che altro, e quel giorno è diventato il giorno peggiore di tutta la mia vita. Immagino sia per questo che mi irrigidisco.

La mia mente vorrebbe urlarmi che vuole salire sulla moto, andare nel posto più lontano dalla civiltà e scopare senza un domani. Ma insomma, è Valentina... È più probabile che voglia matrimoni e cose del genere.

«Sorprendimi» dico alla fine, in preda al panico assoluto.

«Che mi paghi la scommessa che mi devi, mi inviti a cena in un posto elegante e poi mi porti a una festa.»

Cazzo, che sollievo. Una festa? Le feste mi piacciono. Valentina si alza.

«Va bene, ma per la cronaca ho vinto io la scommessa, eh?»

«Non dico nulla. Hai dovuto guardare un tutorial su YouTube per quarantacinque minuti per stirare il colletto e la manica in modo sciatto.» Sciatto, dice. Perfetto. Il mio collo e la mia manica erano perfetti. «Hai perso.»

«Potremmo discuterne tutto il giorno. Ma lasciamo perdere. Hai già fatto la tua parte, stasera ti invito a cena. Prendiamo la moto, pranziamo nei dintorni prima di tornare indietro e stasera andiamo a cena e alla festa.»

Andiamo al ristorante sul belvedere dove ordiniamo una paella. Quanto mi piace il riso! Facciamo una passeggiata per digerire il cibo ed entriamo nel museo Son Marroig. So che lo adorerà e apprezzerà l'opera dell'arciduca Luis Salvador. I giardini sono incredibili. I suoi occhi brillano. Il suo sorriso splende e so che è felice di essere qui in questo momento. Scatta alcune foto (circa duecentocinquanta) delle vedute dal belvedere, del tempio di marmo di Carrara. Non la biasimo, resterei a viverci per avere questa vista quando mi sveglio la mattina.

Decidiamo di scendere alla caletta, ci togliamo le scarpe e ci godiamo l'acqua fredda e cristallina sui piedi mentre ci sediamo su alcuni scogli e chiacchieriamo ancora un po'. Restiamo incantati guardando il tramonto, è meraviglioso, proprio come questo momento.

Valentina nasconde che non le pesa salire di nuovo in moto mentre io accetto la sua risata. Infine torniamo a casa sua, dove la lascio per farsi una doccia e cambiarsi. Scendo dalla moto con lei e mi tolgo il casco, così posso parlare e concordare un orario per venirla a prendere. Valentina mi porge il suo con un sorriso.

«Mi sono divertita molto.»

«Non essere gentile con me, Santa Valentina.»

«Ci vediamo dopo.»

«Sì, alle dieci e mezza vengo a prenderti.» Sorridiamo entrambi.

Valentina si avvicina, noto il rossore sulle sue guance. Ho entrambe le mani impegnate con i caschi, quindi allontano leggermente le braccia solo quando si aggrappa completamente al mio petto, mi accarezza i pettorali con le mani e mi guarda negli occhi. Non ci penso. Mi chino abbastanza per toccare delicatamente le sue labbra con le mie. Valentina mi si aggrappa al collo e approfondisce il bacio, accarezzandomi lentamente con la lingua. Fanculo i caschi, li appendo come posso al manubrio della moto, uno è caduto a terra, domani me ne compro cinque se serve.

La prendo per la vita e premo il suo corpo contro il mio. Il mio cazzo reagisce. Come può non reagire se è stato in fermento tutto il giorno? Stringo il suo sedere più vicino ai miei fianchi. Se ne accorge. E freme. Cazzo, quel fremito mi sta uccidendo.

E se mandassimo all'aria la moto, la cena, la festa, il contratto, il lavoro, le paure... e scopassimo tutta la notte? Lo chiedo a me stesso perché non ho le palle per chiederlo a lei, ma sembra che siamo in sintonia.

Le mordo il labbro, quel labbro che mi fa impazzire, lo succhio. Un altro gemito e la pressione dei miei jeans fa male in tutto ciò che corrisponde alla mia zona in fiamme.

Valentina si allontana leggermente e io non voglio, non voglio che se ne vada, non voglio che se ne penta, non voglio che si renda conto che è un errore, che sono un idiota, che non ho niente da offrirle. La desidero così tanto, la desidero da così tanti giorni che la mia mente non riesce più a ragionare, voglio solo lasciarmi andare.

«Penso che mi stia passando la voglia di uscire a cena» sussurra, i suoi occhi color miele fissi nei miei.

Potrei fare giochi di parole, scherzare sul fatto che siamo stanchi ed è meglio andare a letto, prolungare il momento ma, diavolo, non voglio davvero girarci intorno. Cercherò di essere sottile, almeno.

«Saliamo?»

Sono stato io? Non ho mai accennato alla voglia che ho di leccarle la fica o di farle ingoiare il mio cazzo, non le ho detto che se dipendesse da me la prenderei proprio qui, in mezzo alla strada, alla luce dei lampioni, abbasserei i jeans e la scoperei appoggiata alla moto, anche se i vicini potrebbero vederci. No. Non le ho detto niente di quello che muoio dalla voglia di fare.

«Andiamo a casa tua, meglio... Di sicuro c'è Becca di sopra.»

Non avevo considerato sua figlia.

Sì, meglio casa mia. Il mio letto è più grande. Ho la vasca idromassaggio. E non ci sono intrusi, Lidia sarà già andata via da ore.

Ci vogliono meno di dieci minuti per arrivare. Parcheggio la moto e proprio lì, accanto alla mia macchina, mi precipito a baciarla, la premo contro il muro e gemo quando un altro dei suoi sospiri mi accarezza le labbra. Le sollevo la maglietta e le abbasso il reggiseno. Riesco a lasciare la sua bocca per qualche secondo per gettarmi sul suo capezzolo eretto. Lo bacio, lo mordo, lo succhio... nello stesso momento in cui le sbottono i jeans, le mie dita scendono sulla sua fica, è fradicia e la sento già attraverso le mutandine. Quando le spingo da parte per accarezzarle dolcemente il clitoride, Valentina si scioglie in soffici gemiti, fa quasi le fusa. Abbasso il lato opposto del reggiseno e presto la stessa attenzione all'altro capezzolo. Le dita di Valentina, tra i miei capelli, mi attirano più vicino al suo petto, pretendendo sempre di più da me.

Si percepisce un colpo di tosse che io avrei ignorato, ma Valentina sobbalza dallo spavento e mi distrae. Ho dimenticato che il mio garage è in comune e forse ci siamo spinti un po' troppo oltre perché siamo quasi all'ora di punta, quando i vicini tornano a casa.

«Posso sapere cosa stai facendo, disgraziato?»

Mi giro per vedere chi sta parlando, mentre Valentina si riordina velocemente i vestiti. Vedo la signora Purificación che viene verso di me come una furia, per quanto dica di aver bisogno di una stampella per camminare perché non può forzare il ginocchio, e comincia a colpirmi con la borsa.

«Sei.» Colpisce. «Un.» Colpisce. «Cazzone.» Colpisce. «Bastardo.» Colpisce. Colpisce. Colpisce. «Come hai potuto?»

L'altro giorno volevo risparmiarle il dispiacere di dirle che io e Barbara ci siamo lasciati quando mi ha portato le lenticchie. E la pazza mi ripaga con botte che non mi avrebbero dato nemmeno i demoni dell'inferno. Che diavolo ha lì dentro?

«Puri, signora…»

«Né.» Colpisce. «Signora.» Colpisce. «Né.» Colpisce. «Altro.» Colpisce. «Disgraziato, sei un miserabile.»

Alzo gli occhi al cielo e strappo la borsa dalle mani della signora, perdendo la pazienza. Fuoco. Mi lancia fuoco attraverso gli occhi. Cazzo, mi fa paura.

«Mi dispiace, Purificación. Ecco, la sua borsa. Non volevo strapparla così brutalmente, spero di non averla rovinata.»

Gliela restituisco, sentendomi in colpa e un coglione per aver trattato così una vecchia signora, e lei me la sbatte in faccia. Oh, cazzo!

«Ecco cosa mi hanno detto le mie figlie... Non fidarti di quello, mamma, è un pervertito. E io ho risposto di no, è solo una facciata, è un bravo ragazzo, il migliore. Nel garage del palazzo, con una che non si sa chi è, non ci posso credere» mormora mentre si gira e si dirige verso l'ascensore.

Guardo Valentina, che è pallida, avrà ascendenti camaleontici, si è fusa con il muro. Le prendo la mano e cerco di farla muovere mentre seguo Purificación. Se questa donna oggi ha un attacco di cuore a causa mia e muore, il suo fantasma potrebbe apparirmi fino alla fine dei miei giorni.

Accidenti, che paura.

«Non si arrabbi, signora Purificación, le si alza la pressione» le dico, correndole dietro. Beep Beep la chiamerò d'ora in poi. «Domani mi fermo a casa sua, le porto il pandolce che le piace e chiacchieriamo un po'.»

«Se le mie figlie vedono che me lo porti, ti fanno a pezzi.» Mi guarda sospettosa.

«Oh, sanno già che sono un ragazzaccio. Non sia arrabbiata con me, per favore, altrimenti non dormo stanotte. Parliamo domani.»

«Aspetta che mi passi la rabbia» dice, salendo sull'ascensore. Meglio aspettare il prossimo, non voglio che la vecchia mi dia altre botte. «Se domani vieni a casa mia ti taglierò il cazzo a fette e lo darò a Kiki per pranzo.»

Kiki è il suo gatto e non dovrei ridere, ma lo trovo divertente, un cazzo da lanciare a Kiki. Ok, ho la risata facile per un certo tipo di battute.

Riesco a trattenermi finché la porta dell'ascensore si chiude e poi scoppio a ridere.

«Ti sto ascoltando, bastardo!» Sento Puri urlare dall'interno dell'ascensore.

«Questa donna non mi porterà più le lenticchie, di sicuro. Beh, meglio, perché non mi piacciono. Anche se io, non cucinando, le mangio.»

Guardo Valentina, che alza gli occhi al cielo.

«Meglio non chiedere.»

«Meglio. Meglio» borbotto e chiamo l'ascensore più volte in modo che arrivi rapidamente e possiamo riprendere da dove ci siamo fermati pochi minuti fa, prima che si raffreddi e torni a casa.

«Lasciami indovinare. Ti sei fatto anche sua figlia, vero? O entrambe, di certo.»

«Quasi» dico senza pensarci, meglio darle ragione e chiudere questa conversazione assurda. Ciò che voglio meno in questo momento è parlare di Barbara.

«O entrambe allo stesso tempo, quanti anni hanno? Sono gemelle?»

Ma che immaginazione, non potrei sceglierne una migliore per scrivere il mio romanzo, davvero.

La zittisco con un bacio, perché mi sta innervosendo, ed entriamo in ascensore. Manteniamo le distanze fino ad arrivare al mio appartamento, mi ci manca soltanto un altro brutto incontro che mi mandi a puttane la nottata.

# CAPITOLO 30

## QUEST'UOMO PUO' FARTI A PEZZI

### Valentina

Mio dio, Valentina, cos'hai nella testa? Come ti è venuto in mente di fartela con quest'uomo in mezzo alla strada, davanti a casa tua, dove Becca potrebbe averti visto, dove qualcuno che conosci potrebbe averti visto? E, peggio ancora, nel suo garage. Che paura quella vecchia, diamine.

Per un attimo penso di andare a casa, fare una doccia fredda e andare a letto a dormire fino a domani perché, con quello che ho visto e con il riscaldamento globale generalizzato dell'ambiente, anche il programma della cena e della festa non mi sembra vada bene oggi.

Mi lascio zittire da un bacio in ascensore perché so che sto rovinando l'umore ad Ale e, in realtà, cerco solo scuse per scappare.

Perché? Perché non posso godermi del sesso senza impegno senza pensarci troppo? Perché è un Casanova? Beh, e quindi? Perché va a letto con chiunque porti la gonna? Bene, goditi l'opportunità.

Deglutisco a fatica quando finalmente entriamo dalla porta di casa sua, ho scelto di rimanere in silenzio qualche secondo per potermi chiarire le idee.

Punto uno: mi piace essere qui, non voglio essere da nessun'altra parte in questo momento.

Ma quest'uomo può farti a pezzi.

Punto due: se vado a letto con uno per togliermi la voglia, chi meglio di qualcuno che già conosco?

Ma quest'uomo può farti a pezzi.

Punto tre: deve avere una buona esperienza, giusto? In tutti i lavori chiedono diversi anni per darti il posto, quindi sarà efficiente e produttivo. Questo è un bene.

Ma quest'uomo può farti a pezzi.

Punto quattro: quello che ho visto nella sua stanza, quando l'ho beccato nudo... mi attira davvero molto.

Ma quest'uomo può farti a pezzi (e in questo momento non intendo solo il cuore).

Punto... beh, è meglio che smetta di contare i punti perché Ale si è tolto la maglietta e io sono troppo impegnata a boccheggiare.

È dannatamente bello.

Scappare non sembra un'opzione plausibile in questo momento.

Si avvicina a me e mi dà la sensazione di essere una tigre affamata, ciò di cui non ha la minima idea è che, all'improvviso, tutta la mia libido dormiente sembra essersi risvegliata. Cerco di ricordare quando Javier e io siamo andati a letto l'ultima volta.

Mi vergogno ad ammettere che sono passati più di sei mesi. In effetti, più di un anno.

Vediamo... durante il nostro ultimo anniversario era in viaggio d'affari, quindi probabilmente sono passati più di due anni.

Dio... parlando della mia cecità, abbiamo rimandato.

Ale posa le mani sui miei fianchi e con una carezza gentile mi solleva la maglietta, quando arriva al mio seno, me la tira sopra la testa.

Mi afferra le guance con entrambe le mani e, quando smetto di mordermi il labbro inferiore, ci passa sopra la lingua facendomi sussultare, cosa che si capisce gli piace tanto. Con un solo gesto mi toglie il reggiseno e mi sbottona i jeans, strappandomeli di dosso.

Si volta a osservarmi e io muoio di vergogna pensando a tutte le imperfezioni che vorrei nascondere in questo momento.

Ma nei suoi occhi e nei suoi pantaloni, anche nei suoi pantaloni, noto una tale voglia che mi rilasso e mi lascio trasportare.

Mi afferra le natiche per sollevarmi e raggiungere le mie labbra senza doversi chinare e, di riflesso, gli avvolgo le gambe intorno alla vita. Cammina, immagino verso la sua camera da letto, i miei occhi sono chiusi e sono troppo concentrata su tutte le sensazioni che la mia pelle prova solo con un semplice bacio, non è così semplice.

«Ti voglio così tanto che non so cosa vorrei farti prima» si lascia sfuggire guardandomi negli occhi, sembra così sexy.

Arrossisco. Le mie guance bruciano. In realtà, tutta la mia pelle brucia. Sento un'attrazione così forte sul mio sesso, un desiderio così intenso, che diventa puro bisogno.

«Dimmi, Valentina, come vuoi venire adesso?»

Sussulto, boccheggio, sono condannata a ripetermi più e più volte quando si tratta di Alessander Boneta. Ma questo parlare durante il sesso è normale?

«Vuoi che ti lecchi la fica?»

«Cosa?» Sto morendo di vergogna.

«Oh andiamo, permettimi la licenza di parlare chiaro almeno ora, ok?»

Deglutisco forte e annuisco.

«Sì, posso parlare apertamente. Vuoi che ti lecchi da cima a fondo?»

Continuo ad annuire, come se fossi una bambola a cui dai un colpetto e non smette di muoversi su e giù. Ale ridacchia.

«Ok, sembra che il gatto ti abbia mangiato la lingua. Peccato, perché ne avrai bisogno quando ti scoperò la bocca.»

Muoio.

Di.

Combustione.

Spontanea.

«Ale, cazzo, Ale...»

«Bene, mi eccita, continua così...»

Ok, non mi viene in mente altro da dire, perché mi abbassa le mutandine e mi allarga le gambe ed è difficile per me concentrarmi.

Ecco, non sono una santa.

Sono stata giovane e ho scopato in tutte le posizioni possibili. Il sesso orale mi piace abbastanza, almeno per quanto mi ricordo, e ovviamente voglio che mi divori per intero.

Ma è la prima volta che sto con qualcuno che non conosce il mio corpo come se fosse la tavola del gioco dell'oca, che esempio pessimo, ma la verità è che in questo momento non riesco a pensare molto.

Ale si spoglia del resto dei suoi vestiti da solo, senza il mio aiuto, perché io sono qui a farneticare, pensando a come mi metterà tutto dentro e mi sono persa.

Sorride e mi allarga le gambe, mi flette e si mette di fronte a me. Gemo quando avvicina la mano, non mi ha nemmeno toccato, mi sembra di avere quindici anni.

Quel sorriso sghembo mi toglie il fiato. Le sue dita vagano sulle mie cosce.

«Mmh... vediamo, come lo risolvo?» Risolvere? Cosa deve risolvere? Magari mi sono deformata laggiù o qualcosa del genere. «Ripeti con me: Ale.»

«Ale.» Devo aver fatto bene, perché le sue mani salgono in cima al mio pube.

«Voglio.» Fa un cenno con la mano indicandomi di ripetere.

«Voglio.»

Le sue dita scivolano dolcemente tra le mie cosce senza toccare le mie labbra.

«Che mi divori.»

«Oh, mio dio...» Ale allontana le mani. «Ti odio.» Si allontana un po' da me e il vuoto che sento è gelido. «No, no, no, no, no. Dove pensi di andare?»

Mi alzo e lo afferro, in modo che possa tornare dov'era. Poi lo bacio, perché quelle labbra mi stanno chiamando, quindi lo zittisco e spero di distrarlo. Lui mi carica senza più chiacchiere.

Si mette sopra di me, costringendomi a stendere la schiena sul letto. Sento i suoi pettorali sfiorare il mio petto e il suo sesso contro il mio. Mi pizzica il capezzolo e io gemo. Si allontana un po' dalle mie labbra e mi guarda negli occhi.

«Dai, riproviamo. Ripeti tutto insieme per me.»

I suoi occhi sono belli, con quel verde brillante che rende il suo sguardo così malizioso, in questo momento mi ci perderei.

Ok, ci proverò, perché trovo davvero divertente questo gioco.

«Ale...» Sorride. «Voglio che mi lecchi la fica finché non ti vengo in bocca e poi scopi la mia.»

Era così?

Fanculo. Fanculo.

Ale si morde il labbro e ora capisco cosa prova quando lo faccio io.

Dev'essere andato tutto bene, perché è già in viaggio verso il mio ombelico.

# CAPITOLO 31

## IMPARA IN FRETTA

### Alessander

Bene, impara in fretta.

Faccio scorrere le labbra su ogni lembo di pelle fino a raggiungere la sua fica, che è molto più sfacciata della sua proprietaria, bagnata, lucida, gonfia, desiderosa, appetitosa... Faccio scorrere la lingua sulle sue labbra, dolcemente, lentamente. Cerco di concentrarmi su quello che sto facendo e ignoro i gemiti di Valentina, perché altrimenti finirò per risalire, intrufolandomi dentro di lei e scopandola come se fosse l'ultima volta nella mia vita.

Lo divoro, ha un sapore dannatamente buono, tanto che non mi accontento di sentirla nella bocca solo una volta. Voglio di più. Mi allontano un po', soffio piano, faccio scorrere le dita delicatamente intorno al clitoride e poi la lingua, senza toccarla, finché i fianchi sollevati di Valentina mi dicono che ho di nuovo carta bianca. Un altro giorno glielo farò chiedere. Oggi ne ho abbastanza se non voglio venire senza nemmeno entrarle dentro.

Sento il suo corpo teso, la sua pelle calda, i suoi gemiti sempre più forti, so che è vicina, ma ho bisogno di sentirla sul mio cazzo perché, dannazione, fa male trattenermi così tanto.

Mi ritiro velocemente, ci vogliono circa tre secondi per mettermi un preservativo, e mi fermo di fronte alla sua apertura. Mi accorgo come deglutisce mentre guarda me, il mio petto, le mie braccia, il mio addome, il mio cazzo che sta per entrare in lei.

Dolcemente mi faccio strada dentro il suo corpo stretto, bagnato, caldo... perfetto per me, Valentina è fatta su misura per me. Non posso andare piano, per quanto lo vorrei non ho più sangue nel cervello che mi costringa a ragionare per contenermi, quindi la scopo velocemente, spinta dopo spinta, con forza, profondamente. I suoi sussulti e le convulsioni della sua fica intorno al mio cazzo mi fanno impazzire completamente, geme, è uno di quegli orgasmi profondi che si prolungano nel tempo.

Quando finisce di venire ammorbidisco il ritmo per concederle una pausa, lentamente esco del tutto poi torno dentro, un secondo, due, tre, quattro... Ripeto ancora, inchiodo fino in fondo. Valentina mi attira a sé per baciarmi, le sue labbra sono gonfie dopo averle tanto morse e io le lecco e le bacio dolcemente.

Mi allontana un po' e mi fa sdraiare accanto a lei, si arrampica a cavalcioni su di me.

I suoi capelli rossi sono arruffati. I suoi occhi velati di desiderio.

Le sue guance arrossate, lentigginose. Le sue labbra gonfie.

Il suo petto sobbalza.

La curva dei suoi fianchi mi avvolge.

Fanculo. È perfetta. Valentina è perfetta. Valentina è una dea e io sono ai suoi piedi.

Quando mi sveglio non so nemmeno che ore sono, faccio un respiro profondo prima di aprire gli occhi, amo l'odore del sesso, ma l'odore del sesso mescolato al suo profumo è meraviglioso. Allungo la mano per cercarla sul mio letto extralarge e non riesco a trovarla. Ora apro gli occhi.

Non c'è.

Per un attimo penso che sia fuggita nel corso della notte senza che me ne sia reso conto. Guardo il cellulare, sono le undici del mattino. Beh, nel corso della notte o della mattina perché per lei è già tardi. Ma poi vedo i suoi jeans piegati nell'angolo del mio letto e i miei vestiti, anche i miei vestiti sono piegati lì. Non puoi essere andata via in mutande, quindi rimango ancora qualche secondo a godermi la sensazione.

Il cazzo mi fa male per quanto è duro perché il fatto che mi sono appena svegliato, con il misto di odori e il ricordo di tutto ciò che è successo la scorsa notte si accumula laggiù.

Mi alzo e vado a cercarla. Quando guardo in soggiorno la vedo seduta davanti al computer, in maglietta e mutandine e in una postura assolutamente impossibile, con la gamba sollevata sulla sedia, mentre digita velocemente. Non voglio deconcentrarla, quindi incrocio le braccia e mi appoggio per guardarla. Sorrido quando vedo che con una matita si è legata i capelli in una crocchia arruffata. Non sembra aver percepito la mia presenza o il mio sguardo e non posso aspettare che smetta di scrivere.

Mi avvicino di soppiatto dietro di lei e tiro la matita che le trattiene i capelli, mi colpisce l'odore dello shampoo che abbiamo usato ieri sera sotto la doccia, che è mio, ma i suoi capelli hanno un profumo mille volte migliore.

Smette di scrivere ma non si gira.

Afferro la sua maglietta da dietro e la tiro su per liberarla. Sbavo quando mi rendo conto che non indossa il reggiseno.

Giro la sedia e Valentina fissa il mio cazzo duro, davanti al suo viso, davanti alla sua bocca e, accidenti, non le ho nemmeno detto buongiorno, ma non resisto alla tentazione di portarlo alle sue labbra. Valentina apre la bocca, fa scorrere la lingua sulla punta e mi attira più vicino, se lo mette in bocca, succhia, preme con le labbra intorno al mio glande. Le accarezzo i capelli, spingo delicatamente la sua testa e le scopo la bocca, tenendo duro finché posso per non venire, sembro un fottuto quindicenne che non ha mai scopato in vita sua, se vengo fra tre secondi mi butto dalla finestra.

Mi tremano le gambe quando noto che Valentina mi prende il cazzo in fondo alla gola e mi accarezza le palle con una mano.

Non può. Cazzo, non posso.

La spingo via, la prendo in braccio velocemente e le do un bacio veloce.

«Buongiorno» mormoro.

Si allontana un attimo, il fuoco nel suo sguardo mi dice che è pronta.

«Buongiorno» sussurra e si morde il labbro, si morde quel fottuto labbro.

La giro e l'appoggio contro il tavolo, sono abbastanza lucido da chiudere il portatile e metterlo da parte appena prima di entrare in lei, non sarà né dolce né duraturo, perché sto per esplodere. Non posso resistere oltre.

Mi muovo velocemente e gemo, accelerando ancora di più mi arrendo al mio cazzo duro come una roccia. Lo tiro fuori poco prima di venire, sfiorandole le natiche. Mi vergogno di averla sporcata, ma a lei non sembra importare molto. Quando si gira, divoro le sue labbra e la sollevo sul tavolo, a gambe aperte. Mi siedo sulla sedia e affondo la bocca nella sua fica, passerei la vita a cibarmi di Valentina a colazione, divorandola, ascoltando i suoi gemiti.

Pochi minuti dopo, quando abbiamo ripreso fiato e le gambe di Valentina smettono di tremare, andiamo sotto la doccia, ci vestiamo e Valentina pulisce il tavolo del computer mentre io preparo dei caffè. Mi arrischio a preparare la colazione, scaldare un paio di toast e spalmarci sopra del burro non è molto complicato.

Valentina sorride con la bocca piena.

«Non ho idea di come funzionino queste cose, Ale.» La guardo in modo strano, non so di cosa stia parlando. «Stamattina non sapevo se avresti voluto vedermi qui quando ti saresti svegliato. Sarei dovuta andare a casa, anche per cambiarmi, ma la responsabilità ha avuto la meglio su di me e mi sono messa a lavorare.»

Ah, ok, è il discorso post-sesso.

«Penso che sia abbastanza chiaro che sono stato molto contento di vederti questa mattina e che non mi aspettavo diversamente.»

Sono sincero, non sono mezze misure, non voglio farle del male né che si attacchi a me. Tanto meno attaccarmi a lei. Comunque, accidenti, non capisco come posso sentirmi così a mio agio facendo colazione con lei, chiacchierando, scherzando tanto che vorrei trascinarla di nuovo nel mio letto anche se sono appena venuto, quanto tempo fa? Quindici minuti?

Valentina sorride e il mio telefono squilla. Le do un bacio veloce prima di alzarmi per rispondere alla chiamata della mia editrice.

«Ciao, Mayte. Che cosa c'è?»

«Ale, puoi passare in ufficio?» Sembra seria, è successo qualcosa?

«Ora?» Guardo l'orologio, tra una cosa e l'altra è quasi l'una. Ho prenotato all'Astir per le due perché volevo fare una sorpresa a Valentina, ma prima dobbiamo passare a casa sua così può cambiarsi. «Ho una riunione tra un po'.»

«Sì, conosco già i tuoi incontri. Ho bisogno di parlarti e sono esausta, ho avuto una mattinata terribile, per favore non farmi aspettare.»

«Sto arrivando» brontolo. Merda.

Riaggancio il telefono. Il dovere mi chiama, non ho altra scelta che occuparmi di Mayte, l'ho già fatta incazzare abbastanza.

«Era la tua editrice?» chiede Valentina imbronciata. Annuisco senza dire nulla. «Perché la lasci soffrire? Dille che hai già la bozza che le hai promesso e che, se ci dà quel margine di due settimane che rimangono... se lo dà a te voglio dire, possiamo scrivere l'ottanta o il novanta per cento del romanzo.»

Ok, non mi piacciono le mezze misure, le bugie o cose del genere, però continuo a nascondere a Valentina che ho già dato la bozza a Mayte e che oltretutto era abbastanza contenta di quello che ha letto, per cui non mi spiego questo incontro improvviso dell'ultimo minuto. Ho una brutta sensazione.

Sorrido a Valentina e non mi dilungo a baciarla, solo un tocco fugace, perché se le metto la lingua in bocca, non me ne andrò prima di un'ora.

«Vai a casa e riposati, stanotte non ti ho fatto dormire molto, approfittane e mangia qualcosa. Avevo una prenotazione a sorpresa per l'Astir ma non ce la faremo, non so quanto tarderò con Mayte. Ti va bene se ti vengo a prendere alle nove e ti invito a quella cena che ti devo?»

Valentina sorride, con le labbra, con i denti, con gli occhi. La lucentezza nel suo sguardo mi scalda qualche punto dentro lo stomaco, faccio scorrere la punta del pollice sulle sue labbra e le do un altro bacio fugace.

«Resto mezz'ora per finire il capitolo che ho lasciato a metà, poi vado. Sono stanca. A stasera.» Le faccio l'occhiolino e dopo un paio di passi me ne pento, torno indietro, le do un bacio con la lingua, quello che avrei tanto voluto darle, finché lei mi spinge via dolcemente. «Vai, non fare arrabbiare Mayte, poi dici che ti rompe le palle.»

Scoppio a ridere e vado.

# CAPITOLO 32

## VOGLIO SPROFONDARE

## Valentina

Ho finito il capitolo che ho detto ad Ale, ma mi sono lasciata prendere, ho una scarica di adrenalina in questo momento e non riesco a smettere di scrivere. Quindi continuo a premere i tasti per un'altra ora.

Quando esco da casa di Ale chiamo Becca, anche se le ho già inviato diversi messaggi informandola che non avrei dormito a casa, così non si sarebbe preoccupata. Sono rimasta abbastanza sorpresa che non mi abbia fatto il terzo grado al telefono, quindi immagino che mi abbia lasciata divertire e ora dovrò dare tutte le spiegazioni in una volta sola.

Sorrido perché non vedo l'ora di raccontarle quello che è successo, senza entrare nei dettagli ovviamente, è mia figlia ma voglio davvero condividere con lei una cosa emozionante che mi succede nella vita.

Non risponde. Mangerà fuori e avrà lasciato il cellulare nella borsa.

Torno a casa e preparo un'insalata, mi prendo la libertà di passare un po' di tempo davanti a Netflix, non vedevo un film o una serie da tanto tempo. Dopo mi metterò a leggere.

Non riesco a concentrarmi, la mia testa torna di continuo a quanto sono stata bene con Ale, rido da sola ricordando la signora che l'ha colpito con la borsa in garage.

Rido e mi sento arrossire. Ancora una volta non sono arrivata nemmeno a metà del capitolo. Sbuffo e spengo la TV, non sto seguendo. Ho bisogno di parlare con qualcuno. Mando un messaggio a Lea.

VALENTINA
*Cosa stai facendo amica? Vieni a prendere un caffè? Devo dirti una cosa.*

LEA
*Non posso, sono occupata. Dimmi.*

Uffa, che cattiva. Alzo gli occhi al cielo. Scrivo un messaggio ad Ale.

VALENTINA
*Com'è andata con Mayte? Le hai detto che sei a buon punto con il romanzo?*

Mezz'ora dopo, pur avendolo letto, non mi ha risposto.

VALENTINA
*È tutto ok?*

Niente. Non lo riceve. Il cellulare sarà spento, sarà ancora in riunione o avrà esaurito la batteria. Sono le sette e mezza passate, quindi è meglio che mi faccia una doccia veloce e cominci a prepararmi, a fare qualcosa più che altro, perché mi annoio a morte.

Con un po' di musica di sottofondo mi faccio una doccia, mi stiro i capelli e mi trucco. Vado all'armadio di Becca, il mio è da scartare. Ho bisogno di fare shopping e rinnovarmi.

Prendo dei pantaloni neri elasticizzati, che riesco ad allacciare, e un top dello stesso colore abbastanza semplice ma con una scollatura generosa, è carino. Lo abbinerò ai tacchi a spillo e il gioco è fatto, semplice ed elegante, aderente e sexy, mi piace.

Mando un messaggio a Becca, che ancora non dà segni di vita.

VALENTINA
*Tesoro, esco a cena con Ale. Chiamami quando puoi, per favore, non abbiamo parlato tutto il giorno.*

Sono preoccupata. Dopo dieci minuti, mi risponde.

BECCA
*Non preoccuparti, sono stata impegnata. Ti voglio bene.*

Respiro tranquilla, non posso fare a meno di preoccuparmi quando non risponde, capisco che è un'adolescente e non pensa a tutte le cose che mi passano per la testa che potrebbero capitarle, ma costa poco rispondere, anche in modo conciso.

Alle nove e venti Alessander non è ancora arrivato. Aveva detto alle nove o alle nove e mezzo? Forse alle nove e mezza e io mi sono confusa. Ma alle nove e trentacinque non arriva.

Gli mando un messaggio su WhatsApp, anche se non ha ricevuto il precedente.

VALENTINA
*Ciao, sei ancora con Mayte? A che ora vieni a prendermi?*

Niente. Non lo riceve. Scendo per strada, nel caso non ricordasse l'appartamento e gli fosse morto il cellulare, e aspetto lì per altri quindici minuti, ma niente da fare.

Si è dimenticato? È in ritardo?

Non ho idea di cosa sia successo e alle dieci e un quarto immagino che non verrà.

Delusa rientro in casa, mi strucco, indosso la camicia da notte. Non ho molta fame e immagino di avere ancora qualche speranza che arrivi prima o poi, quindi mangio solo uno yogurt.

Quando sto per andare a letto, un'ora dopo, sento le chiavi nella porta. Torno nel corridoio e vedo entrare Lea, Becca e Yadira. Cosa ci fanno insieme?

Erano insieme? Potrei pensare che siano uscite a far festa senza di me, ma hanno un'espressione avvilita che mi spaventa molto.

«Che cosa c'è?» Mi viene la pelle d'oca. «Javier sta bene?» chiedo preoccupata.

«Sì, sì» mormora Becca. «Beh, credo di sì, non gli ho parlato oggi.»

«Bene.» Sospiro sollevata. «Allora, cos'è successo?»

Lea non dice niente, la vedo dirigersi verso la mia cucina e la sento armeggiare. Yadira, Becca e io ci sediamo sul divano e l'amica di mia figlia inizia a parlare.

«Ieri sera avevo un impegno di famiglia, mio padre aveva invitato degli amici del lavoro, due coppie, con le loro figlie. Mi trovo bene con loro, ci siamo viste un paio di volte quest'anno. Ho chiesto a mio padre se poteva venire Becca, sai che ne è felicissimo, le vuole bene come a una figlia.» Annuisco ma non capisco dove voglia arrivare. «Il fatto è che, dopo cena, noi ragazze siamo andate in camera mia, abbiamo la stessa età e andiamo d'accordo, sai...» Continuo ad annuire, sto per prenderla per le braccia e scuoterla perché arrivi al punto. «Abbiamo iniziato a parlare di ragazzi, delle nostre esperienze, di quelli che ci piacciono, di quelli che non ci piacciono... Cose normali. Alla fine, non ho idea di come, la nostra conversazione è caduta su Ale...»

«Ale? Alessander?» chiedo perplessa.

«Sì» continua Yadira. Guardo mia figlia, che ha ancora la testa abbassata. «Perché, Valentina, lo sai che è molto figo, non ho mai visto un uomo come lui in vita mia.»

«Vero, sì, vero» balbetto.

«Il fatto è che abbiamo cominciato a parlare di lui, di Ale, e ci siamo lasciate trascinare. Abbiamo detto che è fantastico, che è un famoso scrittore di romanzi gialli. Una delle ragazze era molto tranquilla, sembrava strana ma non ha detto niente. Ho pensato solo che non le fosse piaciuta la cena e così siamo andate avanti a ridere e scherzare. Poi ci hanno chiesto come lo avevamo conosciuto. Una cosa tira l'altra ed ecco... accidentalmente mi sono lasciata sfuggire che tu stai scrivendo il suo nuovo romanzo» conclude Yadira, fissandosi le mani.

«Cosa?»

Guardo Becca, con gli occhi spalancati, e poi Lea, che è arrivata con quattro tazze fumanti. Dall'odore suppongo sia una tisana, ma non voglio bere niente, voglio sapere perché diavolo mia figlia l'ha detto a Yadira, quando io non l'ho detto nemmeno a Lea.

«Mi dispiace, mamma. Era così eccitante, sembrava come in un film, e l'ho detto a Yadira. Giuro che non l'ho detto a nessun altro.» Mi volto verso Lea, che mi guarda preoccupata. «Tranne a lei, perché... perché avevo bisogno di aiuto.»

«Aiuto? Non capisco.»

Mi passo le mani sul viso e un'idea inizia a tormentarmi. Sono nei pasticci, in questo momento non riesco a ragionare. Non so se è grave, forse sì, per l'accordo di riservatezza. Comunque sono un paio di amiche molto affidabili, suppongo che non oltrepasserà i limiti.

«Ho detto loro che era meglio fossero sincere con te, che probabilmente ti saresti arrabbiata molto, ma non potevano nasconderti quello che hanno fatto.»

Mi siedo. Sono delusa più che arrabbiata e mi illudo che sia tutto qui.

«Una delle ragazze è uscita, pensavamo fosse andata in bagno, perché non ha detto niente, e noi quattro siamo rimaste lì a ridere, abbiamo cambiato discorso parlando d'altro» continua Yadira. «Poi non so quanto tempo è passato. Mio padre ci ha chiesto di scendere, cosa piuttosto strana, e quando siamo arrivate in soggiorno tutto è successo in fretta. Mio padre ci ha spiegato che la moglie di un suo collega lavora per la casa editrice di Alessander Boneta, con cui hanno avuto seri problemi negli ultimi due anni e da allora l'editore pensa di licenziarlo. Ma, a quanto pare, gli hanno offerto un'ultima possibilità o almeno così pensavano.»

«Santo cielo, devo parlare con quelle persone. Per favore Yadira, fammi avere i numeri di telefono, i nomi, qualunque cosa. Devo sistemare le cose, devo...»

«Mamma.» Becca interviene per la prima volta. «La signora che era presente è la madre di Sofia, la ragazza che sembrava strana mentre parlavamo di lui. La moglie dell'amico di suo padre è Mayte, l'editrice di Ale.»

Voglio sprofondare.

# CAPITOLO 33

## IL CROLLO

### Alessander

Esco di casa fischiettando, sono euforico perché con Valentina è stato tutto meraviglioso, per la prima volta da quando l'ho incontrata mi chiedo se comincio a provare qualcosa per lei. È un po' strano perché non ho mai provato nulla di romantico per un'altra che non fosse Barbara. Non dico che sia amore perché, dopotutto, ci siamo appena conosciuti, ma è una sensazione, è divertente, è fantastico vedere come sta sbocciando Valentina dopo averla vista così sfiorita.

Decido di andare in moto alla casa editrice, per vedere se finisco presto e posso fare un pisolino prima di andarla a prendere. Stasera voglio che sia speciale, voglio che Valentina si diverta. È arrivato il momento di parlarle del romanzo, anche se i giorni che ci eravamo prefissati non sono ancora trascorsi, abbiamo già superato di molto le pagine della bozza e credo sia ora di continuare da solo. Ma mi solleva il pensiero che l'avrò accanto nel caso mi blocchi di nuovo, non sappia come proseguire o abbia bisogno di sostegno o ispirazione. La verità è che penso che questo sia il romanzo più speciale che ho scritto, non solo perché l'ho fatto a quattro mani, ma perché sembra davvero migliore dei precedenti della serie.

Nel complesso sono felice, ho dovuto toccare il fondo per riuscire a concentrarmi e poterlo fare di nuovo. Non sono mai stato convinto di scrivere gialli, la mia passione era l'epic fantasy, anche il contemporaneo, però ogni volta che ne ho parlato con Mayte, ogni volta che l'ho pregata di leggere uno dei miei manoscritti fantasy, ha detto di no. Non corrisponde al mio fisico, alla mia immagine, non avrebbe venduto, non gli ha nemmeno dato una possibilità, non ha nemmeno letto il titolo.

Poi volevo fosse una serie di quattro romanzi, *Crimini Irrisolti*, ma riunendoci dopo il trionfo del primo libro, mi ha detto che avrei dovuto prolungarla, non potevamo lasciarne solo quattro con il successo che stava avendo. Come se non avrebbero letto qualcosa di diverso, con nuovi personaggi, un'ambientazione alternativa o un approccio differente. È stata schietta, almeno dieci romanzi, e io ho firmato a occhi chiusi perché, nonostante tutto, stavo vivendo di scrittura ed era fantastico.

Mi ha spiegato come dovevo approcciarmi alla personalità dei miei protagonisti, ha eliminato intere scene in cui, secondo lei, erano più coinvolti del necessario...

Poi col tempo mi sono disilluso. Sì, i miei romanzi vendono molto, mi pagano il mutuo, la macchina e tutti i miei lussi, ma non è esattamente quello che volevo fare.

Nonostante tutto ora sto bene, mi sento di nuovo bene, è stato incredibile poter lavorare con Valentina, avere qualcuno con cui discutere un approccio senza che fosse richiesto, come fa la mia editrice. Beh, dopo tutto è il suo lavoro. Le idee scorrono più velocemente con qualcuno che ti dà la spinta di cui hai bisogno.

Sorrido.

È andata bene.

Arrivo in ufficio e parcheggio la moto davanti alla porta. Quando vado alla reception vedo Catalina, lavora qui da quando i dinosauri popolavano la terra. È la migliore, senza dubbio, è efficiente, veloce, gentile, simpatica. L'ultima volta che sono passato era in vacanza, quindi non ci parliamo da un po'.

«Buongiorno Catalina! Come sta la donna più bella di tutta Maiorca?»

Catalina alza lo sguardo dalla tastiera del computer e sorride, mi avvicino a lei e l'abbraccio, lei mi bacia sulla guancia.

«Posso sapere cos'hai combinato adesso?»

«Io?» chiedo perplesso, confermando i miei sospetti che qualcosa non va.

«Sì, hai fatto incazzare qualcuno, non so esattamente chi, ma Mayte ti aspetta con i direttori nel suo ufficio.»

Alzo le spalle perché non ne ho idea.

Io, in ogni caso, entrerò facendo il ruffiano, cosa in cui sono bravo. Busso prima di entrare nell'ufficio di Mayte.

«Buongiorno, cara. Hai fatto qualcosa ai capelli? Sei radiosa oggi.»

Mayte sorride, è un sorriso finto, ci conosciamo da tanto. Stringo la mano ai due dirigenti, Juanfra e Miguel. Non li vedevo da molto tempo. Ci scambiamo alcune frasi di cortesia ma sono tesi, quindi taglio corto e smetto con l'adulazione, meglio arrivare al punto.

Ci sediamo intorno alla tavola rotonda delle riunioni e Mayte comincia a parlare.

«Ale, Juanfra e Miguel hanno letto la bozza che ci hai dato e concordano con me che è il migliore di tutti i romanzi che hai scritto per noi finora.» Sorrido, ma siccome nessuno dei tre mi risponde, l'espressione si gela sul mio viso e resto in attesa. «La verità è che è stata una bella sorpresa perché hai passato un brutto periodo, sai che avremmo dovuto pubblicare questa storia molto tempo fa e che siamo in ritardo.»

«Nessun problema» la interrompo. «Presto sarà pronto, non voglio azzardare dicendo che a fine agosto potremmo iniziare il processo di editing... Sto facendo tutto il possibile per correggere gli errori, per farlo bene e in fretta.»

Miguel, quello con cui vado più d'accordo in tutta la casa editrice, china il capo, gli altri due mostrano un'espressione imperterrita.

«La verità è che... il romanzo è molto bello. E l'hai scritto in tempo record, dieci giorni fa mi hai detto che non avevi scritto nulla e all'improvviso ti sei presentato e mi hai dato la bozza.»

«Mi hai dato una buona tirata d'orecchie, che mi sono meritato ovviamente» aggiungo prima che mi morda o qualcosa del genere. «Non so, non volevo perdere tutto quello che ho ed ero disposto a tutto, a fare tutto il necessario per concentrarmi subito.»

«Sì.» È l'unica cosa che aggiunge e sento il bisogno di continuare a spiegarmi, come se dovessi giustificare perché faccio il mio lavoro, quello per cui vengo pagato.

«Una volta trovato il filone della storia tutto si è snodato, infatti oggi avrei molto di più da darti.» L'espressione di Mayte mi fa incazzare. «Non ti sto mentendo, è vero, se vuoi puoi venire a casa con me e te lo dimostrerò.»

«La tua assistente non sarà lì?»

«La mia cosa? Non ho un gatto, non c'è nessuno in casa in questo momento.»

Aggrotto la fronte senza sapere dove andrà a parare.

«La rossa dell'altro giorno...»

«Oh, ok, capisco cosa intendi.» Comincio a incazzarmi ma decido di dare spiegazioni, anche se non dovrei. «La rossa si chiama Valentina. Io e Barbara ci siamo lasciati e...»

«Ale, sappiamo che quella ragazza ha scritto il libro per te» dice Miguel rovinando il gioco di Mayte, che gli lancia uno sguardo omicida perché a quanto pare voleva farmi sudare fino a farmi confessare, come se fossi un assassino e lei il poliziotto cattivo.

Per quanto mi pesi, in questo momento non so cosa dire.

«Non solo assumi una persona per fare il tuo lavoro, ma hai anche talmente poco cervello da farglielo raccontare in giro senza nemmeno accorgetene. A te può sembrare molto divertente, perché la rossa te la scopi. Scrive e ti succhia il cazzo, due cose al prezzo di una.»

Apro la bocca, se mi avesse preso a pugni mi avrebbe fatto meno male. Mayte continua a parlare senza trattenersi.

«Questo danneggia noi più che te, siamo un'azienda seria, una casa editrice seria. Non so da dove ti sia venuta questa pessima idea, ma è la decisione peggiore che tu abbia mai preso.»

Juanfra mi porge una cartelletta.

«Cos'è questo?» Chiedo. Sono rovinato, fottuto.

Sorpreso, deluso e incazzato. Nessuno mi risponde, quindi la apro.

«Lì puoi vedere il licenziamento in tronco da parte della casa editrice.»

«Cosa?»

Dev'essere uno scherzo, una bella tirata d'orecchi in modo che non combini più casini. Non possono licenziarmi. Guadagnano un sacco di soldi dai miei romanzi. La mia mente viaggia alla velocità della luce.

Valentina ha scritto (con il mio aiuto) un romanzo migliore di tutti gli altri della serie.

Valentina ha spifferato tutto.

Valentina ha fatto tutto questo per ottenere un posto nella casa editrice perché è più brava di me. Lo sa lei, lo so io e anche i dirigenti che ho qui davanti, compresa Mayte, la rompipalle dell'anno.

Fa male.

Fanculo. Fa male.

«Com'è evidente» continua Mayte «non pubblicheremo il resto della serie, ma tieni presente che, finché possediamo i diritti dei romanzi già pubblicati, non puoi sfruttare nulla che abbia a che fare con la serie, i suoi personaggi, le loro trame... Assolutamente niente. Hai firmato l'esclusiva con noi e questo continuerà, anche se rompiamo l'accordo per continuare a pubblicare i quattro romanzi mancanti.»

Cerco di leggere il documento ma non ci riesco, ho le lacrime agli occhi perché potevo aspettarmi di essere tradito da chiunque, anche da uno di coloro che ho davanti nonostante tutto il tempo in cui li ho considerati parte della mia famiglia, ma non mi sarei mai aspettato la pugnalata alle spalle di Valentina.

La voce sommessa di Miguel, che a quanto pare è l'unico dei tre a non divertirsi alle mie spalle, mi riporta alla realtà.

«Ti consiglio di non firmarlo adesso. Portalo a Julien e...» Un altro sguardo omicida, questa volta di Juanfra, fa tacere Miguel.

«Ok, sì. Hai ragione. Lo porterò a Julien e ne parleremo. Tutto questo mi ha colto di sorpresa» spiego, cercando di essere il più onesto possibile.

Mi alzo, sto soffocando, ho bisogno di uscire, ho bisogno d'aria.

«Aspetta... per favore siediti, non abbiamo finito» mi ferma Mayte, addolcendo il tono. «Suppongo che tu immagini che non possiamo lasciar correre, voglio dire che questo non significa che ognuno può andare per conto suo, una volta restituito l'anticipo. Per il bene dell'immagine della casa editrice, dobbiamo farti causa.»

«Farmi causa?» Sto impazzendo. «Farmi causa per cosa esattamente?»

«Per aver compromesso l'immagine della casa editrice, per danni, insomma.»

«Non ci posso credere» mormoro.

«La denuncia è in fondo alla cartelletta» continua Juanfra. «Visto che stai per vedere Julien, è meglio che lo aggiorni su tutto.»

«Grazie.»

Prendo la cartelletta, mi alzo ed esco dall'ufficio. Faccio un paio di respiri cercando di non crollare e quando oltrepasso Catalina, lei mi sorride.

«La tirata d'orecchi è stata troppo forte questa volta?»

«Ecco...» rispondo e cerco di sorridere. Non è colpa sua quello che è successo, non me la prenderò con lei, non lascerò che abbia una cattiva impressione di me l'ultima volta che mi vede. Perché ci tengo, è stata importante per me, lo sarà sempre. Mi avvicino e l'abbraccio. «Buona estate, mia cara, goditi i tuoi nipotini.»

«Grazie, caro.»

Sorride sorpresa perché mi conosce, mi conosce da tanti anni e per quanto io voglia nasconderlo, sa che c'è qualcosa che non va, ma non me lo chiede. Meglio.

Le do un altro bacio e me ne vado.

Ho bisogno di chiarire un po' di cose prima di andare a casa di Julien, il mio amico è già abbastanza incasinato perché io vada a sfogare le mie pene su di lui.

Guido la mia moto per ore. Quando il cellulare mi vibra in tasca mi rendo conto di quanto è tardi. Non so nemmeno dove mi trovo. Accosto e tiro fuori il telefono dai pantaloni.

SANTA VALENTINA
*Com'è andata con Mayte? Le hai detto che sei a buon punto con il romanzo?*

Penso che non sia il caso di risponderle, sono già caduto abbastanza in basso per oggi. Spengo il telefono e riavvio la moto, guido finché non trovo una deviazione e riesco più o meno a intuire dove sono.

Mi dirigo a casa del mio amico. Oggi tocca a me rompergli le palle. Non so se riuscirà a tirarmi fuori da questo casino, immagino di no, ma non resterò a guardare. Quella Santa Valentina del cazzo me la pagherà.

# CAPITOLO 34

## HO BISOGNO DI AIUTO

### Valentina

Sento delle voci in cucina, devono essere le ragazze. Non so che ora abbiamo fatto sul divano del mio soggiorno, lamentandoci degli errori che avevamo commesso. Io, perché non avrei dovuto dire a Becca del contratto, anche se è mia figlia. È solo una ragazzina e le do più responsabilità di quante dovrebbe averne. E per il resto è evidente.

Lea ha sopportato la situazione come una campionessa e alla fine della serata le ho chiesto di fermarsi per la notte. Era troppo tardi per tornare a casa e il mio letto è grande. Siamo andate a dormire ma non mi sono addormentata finché la luce del sole non ha cominciato a fare capolino dalla finestra.

Anche Yadira e Becca non hanno dormito molto perché le ho sentite parlottare dalla mia stanza, alzarsi per andare in bagno, poi in cucina e così via tutta la notte. Alessander non ha dato segni di vita, quindi non è molto difficile capire che sa già tutto e che, dopo l'incontro con Mayte, non posso sperare di rivederlo.

Non ho voglia di alzarmi, avrò dormito a malapena un paio d'ore, ma non riesco a dormire, non posso, mi gira solo la testa. Non so come sistemare le cose, penso che lascerò passare qualche giorno per dare l'opportunità ad Alessander di venire a parlare con me quando gli sarà sbollita la rabbia, dev'essere davvero incazzato.

Improvvisamente penso se potrò mettere questa nuova esperienza nel curriculum, perché ho perso il lavoro, questo è sicuro.

Un'ora dopo, quando è evidente che le due chiacchierone non stanno zitte, che qui non ha dormito nessuno la notte scorsa e tanto meno adesso con il sole che picchia su tutte le finestre della casa, sento bisogno di un caffè, extra lungo, extra large ed extra dolce.

Mi alzo dal letto e vado subito in cucina, prima il caffè e poi, se necessario, la doccia. Prendo il cellulare, controllo se Ale ha ricevuto i miei messaggi, ma no, continuano ad apparire come non letti. Non voglio pensare che mi abbia bloccato.

Alzo la testa dal telefono mentre arrivo in soggiorno e rimango esterrefatta quando vedo Julien che chiacchiera con Lea e diverse tazze di caffè vuote sul tavolo.

«Ciao, Valentina.»

La sua faccia non promette niente di buono. Non voglio pensare che possa essere successo qualcosa ad Ale, non me lo perdonerebbe mai. Deglutisco e mi siedo accanto a Julien, non riesco ancora a dire una parola. Lea si alza e mi versa una tazza di caffè quasi fino all'orlo.

«Grazie» mormoro.

«Ho chiesto a Julien di aspettare che ti svegliassi, so che non hai dormito tutta la notte, ti ho sentito girarti e rigirarti nel letto.»

«Grazie» ripeto.

«Meglio che vi lasci soli, ok? Vado a farmi una doccia.»

Julien e io annuiamo e Lea se ne va. Non ci sono altri rumori, quindi le ragazze o non ci sono o finalmente sono riuscite ad addormentarsi e non hanno sentito il nuovo arrivato. Lo guardo senza dire niente, sorseggio il mio caffè aspettando la botta.

Julien apre la valigetta su un lato del tavolo e tira fuori una cartelletta. Sospira.

«Mi dispiace, Valentina. Io... non so se riuscirò a fargli ritirare la denuncia. Hai firmato un accordo di riservatezza e assegnazione dei diritti e non l'hai rispettato.»

«Sì, capisco» mormoro con un groppo in gola perché ciò che temevo è diventato realtà.

«No. Non capisci» esclama, serio. «È molto grave. Ti giuro, Valentina, farò tutto ciò che è in mio potere per far ritirare ad Ale la denuncia, ma sei fottuta. Secondo il codice penale, la violazione di un accordo di riservatezza è punibile con la reclusione fino a quattro anni o con multe esorbitanti.»

«Prigione? Posso andare in prigione?» Iperventilo. Mi sono svegliata di colpo.

«Respira. Respira, Valentina.» Julien mi fa girare sulla sedia per guardarlo in faccia, mi prende per le braccia e mi fissa negli occhi. «Non succederà.»

«Ma… io…»

«Lo so. Lea mi ha spiegato tutto, cose da ragazzine che sono sfuggite di mano. Valentina, capisci che non posso difenderti. Ale è mio amico, è come un fratello, l'unica cosa che posso fare è cercare di farlo rinsavire, però capisci che lui… ha perso tutto.»

«Come?»

«La casa editrice lo ha licenziato e lo ha denunciato per danni. Deve restituire i soldi dell'anticipo e probabilmente, per come stanno le cose, alcuni dei suoi beni saranno pignorati per coprire il risarcimento.»

Mio dio. Non posso crederci.

«Devo fare qualcosa.» Mi alzo. Devo pensare a qualcosa. Mi porto le mani al viso mentre cammino nervosa avanti e indietro. «Io... non so, potrei parlare con la sua editrice. Lo so, possiamo provare a capovolgere le cose e dire che ero il suo coach o che ne so, una di quelle cosa moderne che si usano oggi.»

«È tardi, Valentina.»

«In realtà io non ho scritto il libro per lui, Ale ha scritto molto più di me. L'ho solo... aiutato a iniziare, a concentrarsi e a pianificare. Io…»

«Lo so, ma è troppo tardi.»

«Ale non se lo merita.» Mi sfugge una lacrima.

«Non dispiacerti per lui, se la prenderà con te. Ti odia, ha escogitato nella sua testa un complotto tra te e Mayte per sbatterlo fuori dalla casa editrice e tenere tutti i suoi soldi. Tu entri come il nuovo gioiello della casa editrice e pubblichi best seller che vanno a ruba, Mayte si sbarazza di lui e tutti sono contenti.»

«Cosa?» Mi risiedo, meglio perché mi tremano le gambe. «Ma se io fino a due mesi fa facevo l'insegnante, non conoscevo Mayte, non ho mai avuto interesse a pubblicare un romanzo con un editore. Questo per me era solo un intrattenimento per dimenticare che mio marito mi aveva tradita e che ho perso tutto.»

«Mi dispiace.» Julien mi tiene la mano per cercare di calmarmi. «Cercherò di allungare le procedure fino a quando l'atmosfera si sarà calmata un po' e poi parlerò con lui.»

«Grazie, Julien. Non ti preoccupare.»

Julien mi porge un biglietto.

«Prendi il mio numero, l'ho dato anche alla tua amica. Per favore, fammi sapere se hai bisogno di qualcosa e quando hai un avvocato dagli il mio contatto, per vedere se possiamo risolvere il problema tra di noi raggiungendo un accordo prima di andare in tribunale.»

«Come può dubitare così di me?» Non riesco a togliermelo dalla testa, non capisco. «Io... non so, lui mi conosce, credo che poche persone mi conoscano così bene, nonostante il poco tempo che abbiamo iniziato a lavorare insieme. E noi... non so se te l'ha detto, ma noi... Cazzo...»

Mi scendono le lacrime, non ho la forza di contenerle o di asciugarle. Mi sono detta un milione di volte che Ale poteva distruggermi, che quell'uomo mi avrebbe fatta a pezzi. Nonostante tutto, l'eccitazione, la voglia di sperimentare, la voglia di stare con qualcuno di nuovo, bello, sexy, che mi guardava come se fossi la sua oasi nel deserto.

Mi sono fatta prendere la mano e... ora ne devo pagare le conseguenze. Capisco che è arrabbiato, perché hanno investito molto su di lui, ma tutto questo mi sembra esagerato.

«Tranquilla» mormora Julien, aumentando la stretta della sua mano sulla mia.

«Accidenti... sono stata solo una in più...»

Fa male.

Anche se mi era già chiaro che con lui non potevo aspirare a qualcosa di più oltre al sesso, non posso evitare di sentirmi spezzare dentro. Perché la sfiducia, il fatto che non sia venuto lui stesso, che non abbia cercato di parlare della questione, che non mi abbia chiesto spiegazioni... vuol dire che non si fida di me, non si è mai fidato di me.

Quello che è successo è comprensibile, no? L'ho detto solo a mia figlia, perché vivo con lei, mi fidavo di lei, in realtà continuo a farlo anche se ha sbagliato, perché siamo tutti umani e tutti abbiamo la nostra parte di colpa.

Julien scuote la testa ma io annuisco.

«Sì, Julien. Solo una in più. E mi sono detta centinaia di volte prima di caderci che poteva essere solo sesso, che... meglio che non entri nei dettagli. Mi era chiaro che non potevo avere sentimenti, che era un errore. E pensavo di esserci riuscita, ma ieri se n'è andato con un bacio e non l'ho più sentito. Tutto quello che è successo mi fa male. Mi fa male che una casa editrice che ha scommesso su di lui quando nessuno lo conosceva, gli abbia sempre tarpato le ali e non si sia fidata di tutto quello che poteva fare. E che ora gli abbia dato un calcio. Perché cercavano l'occasione perfetta, non lo sopportavano più. Però non posso fare a meno di leccarmi le ferite, pensavo che noi fossimo qualcosa di più, che insieme fossimo speciali, forti, meravigliosi... ma no, sono stata solo una in più.»

Julien scuote di nuovo la testa. Non ha una bella faccia. Per lui questo è un brutto affare. Alessander è suo amico, non dovrebbe essere qui a sopportare le mie lamentele. Inoltre so che ha i suoi problemi e che le cose non stanno andando bene nella sua vita privata.

Così alla fine resto zitta, afferro la cartelletta e mi alzo, invitandolo gentilmente ad andare così che smetta di sopportare questo che nemmeno lui si merita.

«Allora vado, è meglio. Parleremo quando la situazione si sarà calmata, va bene?» Annuisco. Julien si dirige verso la porta di casa mia, ma prima di aprirla si volta. «Non lo conosci. Non sai un cazzo di lui. Non posso biasimarti e nemmeno lui. Perché l'hai incontrato solo da pochi giorni. Ti sei lasciata trascinare dalle apparenze, dal suo aspetto sicuro e ti sbagli del tutto.»

Lo guardo confusa, senza capire niente.

«Devi dirmi qualcosa?» gli chiedo perché stare in silenzio non mi aiuterà in questo momento, meglio chiarire qualunque cosa sia.

«La verità è che Ale era un ragazzo insicuro, senza molti amici. Ha lottato con le unghie e con i denti per il suo sogno, per costruire la sua autostima e per scrivere, scrivere come se non ci fosse un domani... Quello che ha perso era tutta la sua vita. Non ha più niente, Valentina, niente per cui combattere.»

«Non dirlo...»

«Non è l'uomo sicuro di sé che tu credi, è solo un uomo normale, un essere umano che si nasconde dietro a un linguaggio volgare, dietro ai muscoli costruiti con ore di palestra per nascondere tutte le sue insicurezze, tutte le sue paure sotto quella maschera da sbruffone. E ha sbagliato, ovvio che ha sbagliato. Il suo primo errore è stato non rendersi conto prima che Barbara, la sua ex fidanzata, la sua unica ex fidanzata da quando aveva ventidue anni, aveva smesso di amarla molto tempo fa. Perché per offrire il suo cuore a qualcuno, a chiunque, aveva bisogno di amare se stesso per primo e credimi se ti dico che non ci è ancora riuscito del tutto. E sì, forse col tempo è diventato un po' un despota, egoista, egocentrico... Tutti gli appellativi che puoi immaginare, ma chi sono io per giudicare qualcuno che sta solo lottando per sopravvivere? Quindi fidati di me quando ti dico che Ale non ti ha mai trattata come una donna qualunque.»

Non capisco un cazzo.

Julien se ne va e io resto sul divano a rimuginare tutto quello che mi ha detto, con la cartelletta che non sono riuscita ad aprire dove c'è la denuncia. Non ho idea di come risolverò tutto questo casino.

La prima volta che ho visto Ale, quando ha aperto la porta del suo appartamento dopo avermi fatto aspettare sul pianerottolo per una decina di minuti, ho pensato tante cose su di lui: che faceva un po' schifo, che puzzava, che aveva problemi con l'alcool e probabilmente anche con la droga, che era un maiale, un irresponsabile...

Poi sono passati i giorni e quando la sua casa era decente e anche lui, ho pensato che Ale potesse avere tutto quello che desiderava, che con quel sorriso e quelle labbra avrebbe ottenuto qualsiasi cosa, che era un playboy pronto a lanciarsi su chiunque. Ho pensato che fosse un despota disilluso dalla vita, che fosse un egoista che pensava solo a se stesso...

Apparenze. Che mania tremenda ha l'essere umano di giudicare dalle apparenze. Nonostante tutto, si è aperto con me dal primo giorno, mi ha raccontato cosa ha fatto per la sua famiglia, cosa ha combattuto per loro.

Ale mi ha incoraggiato a volare. Mi ha fatto riflettere senza pressioni, senza giudicare come ho deciso di vivere la mia vita, ma incoraggiandomi a prendere decisioni che rendessero felice me prima di chiunque altro.

Poi mi ha dimostrato che era capace di impegnarsi, di stare seduto giorno e notte davanti al portatile, di fare un buon lavoro.

Non mi hai mai parlato della sua ex. La sua unica ex? E non capisco perché, in nessuna delle tante occasioni in cui gli ho fatto capire cosa pensavo di lui riguardo alle relazioni, non mi ha corretta, non mi ha raccontato la sua storia, non si è aperto con me. So solo che quando mi sono presentata a casa sua il primo giorno del conto alla rovescia per salvargli il culo, si erano appena lasciati.

Non posso odiarlo, nonostante la denuncia, dopotutto sono stata io a violare il nostro accordo e a mettere fine a tutti i suoi sogni.

Becca arriva e si siede accanto a me. Ha paura. Scommetto che ha sentito tutto o la maggior parte di ciò di cui abbiamo parlato. Non dice niente. Mi stringe solo la mano. So che si sente in colpa, ma è solo una ragazzina, non posso incolparla per questo. Io aggiusterò le cose. Di sicuro. Ho bisogno di aiuto. Questo è chiaro.

Sospiro e prendo il cellulare prima di comporre un numero. Le sue parole risuonano nella mia testa: "se hai bisogno di qualcosa, io ci sarò sempre anche per te". Sospiro, lui ha delle conoscenze e potrà darmi una mano.

«Sì?»

«Javier?»

# CAPITOLO 35

## NESSUN PROBLEMA

### Alessander

«Grazie, Martín.»

«Va tutto bene, ok? È solo un momento. Tutto passerà, ti farà bene cambiare un po' aria e forse questo ti aiuterà ad ambientare un romanzo.»

Lo guardo senza dire una parola. A dire il vero mi è passata la voglia di tornare a scrivere.

Penso che la decisione migliore che ho preso sia stata quella di agire in fretta. Devo restituire l'anticipo all'editore e non ho tanti soldi, se mi pignorano non avrò soldi per sopravvivere. Quindi ho deciso di chiamare un amico che lavora in un'agenzia immobiliare per mettere in vendita il mio appartamento il prima possibile. Dopo due settimane ha trovato un acquirente e mi daranno un bel po' di soldi. Potrò pagare quel che resta del mutuo, anche ciò che devo all'editore e spero l'importo per il processo più la multa che mi daranno per diffamazione. Suppongo che mi resteranno abbastanza soldi per comprare un semplice monolocale in qualche angolo dell'isola.

Posso trasferirmi vicino a mio fratello, ci sto seriamente pensando, per ora dormo sul suo divano. Se mi trasferisco sarò vicino alla famiglia, potrò vedere più spesso mia nipote Lola, che fino ad ora ho sempre chiamato piccola principessa. Si vede che la conoscevo molto poco, se devo scegliere un personaggio Disney che le somiglia direi Vaiana. E non ha niente a che vedere con il fatto che sia il cartone animato per bambini che ho visto di più da quando avevo otto anni e che, mio malgrado, conosco a memoria perché mia nipote l'ha messo ben duecentotrentadue volte in questi quindici giorni, senza esagerare, non si stanca mai. Quando mi ha detto che somiglio al dio muscoloso che appare nel film, ho pensato che fosse perché sono forte, alto, con i capelli lunghi. Invece no, a quanto pare è perché entrambi brontoliamo sempre e siamo di cattivo umore, che carina. Poi mi ha fatto cantare duecentotrentadue volte (le stesse che l'ho visto, se non si capisse), tutte le canzoni. Mia nipote è uguale alla protagonista, testarda come lei, audace e le piace il mare, sembra un pesce, bisognerebbe vederla su una tavola da surf. Con il padre che ha, non mi sorprende nemmeno.

La mia idea è di rimanere in questa zona, non solo per avere la mia famiglia accanto, ma anche per la comodità di essere vicino alla spiaggia dove, per il momento e se non mi licenzia, lavorerò con mio fratello nel campus estivo. Non mi sembra una cattiva idea, i bambini non dovrebbero essere così difficili da gestire, giusto? Mi innervosisce il fatto che quando ho fatto la stessa domanda a mio fratello lui ha riso, mi ha dato due colpetti sulla schiena, poi ha riso ancora ed è andato a dormire nella sua stanza. L'ho sentito ridere per molto tempo prima di addormentarmi.

È un sollievo avere un lavoro e avere risolto il problema finanziario, almeno le basi. Il prossimo passo sarà vendere la moto e altri miei lussi. Terrò la macchina perché mi piace e ne avrò bisogno. Nei prossimi giorni, nel mio appartamento (ex appartamento, in realtà), mi dedicherò a suddividere le cose necessarie di cui non voglio liberarmi, poche in realtà. E chiederò a Julien di occuparsi del resto per la vendita.

Nei giorni successivi mi sono ritrovato con una manciata di scatoloni nel garage di mio fratello e molti giorni di sveglia alle sette del mattino con i baci bavosi di mia nipote. Mi sento morire ma non mi sono lamentato nemmeno una volta.

Sono le due e non riesco a dormire, non riesco a togliermi dalla mente l'idea su cui Julien insiste.

«Non essere così duro con lei, l'ha detto solo a sua figlia e la ragazza se l'è lasciato sfuggire, è stata solo sfortuna.»

Non so se ha ragione o no, tutto quello che so è che mi è mancata ogni fottuto giorno dal giorno C (C sta per catastrofe, voglio essere un po' drammatico per oggi).

Continuo a girarci intorno.

Vedo mio fratello entrare nella stanza.

«Non riesci a dormire?» Scuoto la testa. «Una birra?» Annuisco.

Si siede accanto a me, porgendomi una bottiglia. Bevo un sorso, è molto fredda, deliziosa.

«Grazie, Martín, per tutto quello che stai facendo per me. Tu sei il mio fratellino e forse dovrebbe accadere il contrario, ma sei tu quello che mi sta salvando la pelle.»

«Sai che sacrificio, avere un babysitter ogni volta che ce n'è bisogno e un aiutante nel negozio e nel campus. Per non parlare di un adulto con cui discutere di cose da uomini, sport, confronti stupidi, scommesse ed errori di gioventù.» Faccio una risata. «Sono felice, davvero, ma devi tornare a scrivere. Non ti ho visto prendere in mano il computer per tutto il tempo che sei stato qui.»

«Non mi va. No... non ne vale la pena, Martín.»

Mi incita senza tanti riguardi con tutta la sua buona volontà, mi ha colto con le difese abbassate perché in un altro momento, per riflesso, l'avrei colpito con un pugno che gli avrebbe fatto saltare almeno due denti.

«Ne vale sempre la pena. I sogni valgono sempre la pena. Non pensare troppo a quello che è successo, forse avevi bisogno di un cambiamento, forse la tua vita non stava andando bene e te lo stava urlando. Devi solo trovare la tua strada verso una nuova direzione, Ale, lascia che il tuo istinto ti guidi.»

«Julien dice...»

«Julien è il più intelligente della famiglia, quindi qualunque cosa dica ha sempre ragione.» Ovvio, altrimenti non avrebbe scelto questa famiglia di matti con cui crescere. Mio fratello si alza e mi dà un paio di colpi sulla coscia. «Prova a dormire, altrimenti domani non riuscirai a reggere venti ragazzini nel pieno del fermento ormonale della pubertà.»

Annuisco. «Grazie. Per tutto.»

Martín mi abbraccia e va a dormire.

Prendo il telefono, so che è tardi, ma non esito a digitare il messaggio.

ALESSANDER
*Ritira la denuncia, per favore. Ti devo la vita.*

Vado a dormire. Che sia stato o meno premeditato, che sia stato o meno un macabro progetto di cacciarmi dalla casa editrice e prendere i miei soldi e il mio posto, ciò che è chiaro è che non vale la pena perdere altro tempo a pensarci, crogiolandomi nell'odio e nel dolore. Forse è il momento di accettare i miei errori e andare avanti, come un adulto normale.

Quando la sveglia non è ancora suonata, mi sveglia un messaggio sul cellulare.

JULIEN
*Fatto. Tranquillo. Tutto bene.*

ALESSANDER
*E tu come stai? Sono stato un egoista e non te l'ho chiesto.*

JULIEN
*Bene. Tutto perfetto. Sto bene.*

Alzo le sopracciglia, sorpreso dall'entusiasmo. Fino a pochi giorni fa sembrava volesse morire.

ALESSANDER
*Cosa mi sono perso? Quel "perfetto" ha un nome e un cognome?*

Per un secondo vado nel panico pensando che potrebbe essere Valentina. La ragazza che rende tutto perfetto, senza dubbio, può essere lei.

JULIEN
*Certo che sì.*

Non chiedo di più perché vado nel panico, vado in iperventilazione, perché li vedo già sposati con figli. E io sono lì in mezzo, sentendomi il più stronzo del pianeta per aver rovinato di nuovo tutto.

JULIEN
*Però dai, non è niente. Solo qualcuno che mi piace e mi diverte.*

ALESSANDER
*Va bene, Julien, divertirsi va bene per dimenticare tutto il resto.*

JULIEN
*Ale.*

ALESSANDER
*Dimmi amico.*

JULIEN
*Sei uno stronzo.*

ALESSANDER
*Sì, me l'hanno detto.*

JULIEN
*Non è Valentina.*

All'improvviso sospiro e faccio uscire tutta l'aria, come mi conosce quel bastardo. Mi sfugge una risata e scrivo.

ALESSANDER
*Cazzo, che sollievo.*

JULIEN
*Idiota! So che tieni a quella donna molto più di quanto tu voglia ammettere. Però la tua vita è un casino, amico.*

ALESSANDER
*Sono io quello che usa le parolacce, però è vero, buon riassunto, va tutto di merda.*

JULIEN
*No, non tutto è una merda, devi solo concentrarti, Ale. Concentrarti. Sono qui se hai bisogno.*
*Ti lascio, provvederò a ritirare la denuncia.*

ALESSANDER
*Grazie.*

Non mi dilungo oltre, spero che sappia a cosa mi riferisco con tutto.

# CAPITOLO 36

## NON MI ARRENDERO'

### Valentina

«Ho la sensazione di vivere un dejà vu.»

«Cosa vuoi dire?» chiede Lea, sdraiata sul mio divano con una ciotola di popcorn mentre guarda una serie Netflix di cui si è appassionata. Sembra non abbia una casa perché si è sistemata nella mia ed esce a malapena da quindici giorni. Faccio un gesto per minimizzare.

«Mamma, sul serio, per favore...»

Becca non va oltre, ma so cosa si nasconde dietro alle sue parole. E nel mio cervello si ripete tutto quello che è successo giorni fa con Javier e Rosalía. È buffo che l'iceberg contro cui mi sono schiantata in modo che la mia vita colasse a picco prima di affondare come il Titanic (sono un bomba con gli eufemismi, non si può negare), cioè Rosalía, si sia presentata a casa mia il giorno in cui ho chiamato il mio ex per chiedere aiuto. Immagino abbiano visto l'occasione ideale, il punto debole di cui avevano bisogno per affrontarmi e seppellire l'ascia di guerra.

«Siamo adulti, è successo e dobbiamo andare d'accordo per il bene della bambina» ha esclamato Javier.

«La bambina compie diciotto anni domani, papà» ha protestato mia figlia. Quella cosa di andare in camera sua a giocare con le bambole mentre io e suo padre discutiamo delle cose importanti è finita per sempre, adesso si intromette di continuo, ficcando il naso ovunque. «Non usarmi come scusa.»

«Non ti sto usando, è la verità. Siamo una famiglia e continueremo ad esserlo, anche se io e mamma siamo divorziati.»

«Sì, sono d'accordo con te, però no.»

«Il posto è ancora tuo, smettila con tutta questa follia di trovare una nuova strada, di fare cose nuove... Perché sono passate solo poche settimane e questo non ti ha portato a nulla di buono.»

Ho rifiutato, assolutamente determinata.

«Non essere testarda, io ci passo appena dall'istituto, non dovrai vedere la mia faccia tutti i giorni» è intervenuto Javier.

L'ho guardato imbronciata e con le braccia incrociate.

«E nel caso capiti per motivi di lavoro, Valentina, sappiamo mantenere le formalità e lo faremo. Torna a scuola. Non si trova facilmente un'insegnante come te, che si impegna come hai sempre fatto. I ragazzi ti adorano, ti rispettano, li sai motivare, li sproni. Non buttare via la tua carriera per non affrontare qualcosa di inevitabile.»

«Questo non ti riguarda» sono scattata, indicandola.

Rosalía mi disgusta, tanto che la butterei fuori, anche se capisco le ragioni, anche se posso accettare che mio marito si sia innamorato di lei e che sono cose che succedono. Questo però non mi impedisce di odiarla con tutta me stessa e a quanto pare sono abbastanza scarsa nel fare finta di niente.

«Quindi?» È intervenuto Javier con tono gentile.

«È per me stessa, davvero. Non voglio tornare ad essere quello che ero prima, non voglio rimanere bloccata nella vita comoda che ho trascinato per anni senza sperimentare altro. Mi è andata male. Apprezzo che siate qui a sostenermi, che vi siate offerti di prestarmi dei soldi per far fronte alla multa che riceverò, che non sarà una cosa da poco. Ma non voglio tornare a scuola, almeno non ancora.»

La discussione è andata avanti per ore, per giorni, di persona, attraverso WhatsApp, al telefono. Prima con Javier e Rosalía e poi con mia figlia Becca, che a volte mi segue in bagno solo per continuare a tormentarmi con la stessa questione.

Lea si alza dal divano e va in cucina per lasciare la ciotola dei popcorn sul bancone, spero che pulisca il casino che ha fatto sul divano senza che io le debba dire niente.

«Lascia in pace tua madre, è abbastanza grande per prendere le sue decisioni.»

Sorrido perché Lea mi sostiene, non ha detto molto in proposito, non sembrava nemmeno esserci rimasta troppo male per il fatto che le avevo mentito su Alessander. Suppongo che abbia capito.

Mi è andata male. Su questo hanno tutti ragione. Però non voglio arrendermi. Becca sospira esasperata.

«È che... dannazione, mamma, non capisco. Questo è a dir poco irresponsabile, insensato, egoista...» Ogni sua parola mi colpisce come uno schiaffo, mi fa male.

Chiudo il portatile e mi alzo, mettendomi di fronte a lei.

«Da quanto ricordo ho sempre dato tutto per gli altri, Becca, do sempre il cento per cento a tutti e non è giusto.» Ricordo le parole di Ale, al momento mi avevano anche fatto male, ma aveva ragione. «Non è giusto perché non resta niente per me.»

Becca tace, guardandomi sorpresa. Per la mia espressione, il mio tono e la mia determinazione.

«Non mi arrenderò, mi dispiace. Sei adulta, non sei una ragazzina a cui addolcire la situazione in modo che non faccia male. Questa è la vita, è una sola. O la vivi o ti scivola tra le dita. E mi dispiace se ti sembra egoista, ma in questo momento non è nei miei piani tornare a scuola a insegnare perché dopo aver passato anni della mia vita a dare il cento per cento agli altri, è arrivato il momento di pensare a me stessa.»

«Significa che non sei mai stata felice con noi?» Percepisco il dolore in ogni sua parola.

«Certo che lo sono stata, Becca. Però quella fase è passata. Tuo padre non è più qui, si è innamorato, se n'è andato. Sei cresciuta, non hai più bisogno di me, ma sai chi ha bisogno di me?» Mia figlia resta in silenzio, guardandomi con gli occhi pieni di lacrime. Invece Lea sorride e mi fa un po' incazzare, non so cosa la faccia ridere, perché non ci vedo niente. «Io, Becca, ho bisogno di me stessa.»

«Io ho bisogno di te, mamma, ho bisogno di te ogni giorno della mia vita» sospira mentre le lacrime che tratteneva le scivolano lungo le guance. Abbasso la testa per non vedere cosa ho fatto. Che danno sto facendo. Non lo capisce e non riesco a spiegarlo meglio. «Capisco, mamma, davvero.» Sollevo lo sguardo. «Mi dispiace. Volevo solo vederti tranquilla, vederti stare bene. Ti appoggio, ok mamma? In qualunque cosa tu voglia fare, io ti appoggio.»

«In ciò che voglio?» Mia figlia annuisce. «Bene, è ora di scegliere quei bei tatuaggi, giusto?» Scherzo. Mia figlia ride e anche Lea. «Ho bisogno di un po' di tempo, ok? Voglio solo ritrovare me stessa.»

Becca annuisce e mi abbraccia.

«Devo andare.» Mi bacia e se ne va, ha appuntamento con la sua amica inseparabile.

«Sono molto orgogliosa di te» mormora Lea e mi abbraccia. Quando si stacca continua a parlare. «Tutto quello di cui hai bisogno è una scopata.»

«Ah no, niente del genere, non mi metterai in questi guai.»

Mi siedo davanti al portatile, perché Lea non smette di parlare, è single da due anni e continua a saltare da un appuntamento all'altro, non so se li colleziona ma questo non va bene per me. Comincia a parlarmi di tutti i suoi flirt, metodi e uomini con cui potrei uscire secondo lei, ma io la ignoro, sono troppo impegnata a cercare colloqui di lavoro.

Leggo un'offerta dopo l'altra, come faccio da ore, da giorni in realtà. Ancora una pagina e vado a fare la doccia. Ancora un sito web. Sono così dalle sette del mattino e sono già le sei di sera. Forse un bagno è assolutamente indispensabile e lo è ancora di più con il caldo, però questo è più importante per me al momento, mi lascio guidare.

«Dannazione» mormoro fermandomi davanti a un annuncio.

«Valentina. Valentina, ehi!» Volto lo sguardo verso la mia amica. «Guarda, mi fa accapponare la pelle.» La mia amica ha la pelle d'oca e me lo fa notare, però nulla di nuovo, mi parlerà di un cunnilingus o qualcosa del genere. Annuisco, ma guardo di nuovo lo schermo per rileggere ciò che ho visto. «Ogni volta che dici quella parola è come quando suonano i tamburi nel film *Jumanji*, non sai da dove arriverà la carica degli animali selvatici.»

Ridacchio quando elaboro quello che sta dicendo.

«Accidenti, è perfetto. Ascolta e smettila di delirare.» Faccio segno alla mia amica di stare zitta per una volta, non fa silenzio nemmeno sott'acqua. «Buone capacità di pianificazione e organizzazione, una persona in grado di lavorare con scadenze e sotto pressione. Doti creative, capacità di lavoro di squadra e leadership. Ottima conoscenza dello spagnolo... Potrei continuare a leggere tutto il pomeriggio, ma Lea, ti dico che sono io.»

«Vediamo, sorprendimi, per che lavoro è? Se mi dici escort mi viene un infarto.»

«Cosa? Ma sei matta?» La mia amica sta ridendo, ok era uno scherzo. «È un lavoro come agente letterario.»

«Valentina Álvarez, agente letterario, ex professoressa di lingua e letteratura spagnola ed ex ghostwriter. Mi piace.»

Suona il campanello di casa e guardo Lea in modo strano, non aspetto nessuno. Devo confessare che ogni volta che suonano alla mia porta spero che sia lui, che sia Ale, per parlare di tutto quello che è successo. Ma non lo confesserò mai a Lea o a mia figlia, a nessuno in effetti.

«Vado io» dice la mia amica con un sorriso.

Sorrido anch'io e giro la testa verso lo schermo del computer, mi batte forte il cuore e mi sento tremare.

Mi volto quando sento risate e sussurri e pochi secondi dopo appare Julien.

«Ciao!» lo saluto.

Mi alzo, dovrei essere spaventata perché Julien è l'avvocato di Alessander e da qualche settimana è portatore di cattive notizie. Tuttavia, come regola generale, parla con il mio avvocato, quello che mi hanno procurato Javier e Rosalía e che sta facendo tutto il possibile per salvarmi il culo. Ma non ho molta paura, perché la prima cosa a cui penso quando lo vedo è che avrò notizie di Ale. Sì, sono stupida, lo so.

Julien sorride.

«Vuoi bere qualcosa? Birra, caffè?»

«Il caffè va bene, grazie.» La mia amica va in cucina, lasciandoci soli, e Julien si avvicina per darmi due baci. «Come stai, Valentina?»

«Sto bene. Come sta Ale?»

«Sta passando un brutto periodo ma sta bene.»

Sorrido. Ok, allora posso ancora odiarlo per essere uno stronzo senza cervello e per aver dubitato di me quando io mi sono aperta con lui come non ho mai fatto con nessuno.

Chino la testa perché pensare a lui mi fa male, qualcosa in me va in mille pezzi e mi costa fatica anche respirare.

«Mi ha chiesto di ritirare la denuncia. Tutto è risolto.»

Alzo lo sguardo, completamente stordita.

«Veramente?»

Julien annuisce. «Ho pensato che fosse una buona idea venire a darti la notizia di persona.»

Julien si gira verso la porta da cui entra la mia amica, le strizza l'occhio e sorride malizio. È arrossito? Sono lenta di riflessi, non me n'ero accorta.

Lea sbatte le ciglia. No, anzi.... Gli fa la sua tipica sbattuta di ciglia e un formicolio allo stomaco mi impedisce di bere il caffè. Spingo indietro la tazza.

«Meglio di no, altrimenti non dormo.»

La mia amica mi guarda perplessa perché sa che sono dipendente dal caffè e che non dormo da troppe notti per preoccuparmene. Ma la mia testa va a mille. Immagino questi due insieme e non posso fare a meno di pensare che Julien e

Ale sono come fratelli e che se iniziano una relazione forse dovrò vederlo di tanto in tanto, con tutto ciò che implica. Non so se la cosa mi piace o no, sto ancora decidendo.

«Beh, io vado, sono solo passato a portarti buone notizie.»

«Ti piacciono le lasagne?» chiedo all'improvviso.

«Ehm, sì certo.»

«Vado a prepararle adesso, vuoi restare a cena?»

«Non mi hai appena detto che non avresti cucinato nulla neanche se ti avessi puntato contro una pistola e che potevo muovermi e fare qualcosa di utile? Perché a quanto pare essere qui come confidente delle tue sventure non è abbastanza utile per te» esclama la mia amica.

«Zitta, noiosa, sei proprio noiosa.»

Guardo Julien.

«Va bene, resto.»

«Vado a fare la spesa, allora. Vi lascio soli.» Batto le mani e mi dirigo verso la porta.

«Santo cielo, Valentina, non ti dico più di farti la doccia, ma almeno togliti il pigiama.»

«Sì, buona idea.»

Cammino all'indietro, come i granchi, con le guance arrossate. Perché mi sono appena accorta che indosso maglietta e mutandine, anche piuttosto sporche tra l'altro, e che Julien si sta divertendo a mie spese.

# CAPITOLO 37

## FAI COME SE FOSSI A CASA TUA, TORMENTO, LASCIAMI DORMIRE

### Alessander

«Sei sicuro, Ale? Può costarti un sacco di soldi» mi chiede il mio amico.

«Sì, sono sicuro.»

«Zio Ale...»

«Pensavo che volessi comprare un appartamento e smettere di vivere sul divano di tuo fratello.»

Sbuffo, perché la mia schiena è tutta storta dormendo su quel divano che è la metà di me, in larghezza e lunghezza.

«Zio Ale...»

«Sì, Julien, ne sono sicuro...»

«Zio Ale...»

Julien guarda la mocciosa che, in piedi su un gradino e armata di spazzola per capelli, trentadue ciocche rosa e altre trentadue con brillantini grigi, mi sta facendo da parrucchiera.

«Non guardarla, se le dai retta è peggio.»

«Ziiiioooo Aleee! Ti sento, accidenti!» Alzo gli occhi al cielo e mi giro da mia nipote, che sorride felice quando vede che finalmente ha tutta la mia attenzione. «Ho finito l'acconciatura, ora facciamo una foto per mandarla a papà.»

«Ma neanche per il ca...»

«Meglio di no, Lola, tuo zio ha una reputazione da difendere» interrompe Julien, che mi conosce bene e sa che mi uscirà una parolaccia.

«Non è bello?» Gli occhi di Lola si riempiono di lacrime.

Julien spalanca gli occhi e io sbuffo di nuovo. Il fatto di andarmene molto, molto lontano, è davvero allettante. Ma non posso.

Tiro fuori il cellulare dalla tasca e faccio un paio di selfie con mia nipote, che tira fuori la lingua facendo una smorfia. Poi li mando a mio fratello, per vedere se Lola si calma una buona volta e lascia parlare me e Julien. Questa cosina non dovrebbe fare un pisolino nel pomeriggio?

ALESSANDER
*Tua figlia mi sta ricattando emotivamente. È un'imbrogliona e una casinista.*

MARTIN
*Ahahah... la manderò alla mamma.*

Due secondi dopo, prima che io abbia il tempo di reagire, mio fratello allega la fotografia al gruppo familiare. Meglio risparmiare le risatine e le prese in giro, che stronzi.

«Sei felice, piccolo demonio?» Lola sorride e annuisce.

«Posso farti la manicure adesso, zio Ale?»

«Sei matta o cosa?»

Gli occhi del gatto di *Shrek*, lei mi fa i dannati occhi del gatto di *Shrek*.

«Ehi» interviene Julien, cercando di salvare quel poco di dignità che mi è rimasta. «Non vuoi vedere il film che ti piace tanto?»

Lancio uno sguardo assassino al mio amico, se Lola mi fa cantare un'altra volta *Tranquilla!* di *Oceania* mi butto dalla finestra.

Ma Lola già salta in piedi urlando: «Sì, sì, sì, sì» un milione di volte.

Sospiro e vado alla TV, le metto il film e poi vado in cucina, apro e chiudo mobili.

«Cosa stai facendo?» mi chiede Julien.

«Cerco qualcosa che mi salvi. Dammi un minuto. Ecco qui!»
Sorrido quando apro un cassetto e vedo i lecca-lecca giganti
che ho comprato per queste emergenze. Mi avvicino a Lola.
«Tesoro, se stai qui ferma e in silenzio a guardare il film
mentre parlo con Julien, ti regalo un lecca-lecca.»

Rido quando vedo la faccia che fa, è così espressiva e così
facile da conquistare. Mi alzo soddisfatto per aver raggiunto il
mio obiettivo. Vorrei che tutte le donne fossero così facili da
accontentare.

Aspetta... resto in mezzo alla stanza e guardo con
espressione corrucciata la mocciosa che se ne sta sdraiata, con
gli occhi lucidi, a guardare l'inizio del film con il lecca-lecca
infilato in bocca, nonostante sia molto più grande.

«Ehi, tu.» Mi rivolgo a lei, che sussulta al tono della mia
voce. «Non permettere mai a nessun uomo di imbrogliarti con
trucchi del genere, capito? Non puoi lasciare che la facciano
franca…» sbotto incazzato.

«Eh?» Mia nipote alza un sopracciglio senza capire
assolutamente nulla di quello che sto dicendo.

«Ale... Ale, lascia in pace la bambina, santo cielo, e vieni
qui. Ho fretta e non c'è tempo.»

«Scusa, hai ragione.»

Mi siedo accanto a Julien, pronto a risolvere subito la
questione. Sono convinto, non c'è bisogno di pensarci ancora,
voglio ottenere i diritti della serie per poter pubblicare da solo il
libro che ho scritto con Valentina.

Julien mi guarda preoccupato, poi dà un'occhiata a mia
nipote e alla casa.

«Ale... se vuoi puoi venire a casa mia. Non è grande come la
tua e non è sulla spiaggia come questa, ma sarai tranquillo e
solo per molto tempo, potrai scrivere.»

«Resto qui per il momento.»

Mi ci sono volute alcune ore per convincere il mio amico
che questa non è un'autopunizione, che in realtà la sto
prendendo come una vacanza, una disconnessione dal mondo

fantastico in cui vivevo, un contatto con le responsabilità. A mio fratello, quello che mi ha salvato il culo e mi ha offerto il suo divano per dormire, torna utile che io sia qui a occuparmi della bambina quando entrambi hanno i turni di lavoro nello stesso momento, senza dover dipendere da nessuna agenzia di baby-sitter. E Lola, anche se è matta e una manipolatrice nata, mi piace.

Sono giorni che non parlo al telefono con nessuno. Né con Pedro, la festa e il delirio sono esclusi in questo momento, né con Barbara, che suppongo sia già sistemata per iniziare la sua nuova vita. Con nessuno della casa editrice, ovviamente, né con le decine di giornalisti che mi chiamano in continuazione né con Valentina... Ho risposto al telefono solo a Julien e a mia madre. Se mi venisse in mente di non rispondere intenzionalmente a mia madre mi farebbe cadere i capelli, è brava e molto simpatica, ma ha un carattere che fa paura.

Mezz'ora più tardi Julien esce e pochi minuti dopo Lola si addormenta sul divano. Finalmente. Finalmente un momento di tranquillità. Prendo una birra e vado in terrazza a berla. I panorami dalla casa di mio fratello sono impressionanti, incredibili, è bello vedere il tramonto da qui, bellissimo.

Quando finisco la birra la piccola sta ancora dormendo profondamente, forse dovrei svegliarla così che stanotte si addormenti presto, faccio troppo pochi danni da quando sono qui, lasciare che i suoi genitori facciano un po' festa mi sembra piuttosto divertente.

Quando arriva mia cognata, la bambina si è già lavata, è in pigiama e seduta al tavolo della sala da pranzo a disegnare.

Un'idea mi passa per la testa e non ci penso troppo. Do un bacio sulla guancia a mia nipote, un altro a Virginia, prendo lo zaino con quello che mi serve ed esco. Non vado molto lontano, mi sistemo su alcuni scogli a strapiombo sulla spiaggia. Prendo il portatile dallo zaino e lo accendo per la prima volta da quando è successo tutto. Ora il tradimento fa un po' meno male, perché mio fratello mi ha sottolineato così tante volte che la mia vita aveva bisogno di un cambiamento che ci sto credendo. E Julien ha insistito fino alla nausea che è stata solo sfortuna, niente di premeditato. Ma non so più come risolvere le cose, infatti non c'è una soluzione.

Apro il file. Il nostro file e decido di rileggere tutto il lavoro. Mi fermo alle note e rido per quanto sia meticolosa Valentina. Ci passo ore, finché non smetto di sentire il culo perché le rocce non sono molto comode e io ho già una certa età.

Sorrido quando mi viene in mente un'idea. Mi alzo e scrivo a mio fratello per avvertirlo di non aspettarmi alzato. Guido a lungo e suono il citofono. Julien non mi apre, è strano.

Guardo l'ora. Sono le undici passate, starà dormendo e se lo sveglio mi uccide. È meglio che vada in un hotel. Quando mi giro pensando a un piano B sento la voce del mio amico.

«Ale?»

Non ha poteri paranormali, mi vede dalla telecamera, nel caso qualcuno se lo stesse chiedendo.

«Scusa, non mi ero accorto che fosse così tardi. Non preoccuparti, continua a dormire, me ne vado.»

La porta si apre, dopo il tipico bip.

«Sali.»

Chiamo l'ascensore. Meglio, perché se andrò in bancarotta a breve non sarò nelle condizioni di pagare alberghi. Guardo il cellulare, niente di particolare, sono perso nei miei pensieri, in attesa che arrivi l'ascensore. A quest'ora della notte impiega più tempo del solito.

Quando si apre e alzo la testa vedo una donna bruna, molto carina, i suoi vestiti sono tutti spiegazzati, i bottoni allacciati male e ho tempo di notare tutto questo perché lei è rimasta in piedi con la bocca aperta a guardarmi.

Ha le labbra gonfie e i capelli in disordine. Ridacchio perché è lenta a reagire.

«Beh... buona notte» balbetta.

«Buonanotte» rispondo. Sarò educato e sarò indiscreto. Quando entro in ascensore, la sfacciata si volta per continuare a guardarmi. Sto per dirle di chiudere la bocca, che le sta per entrare una mosca e invece... «La tua camicetta è abbottonata male, nel caso non te ne fossi accorta.»

Quando le porte dell'ascensore si chiudono, canticchio come Maui in *Oceania*. Mi sfugge una risatina.

Appena raggiungo l'appartamento del mio amico lo vedo in boxer e spettinato. Poveretto, l'ho svegliato.

«Mi dispiace.» Congiungo le mani per scusarmi.

«Va tutto bene, entra. E quel sorriso?» mi chiede, sorpreso.

«Niente, ho incrociato una ragazza che deve aver avuto la scopata della sua vita e abbiamo avuto un incontro un po' curioso.»

«Quanto curioso?»

Il mio amico fa il broncio. Ok, non sta scherzando, l'ho svegliato. Gli racconto velocemente quello che è successo e rilassa un po' l'espressione.

«Posso prendere in prestito il tavolo e la sedia della tua sala da pranzo?»

Julien sorride, il suo viso si illumina.

«Certo, nessun problema.» Indica la porta e si gira per tornare a letto.

«E la tua caffettiera?»

«Nessun problema.»

«E la tua doccia?»

«Ma sì, cazzo, quello che vuoi.»

«E dei vestiti? Ho portato solo il portatile.»

Il mio amico si gira, alza gli occhi al cielo e mi fa un gestaccio prima di voltarsi e dirigersi verso la sua stanza.

«Fai come se fossi a casa tua, tormento, lasciami dormire.»
Sorrido.

# CAPITOLO 38

## ANDIAMO A FESTEGGIARE!

### Valentina

Lea, questo demonio che ho come amica, si è sistemata davanti al mio armadio e sta facendo pulizia. Dice che quei vestiti che indosso da vent'anni per insegnare hanno una cattiva aura.

Questa è crudeltà nei miei confronti.

Io, intanto, mi ritrovo tra disgusto e dolore, non mi è chiaro.

«Quello non buttarlo via!» esclamo con la bocca piena di gelato.

La tengo d'occhio dal mio letto, con una vaschetta di gelato da due chili e un cucchiaio da minestra, sto diventando viola, davvero. Sono un fascio di nervi da alcuni giorni.

Dopo i due colloqui che ho avuto con l'agenzia letteraria e diversi test, sono cinque giorni che aspetto una risposta. Cinque giorni di tormento in cui non dormo, non faccio altro che mangiare e sono isterica.

Quando ci sono andata la prima volta e ho visto la quantità di persone che aspettavano di essere intervistate, mi è caduto il mondo addosso. Non pensavo che sarei durata nemmeno quindici minuti nell'intervista e che mi avrebbero detto: "Va bene, basta così. Le faremo sapere." Invece mi sono trovata bene con Gabriel, il proprietario dell'agenzia, e con Alba, sua moglie e capo dello staff. Abbiamo parlato molto, mi sono sentita a mio agio. Anche se non avevo speranze, in fondo la mia esperienza in questo campo è nulla, mi hanno chiamata di nuovo e ho fatto un altro colloquio... Ogni volta che sono andata in agenzia per un nuovo colloquio o prova c'erano meno candidati, ma ancora parecchi. Non pensavo che così tante persone fossero interessate a un lavoro del genere, forse nella mia mente avevo una visione distorta del mondo letterario, perché diciamo che il mio ultimo lavoro è stato molto facile da ottenere.

Quindi eccomi qui, dopo cinque giorni dall'ultima prova. Almeno, Gabriel e Alba mi hanno promesso che sarebbe stata l'ultima e che mi avrebbero chiamata al più presto per comunicare la loro decisione, sia affermativa che negativa, e sto morendo d'angoscia ad aspettare che squilli quel telefono e questa incertezza abbia fine, nel bene o nel male.

La mia amica ha deciso che nel frattempo dobbiamo fare qualcosa di utile, come ripulire il mio armadio per creare spazio e andare a fare shopping nel caso ottenessi il lavoro tanto atteso. Non ho voglia di buttare via i miei vestiti o comprarne di nuovi, ma in parte so che ha ragione, quindi faccio da spettatrice vigilando quello che fa.

«Non essere noiosa, questo è di dieci anni fa, è del tutto fuori moda.»

Brontolo. Per fortuna mi ha lasciato gli indumenti principali. Jeans, magliette, camicette, giacche, qualche gonna.

Il mio cellulare suona, è accanto a me, sul letto.

«Sta squillando» dico e metto in bocca un'altra gigantesca cucchiaiata di gelato.

Mi guarda con gli occhi spalancati.

«E non hai intenzione di rispondere?» chiede incrociando le braccia e alzando un sopracciglio.

«Non conosco il numero.»

«Valentina, santo cielo!»

Lea si avvicina, mi strappa la vaschetta e il cucchiaio che ha già raccolto un'altra montagna di gelato e che stava per arrivarmi dritto in bocca.

Metto il broncio quando vedo che prende il mio cellulare, fa scorrere il dito sullo schermo per rispondere e mi porge il telefono.

«Sì?»

«Valentina? Sei occupata? Sono Alba.»

Tossisco un po' perché ho ingoiato tutto quello che avevo in bocca, che non era poco, per poter parlare ed è, come suggerisce il nome, congelato.

«No, no Alba. Dimmi.»

«Lunedì alle otto ti voglio in ufficio.»

Mi crolla il mondo addosso.

«Un'altra prova?»

Invece che per un'agenzia letteraria sembra che lavorerò per la NASA.

Alba ridacchia, suppongo per il mio tono indignato.

«No. Niente più prove. Il posto è tuo.»

Mi alzo sul letto e comincio a saltare, gesticolando. Lea, che mi vede, si mette a saltare e ad applaudire.

«Valentina?»

«Sì, sì, ci sono. Grazie. Lunedì alle otto ci sarò.»

Saluta e riattacca. Io urlo, Lea urla, io urlo di più e Lea ancora di più, finché non arriva Becca e urla, applaude, salta.

«Perché siamo così felici?» Chiede qualche secondo dopo e ridiamo forte.

Le tendo la mano per stringerla.

«Ciao, sono Valentina Álvarez, agente letterario.»

Mia figlia mi prende per mano e si avvicina per abbracciarmi.

«Andiamo a fare shopping!» dice Becca.

«E a festeggiare!» esclama la mia amica.

«Sì! A festeggiare!» Becca salta felice.

Per quattro ore mi hanno fatto provare i vestiti nei negozi, come *Pretty Woman*. Ma sono io quella che paga, queste due sono proprio al verde.

Ci fermiamo a prendere un caffè perché sono esausta, non ce la faccio più e vedo Lea che continua a guardare il cellulare e sorride, continua a digitare finché urla:

«Abbiamo un piano! Ed è una sorpresa, non ti dirò niente.»

Alzo gli occhi al cielo, sorrido e mi lascio andare.

# CAPITOLO 39

## VALENTINA SPLENDE

### Alessander

Julien è imbronciato, accanto a me, aspettando che io finisca di scrivere perché è venuto a parlarmi tre volte e in tutte e tre le occasioni ho alzato il dito per dirgli di aspettare un minuto. Ma forse ho bisogno di più, un'ora, un giorno, una settimana... chi lo sa?

«Alessander, vuoi ascoltarmi per una volta?»

«Perché? So cosa stai per dirmi, la risposta è no.»

«No a cosa?»

«Non esco a cena con te, non voglio andare al cinema, non mi va di andare a bere qualcosa e non voglio neanche riposarmi.»

Il mio amico sbuffa e grugnisce.

«Sei bloccato lì da giorni senza mollare il portatile.»

«Non eravate tutti convinti che io dovessi sedermi e scrivere? Dov'ero rimasto?»

Mi passo le mani tra i capelli, incazzato, perché ho già perso la concentrazione su quello che stavo scrivendo. Sono talmente vicino alla fine, non riesco a fermarmi, non ora.

«Non ci potrebbe essere una via di mezzo?»

«Lasciami in pace per un po', ok?»

L'amicizia è così, senza mezze misure, quella confidenza che toglie ogni ritegno.

Julien afferra la sedia dove sono seduto e la gira, facendomi finire di fronte a lui.

«Ascoltami bene, dammi retta per una cazzo di volta, o ti rimando a casa di tuo fratello a guardare i film Disney e lascerò che tua nipote Lola ti usi come modello per esercitare le sue abilità di parrucchiera.»

Sbuffo.

«Ti ascolto.» Sorrido falsamente e incrocio le braccia, aspettando che il mio amico pronunci il sermone che mi aspetta.

«Sei venuto a casa mia, ti sei presentato alle undici di sera di un giorno qualunque e io ti ho aperto perché casa mia è casa tua, per me sei come un fratello. Non sai quanto mi rende felice vederti scrivere, ma dannazione non fai altro che indossare i miei vestiti senza mutande, che schifo, resterò senza pantaloni corti che non voglio bruciare.»

Scoppio a ridere.

«Non ho avuto il tempo di andare a prendere i miei vestiti...»

«Non importa, Ale, non importa. Però tu scrivi e basta. Quando mi alzo, quando vado a letto, quando esco di casa, quando torno... tu sei sempre lì, incollato allo schermo. Non so quando dormi, non so quando mangi...»

«Sto solo finendo, amico.»

«Non sai nemmeno cosa farai con quel romanzo. Dopo aver speso metà dei tuoi risparmi rimanenti, sei riuscito a riavere i diritti sulla serie, anche se ancora non ti restituiscono i romanzi di cui hanno i diritti. Quale editore ti pubblicherà una serie già iniziata?»

Mi stringo nelle spalle.

«Non assillarmi, amico. Ecco... io ne ho bisogno, devo chiudere il cerchio.»

Il mio amico alza gli occhi al cielo.

«Va bene, ascoltami. Basta per oggi.» Sbuffo e quando cerco di protestare, il mio amico continua a parlare. «Stanotte io e te faremo festa, per smuovere un po' le acque.»

Mi copro il viso con una mano e me lo strofino.

«Dio, sei fuori fase.»

«Va bene, divertiamoci, flirtiamo con qualche ragazza carina e compiacente...»

«Sì, e la porto sul tuo divano, per scoparla qui con te come testimone.»

«Smettila di protestare.» Julien mi dà il mio telefono, non so nemmeno per quanti giorni è rimasto spento, non l'ho caricato e non mi aspetto chiamate da nessuno. Julien ha parlato con Martín in modo che sappia che sono ancora vivo e che ho preso una minivacanza dal lavoro. Vantaggi di essere il fratello del capo. «Accendi il telefono, chiama Pedro e digli che stasera andiamo al Luxury e che ti riserverà l'area VIP.»

Sgrano gli occhi. Il mio amico non vuole mai venire con me al Luxury, dice che è pieno di merda e che le ragazze che ci vanno fanno paura. Non ho voglia di niente ma glielo devo, credo.

Salvo il file che ho sullo schermo e spengo il computer. Dovrò passare a casa di mio fratello per prendere dei vestiti perché mi rifiuto di uscire a festeggiare con quelli di pessimo gusto che Julien ha nell'armadio.

Julien sorride e lo vedo prendere il cellulare e digitare qualcosa. Forse stasera conoscerò la sua donna misteriosa, non mi ha detto nemmeno il nome, non mi ha detto dove l'ha incontrata e se è riuscito a riavvicinarla. Questo piano inizia a piacermi.

Quando arrivo a casa di Martín, Lola è a braccia conserte, non mi parla perché sono sparito da giorni e non aveva nessuno che cantava con lei mentre guarda *Oceania*. L'ho riportata in buona con un paio di moine e un sacchetto enorme di gelatine, per cui ho preso un rimbrotto da mia cognata. Preparo velocemente lo zaino mentre parlo un po' con mio fratello e torno a casa di Julien.

Improvvisamente mi piace davvero il piano. Stasera esco, mi stacco da tutto, mi ubriaco e mi lascio coccolare da una delle ragazze che ci provano sempre. Mi servirà un po' di sollievo e anche scopare mi sarà utile.

«Accidenti, amico, sembri un altro!» esclama Julien quando mi vede uscire dal suo bagno.

Protesta da due ore che ci sto mettendo troppo, ma c'era parecchio da sistemare. I miei capelli erano arruffati e annodati ed era passato troppo tempo da quando mi ero tagliato e aggiustato la barba. E poi era essenziale radersi le palle, per quello che potrebbe succedere, giusto?

Sorrido. Era tanto tempo che non mi sentivo in pace con me stesso. Non ho idea di cosa ne sarà della mia vita, se continuerò con il progetto di lavorare per mio fratello o se tornerò a scrivere con naturalezza, senza forzarmi, come ho sempre fatto, anche se ancora non ho una casa editrice che mi sostiene. Di qualcosa dovrò vivere, questo è certo, ma non è il momento di pensarci. Stasera è meglio che mi stacchi da tutto.

Ci beviamo qualche birra prima di prendere un taxi che ci lascia davanti alla porta del Luxury. L'ultima volta che ci sono entrato tutta la mia vita è andata a puttane, forse è un buon punto di ritorno, da stasera sarà tutto diverso.

«Che mi venga un colpo!» Pedro urla e viene ad abbracciarmi. «Come stai? Pensavo fossi malato perché non avevi mai passato così tanto tempo senza tornare.»

«Sto bene.» Rido e ricambio l'abbraccio del mio compagno di bagordi.

«Dai, ti offro da bere.»

Va dietro il bancone e mi racconta che la stampa si è presentata per diversi giorni dopo lo scandalo e che li ha cacciati ogni volta.

«Io credo in te, amico, tu vali oro. La trappola che ti hanno teso è stata pessima e aggiunta a Barbara e a tutto…»

«Preferirei non parlarne oggi, davvero» chiudo la questione.

«Gin tonic?» Annuisco. Lo vedo muoversi da una parte all'altra dietro il bancone. Pedro è il proprietario del locale, di solito non serve bevande, per questo ha cinque ragazze e cinque ragazzi tra i più sexy e amichevoli ogni sera, ma quando vengo mi tratta sempre come una persona speciale. «Posso servire lo stesso anche alle ragazze?»

Mi volto verso il punto che Pedro sta indicando e vedo Julien che parla con una bruna. Il suo viso mi ricorda qualcosa, mi sfrego gli occhi cercando di ricordare. Non sono molto bravo a rammentare i nomi, ma di solito me la cavo bene con le facce e quella ragazza... Accidenti! Quella è la ragazza che ho incontrato nell'ascensore dell'appartamento di Julien, con i vestiti spiegazzati e abbottonati male, il giorno che ho invaso il suo appartamento!

Rido ad alta voce. Julien è un vero amico, perché io non gli avrei aperto o, nel migliore dei casi, l'avrei cacciato.

«Sì, va bene» rispondo a Pedro, che mette altri bicchieri sul bancone.

«È maggiorenne, vero? Non voglio finire nei guai.»

Sono impegnato a prendere in giro il mio amico, il modo in cui guarda la bruna, come sorride e come lei gli risponde. A tal punto che la ragazza ha sentito il mio sguardo e mi ha strizzato l'occhio perché evidentemente mi ha riconosciuto. Così non mi sono reso conto subito di chi c'era con lei.

Il sorriso scompare dalle mie labbra quando la vedo. Anche lei sorride e parla con Julien, quindi suppongo sia sua amica. È bellissima, è così dannatamente seducente che per un attimo resto senza fiato, il cuore mi batte forte e le mani iniziano a sudare.

Il vestito che indossa si adatta a ogni sua curva e quello spacco che si apre a metà coscia è così sexy che il mio cazzo freme. Non ha un trucco esagerato, non ne capisco molto, ma è sottile, il che la rende ancora più bella perché Valentina non ha bisogno di nulla per essere splendida, lo è già da sola.

Splende. Valentina splende.

Resto dove sono, osservando e bevendo dal mio bicchiere. Julien guarda nella mia direzione un paio di volte, mi sta dando il tempo e lo spazio di cui ho bisogno, non mi sta forzando perché mi avvicini, cosa che non ho intenzione di fare. Non è una buona idea.

Accanto a Valentina c'è Becca, sua figlia, che le tocca il braccio e le sussurra qualcosa all'orecchio. Poi lei alza la testa nella mia direzione, sorride brevemente e all'istante il suo sorriso svanisce.

Il mio mondo va in pezzi quando tutto quel bagliore che splendeva pochi secondi prima svanisce e un'espressione triste si dipinge sul suo viso. Mi dispiace essere così stronzo. Mi dispiace non averle parlato quando è saltato fuori tutto, tanti giorni fa. Mi dispiace di essere stato solo un altro idiota che l'ha distrutta. Ora è troppo tardi.

Mi rendo conto che Pedro mi sta parlando, ma non ho sentito un cazzo di quello che ha detto, quindi lo guardo e annuisco, lui ride e io sorrido. Quando torno a guardare Valentina, mi sembra un po' meno tesa.

Appena entrato nel Luxury, mi sono detto che oggi sarebbe stato il giorno del ritorno, il giorno in cui correggere gli errori, eliminare tutta la merda che ho vissuto, tenermi ciò che è buono e andare avanti. Ovviamente non contavo di incontrare Valentina. Non è il tipo da feste. Avrei voluto essere il primo a portarla a ballare dopo che aveva rotto con la sua vecchia vita, ma non è stato possibile. Sono più preoccupato per il fatto di essere stato il primo a distruggerla dopo che aveva rotto con tutto quello che le era successo prima, non mi perdonerò per questo ed è chiaro che nemmeno lei lo farà. E mi è ancora più chiaro quando, con spavalderia, prendo un paio dei bicchieri che Pedro ha servito e mi avvicino con la scusa di darli alle ragazze. Appena Valentina guarda nella mia direzione e comprende le mie intenzioni, tocca il braccio dell'amica, si avvicina al suo orecchio e due secondi dopo si volta e se ne va di corsa. Becca la segue e la sua amica, la bruna che non si stacca dal mio amico, mi guarda con aria triste.

Ingoio il nodo in gola e la lascio andare. Ha tutto il diritto di andarsene, di non volermi vedere, di essere arrabbiata, ma io non posso continuare a pensarci, macerandomi per i miei errori.

Quindi, con il mio sorriso finto, offro il bicchiere alla donna che accompagna Julien prima di dirle:

«Wow, vedo che oggi sei riuscita ad abbottonarti la camicetta.»

# CAPITOLO 40

## AVREI DOVUTO IMMAGINARLO

### Valentina

Sicuramente uscire a festeggiare non fa per me. In piedi, a parlare a voce alta perché la musica non ti permette di sentire, con un caldo insopportabile che ti soffoca, mentre la gente ti passa intorno sgomitando. No. Non fa per me. Ma mi stavo divertendo, in realtà, osservando l'espressione di Lea, vedendo come guarda Julien. Perché anche se non vuole riconoscerlo sono sicura che sta morendo per lui.

Avrei dovuto immaginarlo.

Avrei dovuto capire che sarebbe arrivato non appena ho visto il nome del luogo in cui stavamo per entrare.

Avrei dovuto immaginarlo appena ho visto Julien, che non sarebbe andato lontano.

Nonostante ciò, non mi aspettavo di alzare la testa e trovarlo lì, che mi guardava con un'espressione indecifrabile.

Per un attimo sussulto perché, mio dio, è più bello che mai. È davvero bello. Tutte le ragazze intorno lo guardano, sospirano, sorridono.

E giuro che morivo dalla voglia di vederlo, giuro che dal momento in cui è scomparso dalla mia vita non ho pensato ad altro che a lui, alla sua risata, a tutto quello di cui abbiamo parlato, quanto quest'uomo ha saputo sorprendermi, tutto quello che mi ha fatto sentire con una semplice carezza, uno sguardo, un bacio.

La mia mente è stata ossessionata per tanti giorni, tante notti con domande che non mi hanno lasciata dormire. Cosa sarebbe successo se non fosse scoppiato il disastro? Sarebbe andata bene? E non intendo solo il romanzo, ma noi. Io e Ale, insieme.

Pensavo fosse un donnaiolo senza sentimenti, che non fosse in grado di mostrarmi nulla, ma da quando Julien mi ha aperto gli occhi mi sono chiesta innumerevoli volte se sentiva le farfalle nello stomaco ogni volta che ci vedevamo o una corrente elettrica gli attraversava la pelle quando ci toccavamo. Mi sono chiesta migliaia di volte se quel gesto, quello sguardo, rivelasse molto più di quanto avrei voluto, ma non ho trovato una risposta, non ce n'è più una né ha senso pensarci.

Alessander, in pochi giorni, mi ha insegnato tante cose, la prima è che devo amare e rispettare me stessa sopra ogni cosa. E sto imparando, sto cercando di metterlo in pratica perché non mi ci è voluto molto per capire che aveva ragione, che ero l'unica a poter guarire le mie ferite, che ho tutto ciò che mi serve per essere felice e che la felicità non può dipendere da nessun altro se non da me stessa, che sono padrona del mio destino e che devo smettere di fare le cose per il bene degli altri, che devo pensare di più a me stessa.

Abbasso la testa, faccio un respiro profondo e lo accetto. Mi sono già perdonata per i miei errori.

Mi sono già perdonata per averlo giudicato.

Mi sono perdonata per essermi lasciata trasportare senza pensare troppo.

Mi sono perdonata di essermi illusa come una quindicenne per qualcosa che non aveva senso, perché non puoi innamorarti di qualcuno che non conosci, e Ale è un perfetto estraneo per me.

Mi sono perdonata di aver sbagliato e di aver violato l'accordo di riservatezza.

Mi sono perdonata per avergli distrutto una vita per un dannato errore che mi è sfuggito di mano.

Quindi non sono pronta a sopportare rimproveri. Quando vedo che sta arrivando nella nostra direzione, mi passano per la mente tante immagini di come può finire la serata e nessuna è bella. In tutte finisco per piangere e non voglio, cazzo, non voglio. Adesso comincio ad essere felice. Non gli permetterò di affondarmi di nuovo per un errore.

«Per favore, Lea, tu resta ma io devo andare, ok? Resta e domani mi racconterai tutto.»

E scappo, corro, esco di lì perché mi manca il fiato, perché il mio corpo trema.

Becca mi prende la mano quando siamo fuori e non dice niente, so come si sente, ma non è colpa sua, è successo e basta. Alessander Boneta ha dovuto attraversare la mia vita per insegnarmi a volare e io ora ho chiuso quel capitolo.

Chiamo un taxi, perché in zona non ne vedo. Mi guardo indietro un paio di volte, temendo e insieme anelando di vederlo uscire da quella porta in cerca di me, perché forse così potrei pensare che ci tiene, che ciò che è arrivato a provare per me è più forte di quello che è successo dopo, che forse non mi ama, perché non mi conosce, ma è disposto a farlo: a scoprirmi e ad amarmi.

Ale non esce.

E io perdono me stessa, ma non perdono lui per avermi fatto piangere di nuovo.

# CAPITOLO 41

## CHIUDENDO IL CERCHIO

### Alessander

Scrivo. Le mie dita volano. Sento un mormorio intorno a cui non presto attenzione. Non riesco a staccare la faccia dallo schermo e le dita dalla tastiera.

Un'immagine mi è rimasta impressa nella mente, l'espressione triste di Valentina mi ha spezzato dentro, i suoi occhi spenti, le sue labbra serrate. Devo farlo per togliermela dalla testa, per togliermi tutto dalla testa, per non pensare a Mayte, alla casa editrice, a Barbara, alla mia casa, a quello che ho perso, a tutti gli errori che ho commesso.

Continuo a scrivere, ancora più velocemente.

E faccio un respiro profondo quando finalmente, tasto dopo tasto, la parola "Epilogo" appare davanti ai miei occhi. Fisso lo schermo, respirando a fatica, come se avessi corso una maratona. Sento il petto alzarsi e abbassarsi, ansante. Le mie dita tremano un po', i muscoli sono tesi.

Il fastidioso mormorio si fa più forte.

«Non sa nulla, vero?» Una voce di donna sussurra dietro di me.

«No, è concentrato. Può scattare anche l'allarme antincendio che non si muove da lì fino a quando i vigili del fuoco non vengono a portarlo via di peso.»

«Ma è lì da quando siamo arrivati ieri sera, non si è mosso nemmeno per pisciare, la sua vescica starà per scoppiare.»

Chino la testa, cercando di smettere di ascoltare, cercando di immergermi in queste ultime pagine che devo scrivere, nei miei personaggi, nell'ultima scena che ho creato, meravigliosa, perfetta.

«Vuoi mangiare qualcos'altro?» Le chiede il mio amico cambiando discorso, cosa che apprezzo. Vediamo se trovano un nuovo argomento di conversazione che non sia io.

«Mmh... se ti dico cosa voglio mangiare adesso...»

«Fanculo! Che schifo!» grido. «Andate in un hotel, accidenti.»

Julien e Lea ridono forte.

«Dai, andiamo in camera mia. E tu, Ale, mangia qualcosa, fai pipì, cacca, dormi... Non so, fai altro che non sia premere tasti, fai paura.»

Brontolo e mi alzo per andare in bagno, perché in effetti ha ragione, sto per pisciarmi addosso. Per mangiare invece passo, non ho fame. Quando torno a sedermi davanti al computer la stanza è deserta e le loro voci non si sentono più. Rimetto le dita sulla tastiera e volano di nuovo.

Poche ore dopo vedo quella parola tanto attesa: "Fine".

«Non ci posso credere, ce l'ho fatta!» Alzo la voce, e ricordo che sono ancora a casa del mio amico. «Accidenti, che cazzo di sollievo!» sussurro e sorrido.

Vado in frigo per una birra, devo festeggiare.

«Fine, fine, fine, fine, fine…»

Questo è difficile da capire, perché leggerlo non è la stessa cosa, ma sto canticchiando a bassa voce e lanciandomi in un ballo.

La casa è buia, silenziosa. Non so quante ore sono stato incollato al computer, visto il dolore alla schiena direi tante.

Finisco la mia birra, stavo morendo di sete e ne prendo un'altra prima di andare sul balcone. È meglio che resti lì per un po' finché l'ebbrezza svanisce, altrimenti vado a svegliare quei due e magari iniziano a fornicare di nuovo.

Crollo su una sedia e quando dico crollo intendo dire che piango, piango come un bambino.

«Ma cazzo, Alessander» mi rimprovero qualche minuto dopo. «Sei alto due metri e pesi cento chili, accidenti. Sembri un ragazzino. Non è normale.»

«Oh, ok, sei uno di quelli che pensano che piangere sia da ragazza.»

Faccio un salto quando sento una voce dietro di me, mi giro e vedo la bruna, a braccia conserte, appoggiata allo stipite della porta del balcone.

«No, piangere non è da ragazza, è da debole...» borbotto, incazzato per l'intrusione.

Chi ha dato voce in capitolo a questa donna?

Passa e si siede accanto a me, mi strappa la birra di mano e ne beve un lungo sorso.

«Ehi, quella è mia.»

Le mie sopracciglia sono imbronciate e lei ridacchia. La ragazza è carina, devo ammetterlo. Solleva le gambe sulla sedia e si appoggia allo schienale. Prende un altro sorso di birra e chiude gli occhi, alzando la testa, godendosi la brezza di aria fresca che scorre a quest'ora.

«Mi chiamo Lea.» Apre gli occhi e mi guarda, sono molto chiari, non so se azzurri, ma con questa luce lo sembrano, ha gli zigomi alti e le labbra carnose. Devo essere mezzo morto, non capisco perché non mi stia eccitando con questa immagine. Lei è mezza nuda, accanto a me, ma no, il mio cazzo non reagisce. «Julien ed io abbiamo... beh, ci siamo divertiti.»

«Sono contento, aveva bisogno di scopare» borbotto incazzato.

«E io pure, ragazzo. Sai cosa?»

«Mi insegni una lezione di vita?»

Rido per vedere se la spavento e mi lascia in pace.

«Sì e sei fottuto, altrimenti dormiresti a quest'ora, come le persone normali.» Alzo un sopracciglio. Pensavo che avrebbe chiuso il becco per buttarsi di nuovo nel letto del mio amico. Invece no, è ancora accanto a me, che sorride e beve la mia birra. Gliela strappo dalle mani per darle un sorso. «Il pianto non è da deboli. Piangere guarisce.»

Continua a parlare, sta facendo chiacchiere del cazzo.

Che incubo, perché non se ne va e mi lascia in pace? Voglio restare solo per godermi questo momento. Mi guardo le dita, come se lì potessi dare un senso a quello che ho appena fatto. Ho digitato la parola "fine". Ho finito. Cazzo, ho chiuso il cerchio. Ora posso iniziare a considerare cosa fare dopo.

«Sì, va bene, quello che dici tu.»

«Hai finito, vero?» La guardo senza capire. «Il romanzo che stavi scrivendo con Valentina, l'hai finito?»

Annuisco e abbasso la testa, improvvisamente le piastrelle del pavimento mi sembrano davvero interessanti. Il solo sentire il suo nome mi produce un fremito che dalle dita si diffonde su tutta la mia pelle. E tutto all'improvviso mi torna in mente: i suoi occhi tristi, le sue labbra serie, la sua espressione delusa...

«È stato difficile.»

Intendo tutto, quest'ultimo anno in generale, toccare il fondo, essere consapevole che stavo sbagliando tutto, perdere tutto e scontrarmi con la realtà. Per assimilare questo dovevo smettere di incolpare gli altri e ammettere i miei errori, fare ammenda, cercare una nuova strada.

Tutto quanto.

Tutto è stato difficile.

«Lo posso immaginare.» Sospira e si stringe le gambe, alza la testa guardando le stelle. «Se è stato così complicato iniziare questo progetto al punto da avere bisogno di aiuto, immagino che non fosse facile. Assumere qualcuno, pagare qualcuno, non so nemmeno quanto, perché lo facesse per te dev'essere stata una decisione complicata.»

«Accidenti.» Cazzo, sono uno stronzo. «Lea?» Annuisce senza capire cosa mi sta succedendo, abbassa le gambe, si mette sull'attenti. Forse pensa che mi stia venendo un attacco di cuore o qualcosa del genere. Come potrei dimenticare? Merda. Merda. Merda. «Ho bisogno che tu mi faccia un favore.»

# CAPITOLO 42

## IMPARANDO A VOLARE

### Valentina

Dopo un paio di giorni abbastanza deprimenti, lunedì mattina mi sveglio emozionata, con la voglia di affrontare questo nuovo progetto che mi si presenta davanti.

Appena arrivo in agenzia, Alba e Gabriel mi spiegano come funziona l'azienda e quale sarà esattamente il mio lavoro di agente letterario. Inizieremo a esaminare, leggere, approcciare e bussare a qualche porta per alcuni nuovi autori. Poi, a poco a poco, passeremo ad altri. L'agenzia ha già ottimi rapporti con editori rinomati e alcuni più piccoli, ma che funzionano molto bene. Organizziamo anche gli impegni in modo che possa partecipare a vari incontri e fiere professionali insieme a loro.

Tutto questo è meraviglioso, non sarà facile, lo so, ma nonostante tutto è una sfida che voglio davvero affrontare. Sono emozionata, è qualcosa di nuovo, di diverso e ho legato molto bene con Alba.

Siamo uscite per un caffè a metà mattinata. Non ho ancora firmato il contratto, diciamo che mi sto ambientando. Quando Alba mi parla dell'incontro che avremo questo pomeriggio, mi viene in mente che forse a un certo punto dovrò contattare anche l'editore di Ale, voglio dire l'ex editore di Ale, e tutto salterà di nuovo per aria.

Mi schiarisco la gola, mi sento improvvisamente pietrificata.

«Valentina, stai bene?» mi chiede Alba, notando che la mia espressione è cambiata.

«Sì. Voglio raccontarti una cosa» dico velocemente, senza pensare.

Mentire o nascondermi questa volta non è un'opzione. Mi piace questo lavoro, vedo un futuro qui e non voglio rovinare tutto. Spero.

Cerco sul mio cellulare le notizie che hanno pubblicato quel giorno:

**Il famoso scrittore Alessander Boneta cacciato dalla casa editrice.**

*Il noto scrittore, che ha venduto milioni di copie della sua serie Crimini Irrisolti, è stato licenziato con effetto immediato quando l'editore ha scoperto che aveva assunto una persona perché scrivesse al suo posto quello che sarebbe stato il volume successivo della serie...*

Ovviamente rileggo tutto il contenuto della notizia, che conosco già a memoria, e passo il cellulare al mio nuovo capo.

Alba fischia.

«Sì, che casino ha scatenato. Si è sentito di tutto da quando...»

Non voglio che parli male di Alessander e non voglio che dica qualcosa che mi costringa a pentirmene e a non raccontarle ciò che devo dirle.

«Alba» la interrompo «sono io la persona che ha assunto.» Resta a bocca aperta. L'ho lasciata senza parole o almeno così sembra. «Ogni situazione ha le sue sfumature, perché io non ho nemmeno scritto quel libro per lui, l'ho solo aiutato a incanalarlo e abbiamo lavorato insieme per qualche giorno, il resto l'ha fatto da solo.»

Alba mi guarda ancora incredula.

«Tu sei la donna misteriosa che i giornalisti hanno cercato per giorni?»

Annuisco e lei fischia di nuovo. Non so se è un bene o un male, perché non dice nulla. Mi sto innervosendo.

«Se questo può essere un problema per il mio lavoro, lo capirò. Finora non avevo detto nulla perché non mi ero resa conto che potesse scoppiare tutto di nuovo, se devo mettermi in contatto con quell'editore. Mayte mi conosce, mi ha visto a casa di Ale e sa chi sono. In effetti, sono sorpresa che non abbiano fatto causa anche a me per cospirazione.»

Alba scoppia a ridere.

«Quanto sei paranoica.» Mi ride in faccia. «Vediamo... da quello che mi hai detto, non è stato per molto, gli hai dato qualche spunto e basta. Come un coach, che ormai si usa molto.»

«È quello che ho pensato io quando è scoppiato tutto!» Si, io e Alba siamo in sintonia.

«Non è così grave. Quello che penso è che l'editore fosse stufo di rinviare e che in questo momento abbia altri autori su cui scommettere che rispondono in modo molto più celere e fanno molti più soldi di Alessander. Perché sono passati quasi due anni da quando ha pubblicato, per tenere alto il tiro sarebbero stati costretti a investire molto nel marketing. Hanno scoperto la questione e non hanno voluto indagare oltre. Hanno rotto il contratto e basta.»

Mi sorprende la chiarezza con cui vede la questione.

«Tu credi?»

«Pensi che Alessander sia l'unica persona che abbia mai assunto un ghostwriter? Lo fanno di continuo, scrittori, editori, attori... Succede, non è una consuetudine ma succede e non se ne fa un dramma. Posso nominarti in meno di un minuto dieci personaggi famosi che hanno scritto libri e pubblicano con grandi editori e non hanno mai aperto un programma di scrittura in vita loro.»

Quello che dice ha un senso. Sono cose risapute.

«Non capisco, Ale ha venduto milioni di copie, perché licenziarlo?»

«Ha tardato troppo a completare la serie, ormai è obsoleta, i lettori non ricordano più il primo libro e anche se manterrà i suoi lettori affezionati, non avrà il mordente che si aspetterebbero, per cui non interessa più.»

La guardo accigliata perché in parte mi fa male che parli così del romanzo di Ale, del nostro romanzo, del nostro lavoro.

«Beh, è un peccato.» Non riesco a nascondere la tristezza che mi causa. «Ale è un bravissimo scrittore e non voleva dedicarsi al thriller o ampliare così tanto quella serie, è stato l'editore a chiederglielo.»

«Davvero? E cosa ha scritto?»

«Epic fantasy e altri tipi di narrativa, ma l'editore non era interessato a libri di altro genere o stile, nemmeno a una serie diversa dal suspense.»

«Sarebbe bello se lo contattassi e ti inviasse quei manoscritti per poterli valutare» considera ad alta voce.

«Dimenticatene.» Scuoto la testa.

«Perché? Mi sembra un'ottima idea. Immagina di proporlo alla concorrenza, Alessander Boneta ha già un nome e, nonostante le polemiche sui media, la gente se ne dimentica e i suoi lettori ancora di più. Immagina che accettino al prezzo che lui chiede, vende milioni di libri e noi prendiamo la percentuale che ci spetta.» Continuo a negare con convinzione. «La cifra potrebbe essere milionaria.»

«No, impossibile. Ale non lavora con un agente.»

«Non ha lavorato con un agente finora. Perché, per quanto ne sai, non pubblicherà presto con un altro editore, vero?»

«No. Non lo so ma non credo, Alba.»

Restiamo in silenzio per qualche istante perché non voglio dirle più del dovuto o che è stata tutta colpa mia e che Ale mi ha fatto causa per il mio errore, anche se poi ha ritirato la denuncia.

«Ne sei innamorata, vero?»

Smetto di scuotere la testa, che sollievo, avevo già le vertigini.

«Io... sono andata a letto con lui» confesso.

«Ti sei innamorata perdutamente, vedo» conclude tranquilla. «Ok, non preoccuparti, lo sistemeremo, lavori per l'agenzia solo da tre ore. Sarai brillante, Valentina, brillante.»

Mi piace questa frase, mi fa sorridere e mi ricorda un po' Ale.

«Quindi tutto questo trambusto non è un problema per l'agenzia?»

Lei alza le spalle.

«No. Non vedo come potrebbe influire. Sei la migliore, me ne sono assicurata personalmente e so che faremo grandi cose insieme.»

Sorrido sollevata. Sollevata ed emozionata per le sue parole e per la fiducia che ripone in me.

Quando torno a casa sono esausta, è stata una giornata intensa, oltre che emozionante. Mi piace il mio nuovo lavoro.

«Ciao!» Lea urla dalla cucina. «Sto preparando la cena.»

«Oh cielo, stai male?» le chiedo. La mia amica non entra in cucina a meno che la minacci di morte o la supplichi.

«Oggi dobbiamo festeggiare il tuo nuovo lavoro.» Si affaccia dalla porta con un coltello in mano e un grembiule addosso. Sorrido. «Com'è stata la tua giornata?»

È bellissima, alcune ciocche sono sfuggite allo chignon arruffato e indossa una maglietta enorme come vestito, è scalza e, nonostante ciò, sembra una top model. Se mi vestissi io così sembrerei una senzatetto, a dir poco.

«Molto bene, sono felice.»

La mia amica fa un ridicolo balletto, facendomi ridere, e torna in cucina.

«Becca è andata a cena con Javier oggi, starà a casa sua stasera!» Sorrido ancora di più, sollevata. Mi piace che abbiano seppellito l'ascia e che in queste ultime settimane si siano riavvicinati. «Siamo sole e ho comprato due bottiglie di vino.»

«Domani devo lavorare.» Rido. «Non credo che i postumi di una sbornia siano una buona idea, ma non dirò di no a un bicchiere.»

Vado in camera e mi faccio una doccia veloce prima di mettermi qualcosa di comodo, quando arrivo in soggiorno lei sta servendo in tavola. Si sta concentrando sulla piega dei tovaglioli.

«Lea.» Alza la testa e mi guarda. «Vuoi sposarmi?»

Ridacchia mentre serve i piatti, ha preparato un'insalata e del pollo alla griglia, niente di troppo elaborato ma sembra buono e ha un ottimo profumo.

«Non scherzare. I matrimoni e io non andiamo d'accordo.» La sua espressione di disgusto mi fa ridere di nuovo.

Mi schiarisco la gola.

«E a proposito, come va con Julien?»

«Con Julien cosa?» Fa la finta tonta, come se non ci conoscessimo bene.

«Non sono stupida, ho visto quello sbattere di ciglia che gli fai ogni volta che appare.» Lea fa una risata e ripete il gesto per me. «Questo!» La indico con la forchetta. «Proprio questo!»

Lea ride con la bocca piena, è proprio rozza e ha in bocca più insalata di quanta ne possa contenere.

«Mi piace, è carino.»

«E...?»

«E anche divertente, bravo con la lingua.»

La mia amica dovrebbe farsi curare l'ossessione che ha per il cunnilingus, penso che abbia persino una classifica dei migliori che le hanno fatto, i più lunghi, quelli che le hanno fatto raggiungere l'orgasmo più velocemente... Alzo gli occhi al cielo.

«Beh, sono contenta che Julien sembri un bravo ragazzo.»

«Non ti confondere, Valentina, lo sai che non sto cercando altro.»

«E lui lo sa?»

Lea si stringe nelle spalle.

«Suppongo che lo immagini, non ne abbiamo parlato, ogni volta che siamo insieme la mia bocca è troppo occupata...»

«Questo pollo è proprio delizioso...» la interrompo prima che dica qualcosa di volgare.

«Ecco, giusto.» Sorride. «Non posso, Valentina.»

«Però è giunto il momento di lasciarsi alle spalle il passato e andare avanti» dico dolcemente, con calma.

A Lea non piace parlarne e se si sente attaccata, si chiude e se ne va. Sospira.

«E io lo faccio, Valentina. È da tempo che cerco di voltare pagina, continuo a lottare per andare avanti, per fare quello che voglio e non smetterò di farlo. Ho già lasciato il passato alle spalle, solo che ho deciso come voglio vivere la mia vita e ti assicuro che l'amore non rientra nei miei piani.»

Non insisto perché è diventata seria, i suoi occhi si riempiono di lacrime, so che questo è un argomento doloroso per lei, non si apre molto in proposito e ne parla solo quando ha bisogno di sfogarsi.

Sto male perché fino a pochi minuti fa rideva e scherzava, con gli occhi lucidi e la faccia buffa e all'improvviso sta per mettersi a piangere. Le apparenze... Sembra forte, determinata, audace... ma Lea nasconde così tanto nel suo cuore che a volte sembra una bambola di pezza sul punto di rompersi.

Non voglio essere triste. Oggi è una bella giornata e sorrido.

«E come dici che ti ha mangiato la patata?»

Lea scoppia a ridere, come se le avessero premuto un interruttore, cambia completamente faccia.

«Oh, sapessi amica mia...» Ridiamo e chiacchieriamo ancora un po'. «Oggi vado a casa mia a dormire, ok?»

La guardo imbronciata.

«Pensavo che non avessi nemmeno più una casa, con tutto tempo che passi nella mia.»

«Non hai più tanto bisogno di me, e io... voglio stare da sola. Va bene?»

Sorrido. La solitudine. Tanto necessaria a volte, ma se esageri ti assorbe, ti divora. Sì, certo che capisco, come può essere altrimenti?

«Non inviti Julien a casa tua?»

«No, non oggi. Voglio stare sola.»

«Va bene.» Annuisco.

Raccogliamo i piatti e mi preparo a lavarli. Lea va a cambiarsi e immagino a preparare lo zaino con poche cose, perché ho metà del suo armadio in casa mia e anche lo spazzolino. Ok, non mi sposerà perché non vuole, perché in questo momento potrebbe essere quasi ufficiale.

Mi sto asciugando le mani quando si presenta in cucina. Le brillano gli occhi, ma non so cosa nasconda il suo sguardo, è strana. Mi rattrista pensare che probabilmente andrà nel suo appartamento, si chiuderà in soggiorno con un pacchetto di fazzoletti e una bottiglia di vino e piangerà tutta la notte. Mi sento in colpa per aver tirato fuori il discorso, però capisco che anche se non lo nomino è lì, le fa male e deve buttarlo fuori, ha bisogno di stare sola e lo rispetto. L'abbraccio.

«Grazie mille, Lea.» Anche a me vengono le lacrime agli occhi. «Io... ti ho voltato le spalle dopo quello che è successo con Javier, perché non volevo vedere nessuno, volevo solo leccarmi le ferite da sola, senza parole superficiali che non mi avrebbero aiutato affatto. Ma sei venuta a cercarmi e ti sei occupata di me per tutto questo tempo. Ho avuto molto bisogno di te e tu ci sei stata per me. Ti voglio bene.»

Mi stacco da Lea e quando la guardo, vedo che sta piangendo. So che non è giusto, che non sta bene. Lea ha il cuore di ghiaccio, è difficile farla piangere e ancora di più con qualcosa che non sia il suo dramma.

«Ti voglio bene amica. Non incolparti se hai bisogno di spazio e tempo, tutti ne abbiamo avuto bisogno a un certo punto della vita. Sarò qui a tenerti la mano, ogni volta che cadrai, ad aiutarti a rialzarti e a guarire le tue ferite. Andremo avanti, entrambe. Abbiamo noi stesse, siamo una famiglia.»

«Siamo più che una famiglia.»

Lea mi abbraccia di nuovo e mi bacia sulla guancia prima di andarsene.

L'accompagno alla porta e la guardo entrare in ascensore.

«Valentina.» Sbircia fuori quando mi giro per entrare. Mi giro. Alza gli occhi al cielo. E fa un gesto osceno con la lingua e con due dita che è meglio non descrivere.

Scoppiamo entrambe a ridere.

Spengo le luci, è ancora presto ma sono stanca, andrò a letto e guarderò qualcosa in TV finché non mi addormento. Mi lavo i denti e vado in camera. Sul letto c'è un pacchetto che non avevo visto prima. È arrivata posta? Non ho ordinato nulla.

Mi siedo sul letto e lo afferro, non c'è scritto niente. Mi acciglio e, senza una ragione apparente, il mio cuore inizia a battere più forte, mi tremano le mani.

Stacco il risvolto ed estraggo il contenuto. C'è un plico di carta rilegata e una busta. Sorpresa, leggo cosa c'è scritto sulla copertina.

*Alessander Boneta e Valentina Álvarez, Serie Crimini Irrisolti n°6 Amputati*

Sgrano gli occhi. C'è un post it giallo attaccato appena sotto al titolo: *"Il titolo non è definitivo, ma è fedele ai precedenti della serie, cosa ne dici?"*

Non so come reagire, per il momento accarezzo quelle lettere e non mi accorgo che sto piangendo finché una lacrima cade sul foglio. Apro la busta, cercando una lettera, un biglietto o delle parole che calmino tutta la tempesta che infuria dentro di me, ma dentro c'è solo un assegno da millecinquecento euro intestato al portatore.

Sospiro e metto la busta con l'assegno sul comodino, dispongo diversi cuscini e mi metto comoda. Apro la prima pagina e leggo la dedica:

*"A Valentina, che mi ha insegnato a tenere i piedi per terra mentre lei imparava a volare."*

Sorrido. Giro la pagina e comincio a leggere.

# CAPITOLO 43

## BUON COMPLEANNO, STRONZO

### Alessander

Sono passati diversi giorni da quando Lea ha preso il manoscritto e l'assegno con i soldi che dovevo a Valentina, e non ho avuto sue notizie. La mia mente sperava che cominciasse una canzoncina zuccherosa, suonasse il campanello e dopo apparisse Valentina, gettandosi tra le mie braccia, emozionata, dicendomi quanto le piaceva come avevo finito il romanzo e che era commossa per la dedica, naturalmente. Come se il suo nome che compare sulla terza pagina del libro potesse cancellare tutto quello che è successo. Poi mi baciava, mi permetteva di spogliarla e di fare l'amore con lei per tutta la notte.

Ma io non ho una casa e Valentina non ha dato segni di vita. E io, stupido come sono, probabilmente non so nemmeno cosa sia fare l'amore.

Sospiro ancora una volta e continuo a raccogliere le mie cose, mettendole nello zaino e in un paio di sacchetti che ho preso dalla dispensa di Julien. Li ho trovati al primo colpo, posso essere orgoglioso di me stesso, no?

«Non devi andartene, Ale. C'è abbastanza spazio per entrambi» insiste per la milionesima volta.

«Non abbiamo più l'età per condividere un appartamento.»

«Oggi è il tuo compleanno. Resta, possiamo andare a cena fuori, bere qualcosa, fare qualcosa di divertente.»

«Non ho voglia di niente, ma grazie.»

«Oppure ordiniamo delle pizze, ce le portano e facciamo qualcosa di diverso, non so, guardiamo un film porno e ci facciamo le canne…» scherza e mi fa ridere.

«Lo apprezzo molto, ma preferisco andare a casa di Martín. Domani abbiamo un incontro con i proprietari di un loft vicino alla spiaggia. Lo aiuterò al negozio e con Lola nel pomeriggio, perché il campus estivo è finito e non posso fare molto di più alla scuola di surf.»

Julien fa una faccia come se gli avessero dato un calcio nelle palle.

«Non è quello che vuoi fare.» Non chiede, lo afferma, naturalmente.

«È quello che devo fare ora. Non sarà per sempre, non preoccuparti, ok? Voglio solo un po' di stabilità nella mia vita e concentrarmi prima di fare il passo successivo.»

«Promettimi che non smetterai di scrivere.»

Sorrido. «Te lo prometto.»

«E promettimi che quando ti siederai saprai fermarti, per dormire, mangiare, andare in bagno... insomma, le cose importanti.»

Rido e annuisco.

«Non preoccuparti per me, amico» ripeto «sembri il mio ragazzo.»

«Va bene, va bene» mormora e io lo abbraccio.

«Grazie di tutto.»

«Dai, so che hai bisogno di strofinarti, ma io non sono il tuo tipo, mi mancano i buchi e ho qualcosa di troppo che penzola.»

Alzo gli occhi al cielo.

«Va bene, vado. Ci vediamo in settimana, quando mi sarò sistemato possiamo incontrarci per cena, ok?»

«Ma il tuo compleanno è oggi.»

«Proprio per questo.»

Immagino che non lo capisca e forse anche io non capisco molto di questo bisogno che oggi ho di stare da solo, di allontanarmi da tutti, però è quello che voglio.

Gli ho assicurato che andrò a casa di Martín, invece no, ho prenotato una stanza in un hotel con una vasca idromassaggio in camera. È il mio regalo di compleanno, mi manca la mia ed è passato molto tempo dall'ultima volta che l'ho usata. Questo, con le due bottiglie di vino che ho chiesto di lasciare nella mia stanza. Un giorno di disconnessione totale.

Domani ho un incontro alle nove e mezzo con mio fratello per andare a vedere l'appartamento. Se quella cosa di venti metri quadrati si può chiamare appartamento. Il mio vecchio bagno era di sicuro più grande.

Fino ad allora non ho niente da fare, quindi è bene che mi stacchi da tutto. Saluto Julien e spengo il cellulare prima di andare in hotel, non perché qualcuno possa darmi fastidio, ma per evitare di passare ore a fissare lo schermo per vedere se Valentina mostra segni di vita.

La camera è carina, è spaziosa e luminosa, semplice. La cosa migliore è la bella terrazza con pavimenti in parquet e l'enorme vasca idromassaggio con vista sul mare. Metto un po' di musica rilassante, stappo la bottiglia di vino e me ne verso un bicchiere mentre la vasca idromassaggio si riempie.

Respiro profondamente. È una giornata meravigliosa, il sole splende, la spiaggia di fronte all'hotel sembra tranquilla, non c'è quasi nessuno. La maggior parte delle persone è tornata alla vita di sempre dopo le vacanze, i bambini a scuola e, essendo giovedì, non c'è molto movimento.

Slaccio, bottone dopo bottone, la camicia che indosso. La metto sul letto, insieme ai jeans, e resto con il cazzo al vento mentre sorso dopo sorso svuoto il bicchiere. Ho anche ordinato qualcosa da mangiare perché è da ieri che non mangio, non mi va di finire in coma etilico nella vasca da bagno e soffocare, quindi faccio uno spuntino con quello che sarà il primo dei tanti bicchieri di oggi.

Esco nudo in terrazza e mi infilo nella vasca idromassaggio, l'acqua è calda e ho attivato le bolle. Chiudo gli occhi, godendomi la sensazione, e lei mi viene in mente. Con i suoi occhi color miele mi guarda con ammirazione, con desiderio, con affetto. Quel sorriso perfetto. I suoi capelli morbidi, rossi, con quell'odore fruttato che mi fa impazzire. La sua pelle è piena di lentiggini, vedere Valentina nuda è come contemplare il firmamento, non mi stancherei mai di ammirare quegli infiniti puntini sulla sua pelle.

La mia bocca sulla sua fica. La sua bocca sul mio cazzo. L'esplosione dei sussulti. La pelle che brucia. Il sapore delle sue labbra. Le spinte. Quel desiderio di restare e vivere dentro di lei, di fondermi con lei.

Porto la mano al mio cazzo, che è logicamente rigido, e la muovo lentamente, dolcemente. Gemo e mi mordo il labbro, come faceva lei, come mi piaceva tanto. E la sento, come quel primo giorno nel mio letto, con carezze un po' goffe su un corpo sconosciuto, la vedo sciogliersi per me negli orgasmi e sentendo il suo sesso contrarsi sul mio.

Ma non c'è. Valentina non c'è e io vado in pezzi perché, accidenti, la amo.

Ho sempre odiato piangere, mi sembra una fottuta debolezza, e non lo farò ora, anche se ingoio il nodo in gola, anche se i miei occhi sono umidi, non lo permetterò.

Ho sbagliato anche con lei, ho provato a rimediare ma era troppo tardi e, in effetti, lo capisco. Per Valentina era ora di volare, di splendere, di vivere per se stessa. Lo rispetto. Devo rispettarlo e andare avanti, anche se mi fa male il petto come se il mio cuore si stesse spezzando in due. Fa male, fa male, fa male. Perdere qualcuno che ami è straziante.

«Buon compleanno, stronzo» mormoro e bevo il resto del bicchiere che ho già riempito per la terza volta da quando sono arrivato in albergo.

# CAPITOLO 44

## IMPAZZISCO, IO IMPAZZISCO

### Valentina

Impiego più tempo di quanto vorrei per leggere il manoscritto di Ale, il nostro manoscritto, voglio dire. Ho un nuovo lavoro che richiede la maggior parte del mio impegno e ho cercato di leggere nel tempo libero.

Mi ci sono voluti tre giorni per finirlo e penso che abbiamo fatto un lavoro incredibile insieme, ma quello che ha scritto Ale, quel finale... è da pelle d'oca! Lo adoro. Ecco perché, anche a rischio di sbagliare, mi arrischio a parlare con Alba senza nemmeno chiedere prima il permesso ad Ale.

«Vorresti dare un'occhiata all'ultimo romanzo di Alessander?» Glielo chiedo così, senza prepararmi o altro, un giorno in cui siamo sole in ufficio, con relativa tranquillità, a rispondere alle mail mentre prendiamo il caffè. Mi mordo il labbro inferiore nervosa, perché so che non dovrei, però mi fido di Alba, qualcosa mi dice di farlo, quindi seguo solo il mio istinto. «È buono.»

«Dannatamente buono?» Mi chiede con un sopracciglio arcuato.

«Dannatamente buono» confermo.

Sorride e si alza per prendere altri caffè dalla caffettiera che abbiamo in ufficio e ci sediamo al tavolo delle riunioni.

Le parlo un po' dello sviluppo della storia, lei ha già letto i romanzi precedenti, quindi mi concentro solo su questo, e lascio che lei legga alcuni stralci.

È d'accordo con me che l'approccio è fantastico.

«Cosa possiamo fare?» Lo chiude e si toglie gli occhiali, che posa sul tavolo, prima di prendere la tazza e sorseggiare il caffè, ce ne siamo versate un altro. Non so se questo si può intendere come lavorare, ma se lo è mi sbagliavo sulla mia professione. Per fortuna non è mai troppo tardi per rimediare. «Immagino che l'editore avrà i diritti sulla serie e, in ogni caso, nessuno vorrà pubblicare una serie già iniziata.»

«Sì, lo so.»

Mi rattrista, davvero. Abbasso la testa, ripensando a tutto.

«Hai fatto pace con lui?»

«No. Sono tornata a casa un paio di giorni fa e il manoscritto era sul mio letto insieme all'assegno con i soldi che mi spettavano per contratto. Suppongo che l'abbia portato la mia amica Lea, ha una mezza storia con il suo migliore amico» riassumo, non ho notizie di Lea da allora. Oggi devo provare a parlarle perché so che aveva bisogno di tempo, che non era troppo in vena, ma sto iniziando a preoccuparmi.

«E non l'hai chiamato?»

Sospiro e scuoto la testa.

«L'ultima volta che ci siamo incontrati sono scappata perché… ero in preda al panico, temevo che mi insultasse, non ero pronta per quella conversazione. Avevo paura che mi avrebbe ferito, che avrei pianto e si sarebbe preso gioco di me, facendomi a pezzi in modo che mi rendessi conto che, per quanto io non voglia ammetterlo, mi sono innamorata, mi sono innamorata di lui.»

«Lo so, te l'avevo detto.»

La guardo e sorrido tristemente.

«Ci sto dentro fino al collo e mi sembrava tutta una follia, lo conosco appena, l'amore non è così, non può essere così. E non volevo rendermi ridicola. Non volevo che lo scoprisse e peggiorasse le cose.»

«L'amore è proprio così.»

«No, non può essere.»

«Sì, invece. Arriva quando meno te lo immagini, ti afferra, ti si aggrappa all'anima e sei fregata, non c'è modo di scappare, sei già caduta nella rete.»

«Ma io non lo conosco.»

«Sì che lo conosci, Valentina. Scommetto che chiudi gli occhi e puoi percepire il suo profumo, che puoi sentire il suono della sua risata o vedere quello sguardo malizioso che ti rivolgeva. Ricordare una battuta o quello che ti ha fatto sentire la prima volta che si è avvicinato troppo. La pelle d'oca. Il calore nello stomaco che si diffonde in tutto il corpo. Il desiderio di avere di più...»

«Questo è desiderio, non amore» la interrompo.

«Sono sicura che potresti raccontarmi di tutte le cose meravigliose di Alessander Boneta e dei suoi difetti, anche dei suoi difetti, ma di quelli mi parleresti con un sorriso. Perché sai una cosa, Valentina? Non ti importa di ciò che non va in lui, di tutto ciò in cui non è perfetto, perché compensa con tutto il resto, potresti anche trovarlo divertente.»

«È un disastro e un maiale. Odia alzarsi presto e sono sicura che non ha mai usato un'agenda.»

«Stai sorridendo.»

«Non sa stirare. Quale uomo adulto sopra i quarant'anni non sa stirare, per l'amor di dio? E non parliamo nemmeno di cucinare, meno male che ha preso il vizio del caffè.»

«Ma?»

Vorrei pensare a mille scuse per negare l'evidenza ma finalmente riconosco la verità.

«Ma Ale mi ha insegnato a volare e vorrei poterlo fare insieme a lui.»

Alba sorride e io deglutisco a fatica. Guardo il manoscritto e prendo una decisione. Appena esco dal lavoro andrò a trovarlo.

Quando arrivo al suo appartamento il portiere mi fa passare, salutandomi con un cenno, mi conosce già di vista. Salgo e suono il campanello. Guardo l'ora, sono le sei passate, potrebbe non essere in casa.

Suono ancora un paio di volte e mi apre una ragazza in maglietta e mutandine, a piedi nudi, con la faccia assonnata. L'ho sicuramente svegliata.

«Sì?»

«Eh... penso di essermi sbagliata, scusa» borbotto.

«Niente, non preoccuparti.»

Chiude e mi crolla il mondo addosso. Non immaginavo che potesse succedere questo. Insomma, non è mai stato un donnaiolo, contrariamente a tutto quello che pensavo di lui, però sono passati tanti giorni, tante settimane. In realtà ha una certa logica perché ci conosciamo appena, cosa che mi ripeto molto assiduamente, per vedere se riesco a farmene una ragione una buona volta.

Sbuffo quando si spegne la luce sul pianerottolo e mi accorgo di essere rimasta bloccata lì da un po' a divagare. Chiamo l'ascensore ma una porta d'ingresso si apre.

«Tu!»

Oh accidenti, la signora aggressiva ed è armata di borsa.

«Oh, mio dio» bisbiglio, alzando gli occhi al cielo e premendo più volte il pulsante dell'ascensore.

«Avanti, entra.» Cosa? Come? Dove? Perché? «Entra, accidenti!» alza la voce.

Sobbalzo dallo spavento ed entro in casa della signora. Sono in preda al panico, vediamo se mi farà a pezzi e mi darà da mangiare a Kiki.

Il gatto viene a strofinarsi contro le mie gambe appena entrata, sembra che mangi più di un essere umano, è grasso come una mucca.

«Siediti, ora arrivo.»

Mi metto comoda sul divano e mi diverto a guardare i portaritratti, che ha ovunque, di quelle che suppongo siano le sue figlie.

Sto per scrivere un biglietto con le ultime volontà, per ogni evenienza.

«Oh, maledizione» sussurro e abbasso la testa, nascondendola tra le mani. «Cosa diavolo ci faccio qui?»

«Eccomi, scusami.»

La donna porta un vassoio con due tazze e un piatto con un paio di pezzi di pan di spagna. Ha anche un sacchetto. Dentro ci sarà il veleno con cui ha intenzione di uccidermi?

«L'ho fatta stamattina» dice, la guardo in modo strano. «La torta è deliziosa. Non sarai una di quelle che calcolano tutto il giorno le calorie di quello che mangiano, vero?» Nego decisa. «Bene, meglio, perché il mio Ale mangia molto.» Ok, a quanto pare hanno fatto pace. «Mi manca, sai?»

«Chi?»

«Come chi? Ale.» Alza gli occhi al cielo, come se avessi detto la più grande stronzata dell'universo. Non capisco, ma è meglio che resti in silenzio considerato il carattere di questa donna. «Quando è venuto a trovarmi, volevo colpirlo di nuovo con la borsa. Chi lo farebbe? Nel garage! Dovreste vergognarvi.»

«Ha ragione.» È vero, avevamo perso completamente ogni freno.

«Sì, lo so. Ma sono stata giovane anch'io. Lo capisco, lo capisco. Sono così dispiaciuta.» Non so se parla di quando era giovane, cosa abbastanza lontana, se si riferisce al licenziamento di Ale o a cosa. Quindi annuisco, preferisco non chiedere. «Quando mi ha presentato la ragazza di fronte, Rosalía credo che si chiami...» È come una pugnalata allo stomaco. Rosalía? Un'altra? Le vendono al Carrefour due al prezzo di una o cosa? «È una brava ragazza, lo so, ma non è come il mio Ale. Lui parla sempre con me e ogni tanto viene a trovarmi per prendere un caffè, mi dice che non ha più caffè, ma io so che è una bugia, che lo fa per me, perché sono così sola.» Gli occhi della signora si riempiono di lacrime e io la osservo sorpresa. «A volte mi fa impazzire perché quando torna tardi e fa quel baccano per entrare in casa sua svegliando tutti i vicini, lo picchierei. Ma è un bravo ragazzo. So che è un bravo ragazzo.»

«Sono d'accordo.»

«Comunque... ecco un contenitore di lenticchie da portargli. So che non gli piacciono ma deve mangiare sano, che con quel corpo non si può mantenere con la roba fritta che servono in quel ristorante dove ordina sempre a domicilio.» Kiki alza la testa e guarda nella nostra direzione con le orecchie tese. «Tranquillo, piccolo, non li lascerò mai cucinare per te.»

Ridacchio e accarezzo il gatto, che mi fa le fusa.

«Perché non glielo dà lei? È ancora arrabbiata con lui?»

«Ma no, figurati. Come posso essere arrabbiata con lui, è un tesoro.» Non ci capisco niente. «Solo che non so dove sia andato. Ha promesso di venire a trovarmi, ma mi ha presentato Rosalía e mi ha detto che mi lasciava in buone mani. È una ragazza simpatica, ma non come Ale, non so se mi capisci.»

Annuisco, anche se non ho idea di cosa stia parlando. Farò finta di non aver notato quegli occhi furbi e penserò che non si riferisca a chi sta per mangiarselo, però è talmente anziana che io non riesco a immaginarla a rallegrarsi la vista con lui.

«Comunque, cara, non ho tutto il pomeriggio, puoi andare ora. Portagli i miei saluti e digli di venire a trovarmi.»

Mi sta cacciando. La vecchia mi sta buttando fuori e io rimango immobile, non reagisco. Mi prende la tazza, la posa sul tavolo e mi tira la mano per farmi alzare. Ho messo la torta, che non sono riuscita a finire, sul vassoio.

«Prendila per il viaggio. Il cibo non si butta via in casa mia.» Me l'avvolge in un tovagliolo e me la porge mentre mi accompagna fuori dalla porta. «Ci vediamo un altro giorno, va bene? Arrivederci, devo andare.»

«Arrivederci» balbetto mentre mi chiude la porta in faccia. Impazzisco.

Io impazzisco.

# CAPITOLO 45

## HO UNA PROPOSTA PER TE

### Alessander

Che la stanza sia così luminosa è bello ma il sole, che mi sta colpendo su tutto il viso, rompendomi le palle, non mi piace molto.

Apro un occhio, mi fa male la testa, era tanto tempo che non bevevo alcool, ma ne è valsa la pena. All'improvviso il telefono della camera squilla facendomi prendere un cazzo di spavento. Accidenti, stavo per morire d'infarto.

«Pronto?»

«Signor Boneta, tutto bene? Avrebbe dovuto lasciare la stanza un'ora fa...»

«Fanculo!» Interrompo saltando giù dal letto. «Cazzo, che ore sono?»

«L'una, signore.»

«Mi dispiace, mi sono addormentato, esco tra dieci minuti. Grazie.»

Faccio una doccia veloce, mi vesto e preparo le mie cose. Accendo il cellulare mentre scendo in ascensore. Consegno la carta alla reception e mi scuso ancora una volta prima di andarmene.

Come diavolo pensavo di svegliarmi senza alcun tipo di allarme?

Sono un cazzone, mio fratello mi ucciderà.

Il mio cellulare vibra più volte e so che sono tutti gli insulti che mi ha tirato dietro tutta la mattinata, sicuramente ce ne sono anche di ieri, perché era il mio compleanno e sono sparito dal pianeta. Questo prima, senza telefoni cellulari, non accadeva. Alla gente non importava molto, se non chiamavi o non davi segni di vita pensavano che fossi là fuori, a fare il cretino, a ubriacarti, a scopare o qualsiasi altra cosa.

Esco dall'edificio, vado verso la macchina e compongo il suo numero.

«Ma vaffanculo, brutto stronzo!»

«Sì, ho avuto un compleanno molto felice, grazie.»

«Un compleanno felice? Ti ribalto, lo giuro. Dove diavolo sei?» Urla a tal punto che devo allontanare il cellulare dall'orecchio, visto che ho già una certa età per correre il rischio di diventare sordo.

«Per strada.» Sì, insomma, è la mia frase preferita quando non ho scuse. Anche senza vederlo, so che mio fratello ha alzato gli occhi al cielo e cerco di non ridere perché non mi va di farmi tagliare le palle. «Scusa, mi sono addormentato.»

«Ma... ma...» sbuffa e poi ringhia. Mi accorgo che allontana il telefono e sento Virginia chiedere chi è. «È lo stronzo di mio fratello, quello a cui taglierò le palle.» Ecco, mio fratello diventa un pochino violento quando è arrabbiato. «Dunque, stupido cazzone. Io e te avevamo appuntamento alle nove e mezza del mattino.» Apro la bocca per scusarmi di nuovo e lui continua a parlare. «Ok, ok, ti sei addormentato, ho capito, ma stronzo, fottuto stronzo, non sei uscito da casa di Julien ieri verso mezzogiorno e gli hai detto che saresti venuto a casa mia per trascorrere il tuo compleanno in famiglia?»

«Ops.»

«Ops? Ops?» Si allontana di nuovo dal telefono, non so se lo sta coprendo o meno, lo sento perfettamente, anche se più lontano. «Io questo lo faccio fuori, te lo giuro.»

«Ehi, sto entrando in una galleria e non ti sento bene, spengo, ok? Non ti sento! Sto arrivando.»

«Sono sicuro che non sei nemmeno salito in macchina. Razza di stronzo!»

Riaggancio e scoppio a ridere, ignorando le decine di messaggi su WhatsApp, vado al gruppo famiglia.

ALESSANDER
*Mamma, Martín mi ha insultato.*

MAMMA
*Quando ti prendo te le do di santa ragione.*

Ridacchio, mi piace mettere zizzania.

ALESSANDER
*È il fratellino che ha fatto lo stronzo.*

MAMMA
*Sei tu, pazzo che non sei altro! Come ti viene in mente di sparire così? Non ti ho insegnato niente?*
*Perché mi sono impegnata così tanto per darti un'educazione se la perdi tutta nel fare stronzate?*

Ecco, mia madre è ancora più arrabbiata di mio fratello e questo avviene solo quando ho decisamente esagerato.

ALESSANDER
*Ti voglio bene, mamma.*
*Mi prepari il riso che ti viene così delizioso.*

MAMMA
*Vaffanculo.*

Scoppio in una risata.

MARTIN
*Ti conviene essere qui in meno di mezz'ora, stronzo, o butto tutta la tua roba fuori dalla finestra.*

## ALESSANDER

*Quanto siete suscettibili, dannazione. Non ho neanche preso un caffè.*

Mi fermo a fare benzina, appena arriverò a casa di mio fratello non faranno altro che rompermi le palle. È venerdì, voglio stare tranquillo, pensavo che oggi stesso avrei avuto l'appartamento, ma visto che me lo sono perso e dovrò prendere appuntamento per un altro giorno, mi aspetta una serata di *Oceania*, parrucchiera e dormita sul divano. Fantastico.

Dopo aver fatto rifornimento parcheggio e vado in caffetteria, ordino un caffè, che prendo in piedi al bar, e una ciambella di quelle ripiene di cioccolato, meglio che mangi dello zucchero. Ordino un altro caffè da portare via, extra lungo, perché ne avrò bisogno. Lo sorseggio per strada.

Alzo la musica e guido piano, c'è molto traffico a quest'ora, fottuto settembre, fottuta routine, fottuta ora di punta. Questo con la moto non sarebbe successo, quanto mi manca. Intanto ascolto *Fiera*, dei Funambulista, anche la radio oggi vuole rompermi le palle. Mi piace questa canzone però, accidenti, mi ricorda Valentina.

Faccio una smorfia per togliermela dalla testa e cambio frequenza su Rock FM. Meglio. Alzo il volume e muovo la testa, tiro fuori la lingua, non capisco un cazzo di quello che dicono, ma va bene.

«Whoaaaaaa» Agito i capelli su e giù. «Uaaaaaaaaa!»

Mi fermo a un semaforo e continuo a urlare a ritmo di musica, imitando la voce del cantante della canzone che sto ascoltando, questa è quella che chiamo volgarmente una canzone a "voce di cane". Distolgo lo sguardo e mi rendo conto che la signora nella macchina accanto alla mia mi sta guardando con gli occhi fuori dalle orbite.

Smetto di fare lo stronzo e abbasso la musica, è meglio, prima che provochi un incidente. Poi mio fratello e mia madre mi uccidono davvero entro fine giornata.

Mi ci vuole molto più di mezz'ora per arrivare, non è stata colpa mia questa volta. Quando busso alla porta di casa di mio fratello, mi stupisco che ad aprirmi sia quella vecchia signora alta un metro e cinquanta, con i capelli raccolti in una crocchia, i jeans e una delle mie magliette rock, potrei giurarci. Mi guarda accigliata, arrabbiata, ma sono rimasto così sorpreso che non posso fare a meno di abbracciarla, sollevarla in aria e girare con lei tra le mie braccia.

«Mammina! Cazzo, che sorpresa.»

Mi dà uno schiaffo. Fa male. Più di quello che pensavo di ricevere.

«Tu sei un decerebrato.»

«Nessuno mi dirà niente di carino oggi?» brontolo e la metto giù.

Mia nipote, che mi ha sentito, corre nella mia direzione e mi abbraccia. Per fortuna Lola mi vuole bene, anche se è un po' interessata. Di certo sta aspettando che le dia il sacchetto di gelatine che le ho comprato al benzinaio, più per infastidire mia cognata che per compiacere la bambina che è carina e simpatica.

«Zio Ale, zio Ale, pensavamo fossi morto.»

Cazzo, ora mi tocco le palle.

«Quanto sei carina.» Le accarezzo la testa e cammino con la bambina aggrappata alla mia gamba.

Vado da mio padre, che è seduto sul divano a guardare il telegiornale e a mangiare patatine come se non ci fosse un domani. Lo abbraccio e gli prendo un paio di patate, sto morendo di fame.

«Quello che hai combinato, ragazzino!» mormora con una risata.

«Ecco, tu ridi pure grazie al bambino.»

Me la faccio sotto dalle risate, mia madre pensa che io abbia ancora due anni.

Mio fratello esce dalla cucina, con indosso il grembiule e un panno in mano, che fa girare in aria, lo afferra per le estremità e lo muove in modo da darmi una pacca sulla spalla. Accidenti, fa male.

«Per la crisi dei quaranta è un po' tardi per te, vero?» Alzo le spalle, e lui mi abbraccia come può, perché la bambina con una mano è ancora aggrappata alla mia gamba e con l'altra sta prendendo le patatine dal sacchetto del nonno. Che arte. «Auguri.»

«Grazie.»

Rimangono tutti in silenzio a guardarmi e, insomma, non mi piace dare spiegazioni quando faccio il coglione o chiedere scusa, ma li ho fatti preoccupare ed è l'ultima cosa che volevo.

«Mi dispiace di avervi fatto preoccupare, non era mia intenzione. Volevo stare da solo. Ne avevo bisogno.»

Virginia mi guarda e sorride, so che non parla anche se mi capisce, perché è quella con cui ho parlato di più di Valentina, mi sono vergognato di farlo con mio fratello o con Julien. Mi vergognavo di ammettere che sono uno stronzo, ma mi sono innamorato, senza conoscerla affatto, mi sono innamorato di lei e sono rimasto fregato da tutto quello che è successo.

«Ti ho fatto il riso.» Mia madre rompe il silenzio e lo apprezzo.

Sorrido. Accidenti, è una delizia, lei sa come rendermi felice.

«Scendi in spiaggia, c'è qualcuno che ti aspetta per parlarti» mi dice mio fratello, poi torna velocemente in cucina.

Se mi fa seccare il riso della mamma, lo disconosco. Penso a quello che ha detto.

Merda, Julien. Deve essere incazzato con me. E gli ho rotto tanto le palle, ma tanto, poi gli ho mentito e sarà più preoccupato di chiunque altro perché l'ho guardato negli occhi e gli ho detto che stavo andando a casa di mio fratello per passare la giornata, poi ho staccato tutto. Beh, non ho altra scelta che scusarmi.

Mia madre sorride e segue mio fratello. Mio padre torna a guardare la TV.

Scuoto un po' la gamba, per liberarmi del "gremlin", che ha una forza, cazzo, non mi lascia andare. Mia cognata viene in mio soccorso e tiro fuori dallo zaino il sacchetto di gelatine.

«Ehi, guarda un po', moscerino.» Mia nipote alza la testa per guardarmi. «Prendilo.» E lo butto sul divano.

Lola mi lascia andare per saltare sul sacchetto e io rido. Non sto a descrivere la faccia imbronciata di Virginia, che incrocia le braccia davanti a me con un sopracciglio alzato, perché riempio sua figlia di zucchero.

Esco di casa e mi incammino verso la spiaggia. Dato che ho ancora i postumi della sbornia non sono molto in forze e ho una fame che mangerei un bue. Sto facendo attenzione a come mi muovo perché mi sento anche impacciato, non vorrei inciampare, finire con la faccia a terra e perdere tutti i denti.

Quando arrivo alla spiaggia, non ho ancora raggiunto la sabbia e sento il mio cuore battere forte, velocissimo. Accidenti, mi verrà un infarto? Chissà che botte prenderò se dovranno chiamare un'ambulanza per portarmi in ospedale.

Cerco di calmarmi e mi viene la pelle d'oca. Alzo la testa, in cerca del mio amico, per chiedere aiuto e mi accorgo che sto per crollare, sono senza fiato.

In mare ci sono diverse persone che prendono le onde, ma sulla riva ce n'è solo una e quel vestito turchese non starebbe bene al mio amico.

Mi tolgo le scarpe da ginnastica e i calzini e li lascio da una parte. Cammino a piedi nudi verso la riva e le vado accanto, la guardo e vedo la sua pelle d'oca.

«Questi panorami sono meravigliosi» dice. È stata veloce nel rompere il ghiaccio, cosa che apprezzo molto.

«Verso le nove di sera sono i migliori dell'isola, quando il sole tramonta e il cielo si colora di una tavolozza di colori tra l'arancione e l'azzurro.»

Si gira verso di me e mi guarda.

«Ciao.» Sorride. Sorride con le labbra, con gli occhi e con tutto il viso, espressiva come sempre.

«Ciao.»

Mi tende la mano, come se volesse stringermela, cosa che mi fa male come un calcio nelle palle, a dire il vero.

Mi saluta dandomi la mano? Per un momento penso di voltarmi e tornare da dove sono venuto, ma non è un'opzione. Non sono mai stato un codardo e non lo sarò ora.

La stringo e Valentina, che si era accigliata forse perché ci stavo mettendo troppo a rispondere al suo gesto ed era lì, come una scema, con la mano tesa, sorride di nuovo.

«Sono Valentina Álvarez, agente letterario.»

Resto a bocca aperta per la sorpresa. Non so se stiamo facendo un gioco, come nei film, quando vai in un bar e fai finta di non conoscere la tua ragazza, ti presenti con un'altra identità e la scopi nel bagno pubblico con la sola intenzione di goderti la situazione eccitante. Così all'improvviso penso a come sarebbe scopare Valentina in mare. Il mio cazzo sussulta e probabilmente lei se n'è accorta, considerata la sua risatina.

«Alessander Boneta, a volte scrittore, a volte stronzo arrogante, egoista ed egocentrico.»

Ride.

«Ho una proposta per te» dice.

«E io un'altra» replico senza pensare.

Mi guarda sorpresa. Accidenti, non so se sta parlando seriamente o no, ma all'improvviso mi sento motivato. La cosa di scopare in mare, senza aver prima parlato di tutto il resto, è meglio che non gliela dica, no?

«Dai, prima tu» mi incoraggia.

Ecco! Se penso con le parti basse divento un cretino.

# CAPITOLO 46

## VALENTINA ÁLVAREZ, AGENTE LETTERARIO

### Valentina

Cerco di non mostrare che sto trattenendo il respiro quando lui mi si mette accanto, che non percepisca che mi è venuta la pelle d'oca anche senza guardarlo. Non ho bisogno di lui, del suo odore, della sua vicinanza, ma il mio corpo mi grida che è lui e reagisce, ovviamente.

È accanto a me, a pochi centimetri di distanza, più vicino di quanto lo siamo stati da quasi due mesi. Respiro sollevata, come se ci fosse voluto tutto questo tempo per riempirmi i polmoni di ossigeno.

So che è nervoso e lo capisco, tutto quello che è successo è stato brutto, ci è sfuggito di mano. E so che ha cercato di avvicinarsi a me, ha cercato di parlarmi, ma prima non ero pronta, ora lo sono.

Dico la prima cosa stupida che mi viene in mente:

«Questi panorami sono meravigliosi.»

«Verso le nove di sera sono i migliori dell'isola, quando il sole tramonta e il cielo si colora di una tavolozza di colori tra l'arancione e l'azzurro.»

Mi giro e sorrido, oggi è straordinariamente bello. La sua carnagione è più scura e i suoi capelli gli cadono un po' arruffati sulle spalle, come se fossero stati asciugati con un getto d'aria. Mi piacerebbe allungare la mano e accarezzargli il viso, sfiorargli le labbra, lasciarmi andare, però non so cosa pensa e non voglio rovinare tutto.

«Ciao.»

«Ciao.»

Sorride anche lui e quel sorriso mi fa fremere. Vorrei fosse facile lasciarci andare, lasciarci trasportare, perché nel suo sguardo vedo un desiderio velato, la voglia intensa che ha di toccarmi, proprio la stessa che ho io, ma lui non fa niente, aspetta che io faccia la prima mossa.

Gli tendo la mano, ho provato tutto il giorno. No, è una bugia, ho provato per tre giorni. Ma lui mi fissa negli occhi deluso. "Dai Ale, stai al gioco", penso.

Il mio sorriso svanisce con il passare dei secondi ma alla fine lui si arrende, per un attimo avevo pensato che si sarebbe voltato e se ne sarebbe andato da dove è venuto. Non sono pronta a pregarlo di restare, tanto meno a tornare a casa, dopo averlo aspettato qui per ore, sopportando i nervi e il formicolio nello stomaco, ingoiando la delusione.

«Sono Valentina Álvarez, agente letterario.»

Mi guarda sorpreso, però sono concentrata solo sul tocco della sua pelle contro la mia, sul calore che dalla sua mano attraversa la mia e arriva anche al mio cuore. Avrei trattenuto la sua mano e non l'avrei mai lasciato andare.

Penso che stia valutando se è vero o uno scherzo, a quanto pare ha deciso di seguirmi per vedere dove ci porterà tutto questo, cosa per cui lo ringrazio perché era più semplice e veloce nella mia immaginazione, ma anche molto meno intenso.

Ridacchio quando mi rendo conto di cosa sta immaginando, dalla sua evidente erezione.

«Alessander Boneta, a volte scrittore, a volte stronzo arrogante, egoista ed egocentrico.»

Rido e mi sento arrossire per il modo in cui mi guarda. Respiro profondamente.

"Coraggio, sta andando bene" mi incoraggio.

«Ho una proposta per te» dico senza pensarci più.

«E io un'altra.»

Lo guardo sorpresa, una proposta per me? Che tipo di proposta?

Sarà sessuale? Guardo di sbieco il mare e penso a come sarebbe spogliarci dei nostri vestiti e godermi il contrasto della temperatura del mare sulla nostra pelle, abbracciandoci, stringendo le mie gambe intorno ai suoi fianchi, lasciando che mi baci e sprofondi dentro me. Mi viene di nuovo la pelle d'oca, mi sto trattenendo, non mi sono mai trattenuta così tanto in vita mia.

«Dai, prima tu» lo incoraggio a continuare perché restiamo entrambi in silenzio.

«In realtà... l'ho detto solo perché l'hai detto tu per prima.» Fa una risata nervosa. «Ora che ci penso, è proprio questo, Valentina. Partire da zero, senza che sia così stronzo, così idiota, così irresponsabile, senza contratti di mezzo.»

«Senza ricordare che ho distrutto tutti i tuoi sogni?»

Alessander solleva una mano, esita e infine mi accarezza la guancia.

«Sono convinto che questo sarebbe successo in un modo o nell'altro, che tu fossi coinvolta o meno. Ma mi è venuta quell'idea, l'idea dell'anno. Cazzo! Che idea! Così ho pensato quando mi è venuta in mente. La fine di tutti i miei problemi, mi dicevo.» Il dolore nel suo sguardo mi disarma e non sono in grado di parlare, di interromperlo, quindi lo lascio continuare ad esprimere ciò che ha bisogno di dire. «Ma il problema, Valentina, non era la sindrome della pagina bianca, no. Il problema ero io, dannazione, ero io, che per smettere di fare le cose male, le facevo peggio.»

«Non ti condannare così, Ale, cercavi solo una soluzione.»

«Diavolo sì, ero disperato. Poi sei apparsa tu, Valentina, Santa Valentina. Che non mi conoscevi affatto e non avevi la più pallida idea di chi io fossi, non avevi mai sentito parlare di me. Ci sono rimasto un po' male, non te lo nascondo. E quello che ho visto nei tuoi occhi era tutt'altro che ammirazione.»

«È che... accidenti, Ale, hai idea di cosa ho visto quando hai aperto la porta di casa tua la prima volta? Ricordi qualcosa di quel giorno o eri così fatto che l'hai cancellato dalla memoria?»

«No, non mi stimavi...» Continua a parlare come se non gli avessi chiesto nulla. E vorrei negare, ma è la verità. «Eri piuttosto disgustata e forse qualcosa ti ha spaventata.» Annuisco e mi copro le labbra per nascondere la risata che mi sfugge, è molto serio, ma mi sono divertita a ricordarlo. «Tu mi hai riportato con i piedi per terra tutto in una volta. Il mondo non girava intorno ad Alessander Boneta, stavo per finire nella merda e avevo bisogno di te, mi aggrappavo a te per paura di perdere tutto. Svelta, efficace, organizzata, ti sei messa al lavoro.» Sorride amaramente. «E io sono un tale stronzo che quello che temevo non era che l'editore mi scoprisse e che potesse crearmi problemi con il mio contratto o con la mia carriera. No, quello che temevo era che ci sarebbe stato uno scandalo, che tu ti saresti rivolta alla stampa e i giornalisti si sarebbero appostati notte e giorno alla mia porta, senza altre conseguenze oltre alle discussioni per negare tutto, per salvare la mia reputazione... Ecco perché ti ho fatto firmare quel contratto di riservatezza.»

Chino la testa, perché mi fa male che tutto sia stato rovinato così facilmente.

«Mi dispiace» mormoro.

Mi afferra il mento e mi costringe a guardarlo negli occhi.

«Doveva succedere, Valentina. E non è stata colpa tua, non mi è nemmeno passato per la mente che avresti dovuto nascondere a tua figlia quello che hai fatto per me. Mi è sembrato normale. E il fatto che lo abbia detto alla sua migliore amica? Dai, cazzo, uno scrittore di successo, anche se probabilmente non mi conosceva, che lavora fianco a fianco con sua madre? È fantastico! Una bomba! Come una soap opera! L'ha raccontato alla sua amica e la storia ha fatto il giro fino ad arrivare alle orecchie degli editori.»

«Ma loro...» cerco di scusarmi, anche se ho avuto parte della colpa, nascondendomi dietro alle intenzioni degli editori.

«Cercavano la scusa perfetta per sbarazzarsi di me.» Annuisco. «E quell'errore, Valentina, è stato solo mio.»

«Volevo sistemare le cose. Ho pensato di andare a parlare con Mayte, di inventarmi una soluzione, di ribaltare le carte in tavola, ma è accaduto tutto così in fretta... Julien è apparso a casa mia la mattina dopo per dirmi cos'era successo, con la denuncia.»

«Ero davvero incazzato, ti ho incolpata perché tutti i miei sogni stavano andando a rotoli.»

«Mi dispiace» mormoro ancora una volta.

«Non hai sentito quello che ti ho detto?» Mi chiede con un sorriso sghembo, alzando un sopracciglio. «Non è stata colpa tua. Mi hai aiutato a concentrarmi, a mettere in ordine i pensieri, a mettere in ordine la mia vita, a pensare a cosa stavo facendo e a chi stavo facendo più male. Sono un coglione, Valentina, sono... Barbara, Barbara è la mia ex, sai? L'unica donna della mia vita prima di te. E mi sento così in colpa perché lei mi ha dato tutto, mentre io ho smesso di amarla lungo il cammino e, diavolo, non me ne sono reso conto. Te lo giuro, Valentina, non le ho fatto del male di proposito.» La sua voce strozzata mi provoca un groppo in gola. «Le ho fatto male e non riesco a perdonarmi. Ma ho cercato di fare le cose per bene e comunque ho perso tutto e poi ho dubitato di te e ho ferito anche te.»

«È stato istintivo, lo capisco. E alla fine hai ritirato la denuncia, cosa per cui ti ringrazio, perché quando Julien mi ha detto che potevo andare in prigione ho pensato che sarei morta. Poi... col tempo ho capito che l'editore non ti voleva più, chissà perché? Si sono aggrappati a questo perché non ti hanno nemmeno dato la possibilità di spiegare cos'è successo. Io non ho fatto così tanto, Ale, ti ho solo aiutato un po', solo...»

«Valentina...» Con il pollice mi accarezza il mento, le labbra. «Hai fatto la cosa migliore che qualcuno abbia mai fatto per me. Mi hai insegnato a stare con i piedi per terra.»

«E tu, Ale, mi hai insegnato a volare.»

Non resisto più, voglio lanciarmi senza paracadute, a braccia aperte, perché desidero talmente sentirlo che un dolore fisico mi attanaglia, mi fanno male le dita per quanto voglio toccarlo, mi fa male la pelle per quanto voglio sentire le sue carezze, mi fanno male le labbra per quanto hanno bisogno dei suoi baci.

Mi avvicino e mi alzo in punta di piedi, mentre lui mi tiene per la vita prima di sfiorarmi le labbra.

# CAPITOLO 47

## CHE CAZZO DI SOLLIEVO

### Alessander

Che cazzo di sollievo. Che sollievo le sue labbra sulle mie, che sollievo il suo cuore che batte contro il mio petto, che sollievo questa sensazione di volare insieme.

Mi allontano un po' e poso la fronte sulla sua.

«Mi sono sentito perso, Valentina, senza di te mi sono sentito perso.»

«Ho adorato il finale» mormora sorridendo e anch'io sorrido.

«Dovevo finirlo.»

«Gli hai dato il tocco magico. È l'ultimo, vero? Niente più romanzi di *Crimini Irrisolti*?»

«Sì, è finita, non so che farmene, ma è finita. Troverò un modo per farlo arrivare ai miei lettori. Autopubblicarlo, forse. Non lo so, ci penserò.»

«Ne parleremo.» Annuisco. «Non ti ho ancora detto qual è la mia proposta.» Un bagliore illumina il suo sguardo. Resto in silenzio, ho detto abbastanza per oggi. «Non era uno scherzo, sai.» La guardo perplesso. Valentina mi prende la mano per farmi sedere sulla sabbia. Le sto accanto e l'abbraccio, lei si accoccola sul mio petto come se fosse il solo luogo a cui appartiene. «Non so come sia successo. Stavo guardando le offerte di lavoro perché all'improvviso mi sono sentita persa. Non sapevo cosa fare della mia vita e soprattutto avevo bisogno di occupare il tempo per non pensare, per non soffermarmi su quello che è successo. Quell'offerta mi è apparsa davanti e mi ha fatto accapponare la pelle. Sapevo che era per me» mi spiega, noto l'entusiasmo nella sua voce. «È stata dura. Accidenti, quanto è stato difficile. Ma ho avuto il lavoro e ora...

sono agente letterario ed è come se avessi aspettato tutta la vita per un lavoro del genere. Perché, sì, Ale... Io sono quella che aiuta a realizzare i sogni e questo mi rende molto felice.»

«Sono molto orgoglioso di te. Finalmente stai facendo qualcosa che ti soddisfa e ti piace davvero.»

Valentina mi sorride e mi dà un rapido bacio sulle labbra prima di continuare a parlare.

«La mia capa è strepitosa, sai? Ci siamo trovate molto bene, mi ha capita subito, non ne sbaglia una. Ci troviamo benissimo.»

«Questo è importante.»

«Sì, lo è. E gli ho parlato di te...» Mi lancia un'occhiata mentre lo dice.

«Di me?»

«Sì, le ho detto tutto, Ale, perché non potevo iniziare un lavoro con cui probabilmente avrei avuto contatti con Mayte e nascondere alla mia capa quello che è successo. Rischiare che lo scoprissero in seguito sarebbe stata una gaffe imperdonabile.»

«Cazzo... Certo, hai ragione, ma tutto questo è abbastanza umiliante per me.»

«Lei mi ha fatto capire che era una stronzata, che quello che abbiamo fatto è qualcosa che di solito si fa nel mondo dell'editoria.»

«Spero che tu ti riferisca a scrivere insieme e non a quello che abbiamo fatto nel mio garage o nel mio letto» la prendo in giro e Valentina si fa una risata.

«Beh, il fatto è che non riuscivo a smettere di parlare di te. Perché sai una cosa, Ale?» Valentina si stacca un po' da me e si volta, mettendosi di fronte a me. «Mi sono innamorata, mi sono innamorata come se avessi quindici anni e tu fossi l'insegnante figo del liceo per cui tutte sospirano, ho perso completamente la testa, ma non riuscivo a controllarmi. Io...» Non riesco a parlare, mi ha lasciato senza parole. «Mi rendo conto che ci conosciamo appena, me lo ripeto ogni giorno, tutte le mattine quando mi guardo allo specchio, perché mi sia chiaro e voglio restare con i piedi per terra, ma…»

«Allo stesso tempo vuoi volare» finisco per lei e sorridiamo entrambi.

«Sì. Ma…»

Non voglio che mi dia altre spiegazioni, non voglio che si senta in colpa, non voglio che si tarpi le ali.

«Valentina… ti amo.» Resta in silenzio, boccheggiando, ansimando e in un altro momento mi sarei divertito, però adesso sto andando fuori di testa. «E ho paura di sbagliare di nuovo. Perché non capisco come sia possibile, ma penso di averti amata da quando hai varcato la soglia di casa mia e mi hai guardato con tutto quel disgusto. E anche io lo dico a me stesso ogni giorno, mi chiedo: com'è possibile che tu la ami così tanto? Però è così, forse non ci conosciamo del tutto, ma… se ci dessimo l'opportunità di scoprirci?»

Sorride e annuisce.

«Stai zitto per un po' e lasciami parlare» mi rimprovera e io rido. «A rischio che ti incazzassi di più con me, tanto eri già arrabbiato quindi non avrei perso molto, ho contattato un paio tra gli editori più importanti del paese e vogliono valutare i tuoi manoscritti.» La guardo con sospetto perché non mi va di mentire a nessuno su quello che è successo. «Sanno già quello che è successo» dice, come se mi leggesse nel pensiero. «Beh, loro e tutti gli editori del paese. Ale eri su tutti i giornali.»

«Sì, hai ragione.» Sospiro. «Dovrò pensare a una nuova serie, a nuovi casi polizieschi…»

Per qualche ragione questo non mi entusiasma, non mi rende molto felice.

«No, Ale. Vogliono leggere i tuoi manoscritti epic fantasy.» Giro la testa per guardarla negli occhi. «Pensa alla maggior parte dei successi mondiali fantasy, quasi tutti sotto l'etichetta di uno dei più importanti editori internazionali. Bene, loro ci hanno detto che sono interessati a valutare cosa sei in grado di offrire.»

L'afferro e l'abbraccio.

«Grazie, Valentina.»

«Ti ho distrutto la vita, Ale, dovevo farlo.»

«Non capisci, vero?» La guardo negli occhi e lei scuote appena la testa. «In realtà mi hai salvato, Valentina. Mi hai salvato. Sei arrivata nella mia vita per salvarmi il culo in trenta giorni e nessuno dei due aveva la più pallida idea di cosa questo avrebbe significato.»

La bacio. Fanculo. La bacio davvero. La mia lingua si insinua nella sua bocca, perché ho bisogno di lei, la voglio. Si mette a cavalcioni su di me, aggrappandosi alle mie spalle. Fa uno di quei gemiti che mi fanno impazzire, che mi rendono stupido, il mio cazzo sussulta di gioia e la stringo tra le braccia senza staccare le mie labbra dalle sue, sentendo il suo sesso sfregare contro il mio. Valentina è il mio peccato e il mio paradiso insieme.

«Alessander Boneta! Ma che diamine!» Sentiamo un urlo provenire dalla zona del parcheggio. «Vuoi deciderti a rientrare, che il riso si raffredda!»

Valentina e io scoppiamo a ridere, ci alziamo e ci scrolliamo di dosso la sabbia. È arrossita e sembra un po' nervosa.

«Piccola, forse è ancora un po' presto però... ti presento mia madre.» Dico indicandola in lontananza. «La signora Concepción Boneta.»

# EPILOGO

## Valentina

«Il papillon, Valentina? È davvero necessario?»

Ale brontola, molto più di quanto abbia brontolato da stamattina. Rido perché mi diverte vederlo così nervoso, mentre lotta con quel pezzo di stoffa che non riesce a raddrizzare.

«Sì, Alessander Boneta, è necessario. Vieni qui.»

Lo tiro per il braccio perché si metta di fronte a me, in modo da poterlo aiutare con il papillon che, chiaramente, non ha idea di come si metta.

Lo sistemo con il mio sorriso migliore, ma Ale è serio, molto serio. Deglutisco. Quando resta serio, quest'uomo è in grado di far sparire la mia biancheria intima con un solo sguardo.

"Santo cielo, Valentina, smettila di essere così eccitata o non ce la farai" mi dico.

Lo percorro con lo sguardo. Lo smoking nero, la camicia bianca perfettamente stirata. Si vede che non l'ha stirata lui, questo è certo, non ce la farebbe nemmeno con venti tutorial di YouTube. I suoi capelli sono legati e la sua barba è ordinata, perfetta, bella. I suoi occhi verdi sono incorniciati dalle sopracciglia aggrottate, sulle quali faccio scorrere la punta delle dita. Si rilassa all'istante.

«Andrà tutto bene» mormoro avvicinandomi a lui. Il suo profumo mi fa mordere il labbro inferiore.

«Valentina, accidenti.» Ale mi afferra il mento, fa in modo che allenti la presa dei denti che sono ancora sul mio labbro e mi bacia in modo fugace, troppo fugace per quello che voglio in questo momento. «Sono teso. Odio la stampa, la odio cazzo. Mi rompono sempre le palle e sono sicuro che ci vorranno esattamente quindici secondi per tirare fuori il discorso che io e te conosciamo.»

«Nessun problema. Dirai ciò di cui abbiamo parlato, andrà tutto alla perfezione. E per favore, Ale, non imprecare troppo durante la conferenza stampa.»

Ale sorride per la prima volta nel corso della giornata.

«Quasi non riesco a credere che siamo qui, in procinto di presentare il libro, dopo tanto tempo» sussurra, appoggiando la sua fronte sulla mia, abbracciandomi.

Sorrido.

Ci è riuscito.

Ci siamo riusciti insieme.

Dopo l'incontro con Alba e l'editore che avrebbe rilanciato la carriera di Alessander, abbiamo tracciato un piano d'azione per questi casi, diremo una mezza verità, che all'epoca mi aveva assunto come coach e che il licenziamento è stato il frutto di una serie di incomprensioni che non è stato possibile chiarire in tempo.

Alla fine, l'ultimo libro della serie *Crimini Irrisolti*, un po' per compensare i lettori del ritardo e un po' per non complicarsi la vita, Ale ha voluto pubblicarlo sotto forma di tiratura settimanale su un blog personale, gratuitamente, per tutti i suoi lettori. Cosa che ha fatto aumentare la sua popolarità sui social network. Alba, io e anche il suo nuovo editore siamo d'accordo che gli sarà utile per il prossimo progetto che lanceremo.

Quando l'ho incontrato e abbiamo iniziato a lavorare insieme, ho capito quanto fosse appassionato del suo lavoro, quanto gli piacesse scrivere, però in realtà non ne avevo davvero idea. Ora che hanno definito il progetto che l'editore presenterà oggi alla stampa, con il lancio del primo romanzo della serie, non smette di scrivere a tutte le ore, a volte devo usare dei trucchi... poco sottili per portarlo a letto, come spogliarmi e mettermi a cavalcioni su di lui. Eppure, in più di un'occasione ha urlato: "Un minuto, un minuto" e ha continuato a digitare, finché non ho dovuto utilizzare tutte le mie armi, inginocchiarmi davanti a lui e... Infallibile, quel trucco è infallibile!

Sorrido, maliziosa, oggi sto andando a fuoco, con l'immagine che ho davanti non mi stupisco.

Mi conosce così bene che scuote la testa con decisione, deglutendo a fatica.

«No, no, no... Se mi fai togliere questo papillon, giuro che non lo metterò più» protesta.

«Non devi toglierlo.» Sorrido e tiro la sua mano verso il divano.

«Valentina, accidenti, sono troppo teso, non mi si alzerà.»

Lo guardo con un sopracciglio alzato, mi siedo sul divano di fronte a lui e gli slaccio il bottone dei pantaloni, sotto la cerniera e... Ta-da! No, dice...

Il suo sesso si erge di fronte a me e io mi passo la lingua sulle labbra prima di spingermelo in bocca.

«Dannazione» mormora. «Ti sporcherò, piccola, sei truccata.»

Quest'uomo non sa ancora cosa sia il trucco permanente waterproof. Non resiste ancora a lungo, perché quando ingoio il suo cazzo nella mia gola, accarezzandogli i testicoli allo stesso tempo, lui geme, mi afferra la testa e muove i fianchi, fottendomi la bocca. E sì, lo so che quella che dice le parolacce non sono io, ma sicuramente questo momento è troppo intenso per preoccuparmi di curare il vocabolario.

Santo cielo, ha un sapore così buono, mi sento così potente quaggiù che non posso fare a meno di volere sempre di più.

Suonano il campanello.

«Merda, merda, piccola... non fermarti.»

Sinceramente, non ho nessuna intenzione di aspettare un momento più opportuno.

Lo sento più duro e il sapore salato che mi avverte che è vicino mi fa battere il cuore, il mio corpo si tende, i miei capezzoli si inturgidiscono, il mio sesso si contrae in modo incontrollabile e gemo, gemo perché non posso resistere

Ale velocemente mi spinge via, mi fa girare, mi tira su il vestito, mi strappa le mutande e mi scopa, facendomi appoggiare sul divano. Carica rapido, forte, ansima, ringhia e mi fa gemere più forte.

Si sente di nuovo il campanello.

Mi accarezzo il clitoride per accelerare il processo, non mi serve troppo, solo un paio di colpi, da tutto il giorno mi sento più rovente di un ferro perché vedere Ale in abbigliamento normale è un piacere, ma vederlo in smoking e con un papillon, ecco… è un altro livello.

Sento le convulsioni nel mio sesso e cerco di contenere i gemiti, perché dopo aver sentito la voce della mia amica Lea urlare: «Accidenti! Non avevate un altro momento, stronzi, che vi si sente fino qui fuori!», so che ci ha scoperti, lei e sicuramente qualche vicino.

Dovrei vergognarmi, dovrei trattenermi, ma è troppo tardi. Mi lascio andare e Ale accorgendosene mi segue, aggrappandosi ai miei fianchi, spingendo con forza e profondamente.

«Arriviamo, rompipalle!» urla Ale mentre mi allontano velocemente da lui.

Raccolgo la biancheria strappata dal pavimento.

«Stronzo! Queste me le paghi» mormoro, mostrandogli le mutandine rovinate.

«Non avevi detto che ero uno strappa mutande? Bene, eccoti servita.» Mi strizza l'occhio e mi dà una pacca sul culo.

Ridacchio e vado in camera mia per andare in bagno a sistemarmi un po' e mettere altre mutandine. Mi concede giusto il tempo necessario perché, appena Ale apre la porta alla mia amica, lei tra un'imprecazione e l'altra corre in camera mia e si intrufola nel mio bagno.

«Degenerata!» Urla con le braccia conserte. «Accidenti, avrò un trauma» protesta.

Trauma, dice, lei che scopa più a letto che nel fare le pulizie.

«Ti darei un bacio, ma ho appena succhiato il cazzo di Ale e… meglio di no.»

Di solito non sono così sboccata, penso di aver raggiunto il livello massimo con lui e sono un po' posseduta dallo spirito di Alessander Boneta.

«No, dannazione, che schifo, meglio di no.» Entrambe scoppiammo a ridere. Si sente di nuovo il campanello. «Becca viene con noi?» mi chiede.

«No. Mi ha detto che ci saremmo incontrate direttamente lì. Tu vai, ora arrivo.»

«Lavati bene i denti e le mani, sporcacciona.»

Rido e la mia amica esce. Non si sente niente, c'è un silenzio di tomba. Sorpresa mi dirigo verso il soggiorno e, prima di arrivare, l'espressione di Lea, che è appoggiata al bancone della mia cucina come se si stesse nascondendo da qualcuno, mi lascia un po' sconcertata.

«Cosa succede? Cosa stai facendo qui?» le chiedo.

Prima che risponda, Ale entra in cucina.

«Eccovi, stronze. Di sicuro mi stavate criticando!»

«Sì, Valentina mi diceva che inizi a prendere il viagra perché non ti si alza.»

Ale spalanca la bocca e io scoppio a ridere. Dietro ad Ale si sente una risata. È Julien.

Ignorando i ringhi di Alessander mi avvicino e lo abbraccio. Vedo la mia amica trattenere il respiro, cercando di mostrare indifferenza. Poi si aggrappa al bancone della cucina come se stesse per cadere.

«Ragazzi, perché non scendete? Lea mi ritoccherà il trucco.»

«Io non tocco quella bocca, dopo quello che hai fatto» replica lei.

Ridono entrambi e Ale capisce che voglio stare da sola con la mia amica. Dà una pacca sulla spalla a Julien.

«Andiamo, voglio provare il mio discorso per la conferenza stampa.»

«Fanculo Ale, di nuovo? Che pesante!»

Quando smettiamo di sentirli parlare e chiudono la porta, guardo la mia amica che sta ancora cercando di nascondere quanto vedere Julien l'abbia colpita.

«Cosa succede?»

«Niente... Solo che non lo vedo da più di sei mesi e mi ha sorpreso, tutto qui.»

Alzo gli occhi al cielo. L'ha sorpresa vedere il migliore amico di Ale il giorno della presentazione del suo libro. E non un libro qualunque, ma il primo dopo due anni e mezzo?

«Ok, andiamo…»

Quando arriviamo la stanza è piena di gente, tutta la parte posteriore è occupata da giornalisti e telecamere.

Mi innervosisco un po' perché non so come reagirà Ale, è la prima volta che lo vedo in azione, ma mi bastano pochi minuti per capire che tutto andrà alla perfezione.

Ale sorride e parla, sembra molto calmo. Scherza, fa qualche battuta. Parla del suo editore, anche dell'agenzia, di Alba e di me. Di come, dopo averci contattato, abbiamo voluto conoscere le sue opere epic fantasy. L'editore ci ha scommesso così tanto che ha deciso di lanciare la trilogia a due mesi di distanza tra ogni libro. La promozione sarà straordinaria e intensa. Il tour andrà avanti per tutto l'anno, le fiere dureranno mesi. E Ale spiega tutto con l'entusiasmo negli occhi, insieme a Marco, il suo editore.

Vedo più di una tra il pubblico sospirare, mentre divorano Alessander con gli occhi, e ridacchio. "Potete guardare, ragazze, ma non si tocca" penso, anche se non lo dico ovviamente.

Come ci aspettavamo, dopo pochi secondi dall'inizio delle domande, il giornalista rompipalle, come dice Ale, fa la famosa domanda e sono soddisfatta di come Alessander riesce a rispondergli.

Sorrido e vado allo stand della libreria per prendere una copia del romanzo. Mi accorgo che Lea è arrivata al mio fianco per comprarne una anche lei.

«Sono una fan. Ho letto tutti i suoi libri.» Mi strizza l'occhio e io le sorrido. Ci accodiamo, c'è una lunga fila davanti a noi.»

«Mi dici cosa è successo con Julien?» Approfitto del fatto che non può scappare via per indagare un po' sulla faccenda.

«Niente. Era solo sesso. Punto. Nient'altro» risponde bruscamente.

«Sicura?»

«Sicurissima.»

Alza le spalle. Do una rapida occhiata ad Ale, non sembra essersi accorto che siamo in fila. Mi guardo intorno e Julien è a pochi metri di distanza. Mi sorride, non ci toglie gli occhi di dosso. Beh, so chi sta guardando e non sono io.

«Sai cosa penso?» le chiedo senza guardarla. Non mi risponde, è tesa, lo so, non ho bisogno di vederla per convincermene. «Lea, io credo che Julien ti piaccia.»

«Dannazione, Valentina, certo che mi piace. L'hai visto? Va bene per scopare, per non parlare di come fa...»

«Voglio dire...» dico ad alta voce, interrompendola prima che lei se ne esca con una delle sue questioni e abbassandola quando mi rendo conto che molte persone ci osservano. «Penso che ti sia innamorata di lui!»

«Ah!» La mia amica si china e si dà una pacca sulla coscia in modo esagerato, come se le avessi raccontato la barzelletta dell'anno e fingesse qualche risata. «Valentina, tesoro, sembra che tu non mi conosca. Posso darti almeno venti ragioni per scordarti dell'amore.»

Conosco già a memoria il suo mantra, me lo ha recitato così tante volte che credo che per lei sia come il Padre Nostro per un cattolico.

Rifiuto, senza insistere ulteriormente. Parleremo quando avremo più privacy.

Vedo Ale sorridere, firmare, scattare foto e chiacchierare con ognuna delle persone che prendono una copia del suo romanzo e non posso fare a meno di sentirmi orgogliosa di lui, perché ha lottato e questa volta ha raggiunto il suo scopo ed è talmente felice da essere contagioso.

Quando finalmente lo raggiungiamo, Ale alza la testa e mi vede. Sorride.

Sorride talmente che potrei assicurare che gli fa male il viso.

«Alessander Boneta in persona, incredibile ma vero. Mi dedicheresti questo romanzo?» gli chiedo scherzosamente.

«Certo, cara. Dammi.» Gli porgo il libro. «Come ti chiami?»

«Valentina. Valentina Álvarez.»

«Molto bene, Valentina Álvarez.»

Mentre Ale scarabocchia qualcosa, guardo Lea, che sorride.

«Quanto siete carini, da fare schifo, in effetti.»

«Zitta, sciocca.» Lo do un colpetto sul braccio e ridiamo entrambe.

«Una foto?» mi chiede Ale.

«Sì! Per favore!» esclamo felice e Lea alza gli occhi al cielo. «Non fare la guastafeste, tienimi la borsa.»

Mi metto accanto ad Ale e cerchiamo il fotografo che l'editore ha ingaggiato per l'occasione, che sta già venendo verso di noi.

Ale mi porge il libro da tenere in mano durante la fotografia.

«Non leggi la dedica?»

Mi mette una ciocca di capelli dietro l'orecchio e sorride con affetto.

«Certo.»

Apro la copertina e leggo:

> *Per Santa Valentina.*
> *Valentina Álvarez,*
> *salvatrice di culo*
> *(solo del mio, spero),*
> *vuoi sposarmi?*

Sollevo la testa con gli occhi spalancati. Ale alza le sopracciglia un paio di volte in modo buffo, mi prende per la vita, facendomi piegare all'indietro e mi dà un bacio da film. Finché non sentiamo il flash della macchina fotografica, tanti flash di tante macchine fotografiche, in realtà.

Quando si stacca da me mi sento avvampare. Io, che oggi volevo passare il più inosservata possibile.

«Maledetto! Che tua madre ti possa...» borbotto. Non so se mi ha sentito perché gli applausi scrosciano intorno a noi.

«Concepción, intendi.» Ride, mi ha sentito perfettamente e io impallidisco perché Concepción è molto buona, ma ha un pessimo carattere. Da paura. «Cosa mi dici, Valentina Álvarez? Voliamo insieme?»

«Voliamo insieme, Alessander Boneta, certo che sì.»